Volker Himmelseher

Das Drachenbaum Amulett

Teneriffa-Krimi

Zech Verlag

Bibliografische Information:
Die Deutsche Nationalbibliothek verzeichnet diese Publikation in der Deutschen Nationalbibliografie; detaillierte bibliografische Daten sind im Internet abrufbar über http://dnb.dnb.de.

Das Drachenbaum-Amulett. Teneriffa-Krimi
Alle Rechte vorbehalten · *All rights reserved*

Copyright © 2014 Verlag Verena Zech, Santa Úrsula
          Santa Cruz de Tenerife · www.zech-verlag.com
Text: Volker Himmelseher
Umschlag: Karin Tauer, unter Verwendung eigener
          Fotos und Zeichnungen
Druck: Gráficas La Paz
Dep. legal: J-807-2010

ISBN 978-84-934857-8-8

Printed in Spain

Und wieder begann ein feuchtkalter Januarmorgen auf Teneriffa. Die Tage mit den vielmundigen Neujahrswünschen »*Próspero Ano Nuevo*« waren noch nicht allzu lange vorbei. Es war ein Samstag. Es war winterlich. Trüber Himmel, böiger Wind und peitschender Regen, aber immerhin 19 Grad bestimmten den Tag. Die Einheimischen trugen dicke Wollpullover, meist braun und olivfarben, darüber sogar noch wattierte Jacken, erstaunlich viel Stoff für Touristenaugen. Die hatten nur leichte Kleidung dabei und versuchten mit deren fröhlichen Farben die Schlechtwetterperiode zu übertünchen. Nachts sanken die Temperaturen auf zwölf bis 13 Grad. Die schlecht isolierten Wände, die Kacheln, Steinfliesen und die einfach verglasten Fenster boten keinen Wärmeschutz, sondern verbrüderten sich allzu schnell mit der Kälte draußen. Auch die kleinen Elektroradiatoren an den Wänden der Zimmer brachten keine Abhilfe gegen die ungemütlichen Temperaturen.

Er war die ganze Nacht unruhig gewesen und hatte trotz seines kleinen Gasofens in der Stube gefroren. Er hatte schon deshalb die Wohnung recht früh am Morgen verlassen und den Bus nach Aguamansa genommen. Der Himmel war wieder einfarbig grau wie eine schmutzige Pfütze. Er wollte in den Kiefernwäldern oberhalb der Forellenzucht allein sein.

Er brauchte nur wenige hundert Meter von der Endstation des Busses bergauf zu gehen, dann umschloss ihn schon das dunkle Grün des Waldes und der Frühnebel. Der bröselige Lavaboden war durch die Nässe dunkelrot, wenn er unter den unzähligen Kiefernadeln überhaupt zu sehen war. Ab und zu zeigten sich auch hellbraune Spuren trockener Auswaschungen. Der Passatwind strich leise darüber und verstärkte die schleichende Erosion des Gerölls. Der Wind trug aus dem Atlantik einen Hauch feuchter Salzluft den steilen Hang hinauf und regnete sich hier oben ab. Aus den langen Nadeln der Kiefernbäume tropfte es stetig. Nässeschwaden standen wie eine Mauer aus feuchtem Dampf zwischen den Bäumen und ließen dem Blick nur einen Radius von höchstens zwei Metern.

Ärgerlich fuhr er sich mit der Hand durchs Gesicht: Er war achtlos in ein Spinnennetz gelaufen. Die klebrigen Fäden mit den kleinen Tautropfen pappten nun auf seiner Gesichtshaut. Die fernen Steilhänge und Schluchten außerhalb des Gehölzes verschwammen einen Moment vor seinen Augen. Von weitem tönte das Gebimmel einer Ziegenherde herüber, und in regelmäßigen Abständen schlug ein Hund an. Menschenlaute waren nicht zu hören. Er war allein mit seinen Gedanken, und das war gut so. Bald war er auf der Höhe vom Rastplatz La Caldera, der Endstation des Linienbusses angelangt. Er verharrte einen Moment auf der Stelle und starrte blicklos in das dunstige Brodeln.

Blutige Bilder tauchten vor seinem inneren Auge auf und erregten ihn. Er verspürte, er würde es bald tun müssen. Seine Seele, ja sein ganzer Körper verlangten danach. Seine Fußsohlen schwitzten trotz der Kühle des frühen Morgen. Er fühlte ein Ziehen im Magen. Er zwang sich trotzdem fortzuschreiten, bis er die nächste Wegkehre erreichte. Der Waldweg wurde plötzlich gerade und offen. Er trottete ihn eine ziemliche Strecke weiter, ohne in seinem eingeschränkten Blickfeld Einzelheiten zu beachten. Der Weg war nicht wichtig, aber er hatte ein Ziel.

Er war sein Leben lang bis zum heutigen Tag ein gläubiger Christ gewesen. Er hatte stets eine Leidenschaft für Kult, Priestertum und Opferbereitschaft in sich gefühlt. Nun war ihm diese Passion auf einmal nicht mehr genug. Jede Faser seines Inneren strebte nach einer stärkeren, kultischen Droge. Er hatte sich sehr mit den Mythen aus der Entstehungszeit seiner Heimatinsel beschäftigt. Die Blutopfer der Priester für die alten Götter berührten ihn stark und offenbarten ihm neue, verlockende Reize. Er wollte es ihnen gleich tun! Das Ganze war ein schleichender Prozess gewesen. Der kam nun zu einem drängenden Ende. Seine Schläfen pochten vor innerer Erregung. Der Schmerz wuchs langsam an, wie der Schimmel auf der Brotkante. Er fühlte, wie sich die Wurzeln des Heiligen Baumes, des *Árbol Santo*, in seinem Gehirn regten. Sie schrieen nach Blut. Es war, als wollte ihm der Kopf platzen.

Er beschloss, die Gier des Árbol in der kommenden Nacht zu sättigen und hatte bereits ein erstes Opfer ausgewählt. Er hatte den Ablauf der Opferung in den Wochen seiner Wandlung vorgeplant und sah nun in seinem Kopf vor sich, wie die Tat auszuführen war. Er hatte die Durchführung immer wieder akribisch durchdacht und modifiziert, bis ihm alles richtig und vollkommen erschienen war.

Die Zeit des Überlegens und Zauderns war nun vorbei. Seine Ungeduld wuchs von Minute zu Minute und machte ihn fast verrückt. Nur mühsam konnte er Disziplin wahren. ›Übereilte Hast kann alles kaputt machen‹, ermahnte er sich.

Er bog den Waldweg links ab und stieg bergab nach Aguamansa, er wollte im Lokal an der Hauptstraße gebratene *Truchas* zu essen. Die Forellen kamen aus der Zucht gegenüber frisch auf den Tisch und würden ihn mit für den Augenblick hoffentlich ein bisschen von der eingetretenen Krisis ablenken.

Das Essen kam schnell. Während er genüsslich die kross gebratenen Randgräten auskaute, dachte er zum wiederholten Mal an sein Opfer: Unten in Puerto auf dem Schotterparkplatz vor der Mole von La Ranilla stand seit mehreren Wochen ein klapperiges, angerostetes Wohnmobil. Darin lebte ein einsamer Mann. Die anderen Aussteiger, die ihm in den wärmeren Monaten mit ihren Wagen Gesellschaft geleistet hatten, waren längst in lauere Gefilde geflüchtet. Schon über Weihnachten und Neujahr hatte der Fremde mit seinem Wagen dort ganz allein gestanden. Die kühleren Nächte schreckten ihn scheinbar nicht. Er hatte ihn tagelang beobachtet. Der fremde Mann verbrachte die meiste Zeit in seinem Wagen. Wenn die Sonne herauskam, setzte er sich vor das Automobil oder ging zum Rand der Mole und schaute aufs Meer hinaus, als fände er dort eine Antwort auf die Fragen seines armseligen Lebens. Höchst selten kaufte er ein. In seinen schäbigen Klamotten schlurfte er dann, ungepflegt wie er war, in eines der nahe gelegenen kleinen Geschäfte, die dunkel und muffig im Parterre der alten Fischerhäuser lagen. Sie passten in ihrer Ärmlichkeit bestens zu ihm. Er kaufte meist nur Eier, Weißbrot und Tomaten. Immer war eine größere Menge *Viña Sol* dabei. Damit soff sich der Mann sein erbärmliches Leben schön.

Er hatte befunden, dass der Kerl ein gutes Opfer sein würde. Ein Opfer des Árbol Santo zu sein, war eine Gnade und eine höhere Erfüllung, als sich zu Tode zu saufen! Er hatte herausgefunden, dass der Mann ein *Alemán*, ein Deutscher war. Das Kennzeichen seines Wagens war ein »Dd« und stand für Dresden. Vielleicht brachte eine

Infusion mit männlichem ausländischem Blut eine Stärkung für den Árbol und eine Beruhigung seines Drängens in ihm als seinem neuen Priester.

Er hatte sein Mittagsmahl beendet und bestellte bei der Kellnerin noch einen *Carajillo*, Espresso mit Schuss. Danach bezahlte er und machte sich auf den Weg nach Puerto zurück, um auf den Abend und die vorgesehene Stunde zu warten.

Er schlief traumlos, bis sein Wecker klingelte. Bedächtig kleidete er sich an. Seine Oberkleidung wählte er Dunkel, denn sein Vorhaben scheute das Licht. Vor dem Spiegel schlug er den Kragen seines Regenmantels hoch und zog sich die dunkelblaue Wollmütze tief in die Stirn. Niemand sollte ihn erkennen. Nun war er bereit, auszugehen. Sein Herz klopfte unruhig. Einen Moment blieb er hinter seiner Wohnungstür stehen und lauschte nach draußen. Es war kein Mucks zu hören.

Er trat hinaus in den Flur des Apartmenthauses und eilte die Stufen hinab, ohne Licht zu machen. Er kannte den Weg wie im Schlaf. Er erreichte die Straße, ohne jemandem zu begegnen, hielt sich im Dunklen und mied selbst das spärliche Licht der wenigen Straßenlaternen. Die Kirchturmglocken der »Nuestra Señora Peña de Francia« schlugen. Es war ein gewohnter Klang für ihn, das beruhigte ihn etwas. Er hörte die Zeit durch die Schwärze der Nacht. Die Glocken schlugen viermal. Es war noch genügend Zeit bis zum allgemeinen Erwachen, trotzdem sputete er sich. Seine Tat vertrug keine Zeugen, es musste noch dunkel sein.

Er wandte seine Schritte Richtung La Ranilla. Bald stank es nach dem Abwasser gesäuberter Fische und nach Fischabfall. Die ärmlichen Häuser im Rund waren nicht unterkellert, Vorräte lagerten in Holzschuppen neben den Gebäuden. Vor ihnen moderte der Abfall. Die Fischerhäuser waren aus *Mampuesto*, einer Mischung aus Lavaschotter, Lehm und Hächselgut erbaut. Nur an den Ecken bildeten größere Steine ein stützendes Gerüst für die Wände. Die Dächer waren mit Palmblättern eingedeckt und mit allerlei Pflanzenmaterial notdürftig geflickt. Was ein Glück, dass in dieser Gegend die Sonne die meiste Zeit über den Regen triumphierte! In La Ranilla herrschte wirkliche Armut! Nun war sie von der Dunkelheit gnädig überdeckt.

Vor dem Holzkreuz an einer Häuserwand in der Calle San Felipe bekreuzigte er sich flüchtig und sandte ein Stoßgebet gen Himmel. Er erbat sich von seinem christlichen Gott, dass ihm auch für seinen neuen Herrn, den heiligen Baum, ja alles gelänge. Doppelte Sicherheit war immer gut!

Als der Schotter auf dem Parkplatz an der Fischermole unter seinen Füßen zu knirschen begann, ging er vorsichtig weiter. Er roch das Wohnmobil bevor er es sah. Es roch nach Benzin und dem Gummi der Reifen. Er zog sich Handschuhe über. Behutsam schlich er sich an, eine Hand vorausgestreckt, um den Wagen vor einem Zusammenstoß zu ertasten. Das Mobil war von dunkler Farbe und in der mondarmen Nacht überhaupt nicht zu sehen.

Als seine Rechte endlich den kalten Lack des Wagens berührte, versuchte er sich vorsichtig zu orientieren. Schnell war er sich gewiss, hinter dem Fahrzeug zu stehen. Der Eingang des Wohnwagens lag auf der linken Seite. Dahin bewegte er sich nun mit behutsamen Schritten. Aus dem offenen Seitenfenster schlug ihm weingeschwängerte Luft entgegen. Abgehackte Schnarcher des Deutschen durchsägten die Luft. Der Mann schlief unruhig, hatte aber genügend Rotwein intus, um durch die Störung nicht aufzuwachen.

Mit der Rechten griff er in die Manteltasche und holte seine kleine Taschenlampe heraus. Dann ging er in die Knie und griff sich mit der Linken einen der größeren Steine, die vor dem Wagen zuhauf herumlagen. Der, den er auswählte, lag gut in der Hand. Sein Herz pochte ihm bis zum Hals. Er wusste, dass der Deutsche die Tür des Wagens niemals verschloss. So war es auch heute Nacht. Mit einem leichten Quietschen öffnete sie sich unter dem Druck seiner Hände. Das Schnarchen erstarrte für einen Moment, ging dann aber wieder in ein stöhnendes Pfeifen über. Sein Opfer schlief ahnungslos weiter. Er entspannte sich nach kurzem Erschrecken. Er wollte bestimmen, wann »el Alemán« erwachte! So geschah es dann auch.

Erst der gleißende Strahl seiner Taschenlampe ließ den Schlafenden hochfahren. Verstört blickte er blind in den grellen Lichtkegel.

»Was ist denn hier los?«, stammelte er schlaftrunken in seiner Muttersprache.

Er verstand ihn nicht, fackelte aber auch nicht lang. Mit grausamer Wucht schlug er den Stein an die Schläfe des vor ihm Sitzenden. Der sackte lautlos in sich zusammen.

Im Lichte der Taschenlampe wuchs in rasender Schnelligkeit ein Blutfleck und saugte sich in das zerknautschte Kopfkissen auf der Bettstelle. Er griff sich die halbvolle Korbflasche mit dem Rotwein und ließ ihn in die Bettwäsche sickern und auch auf den Fußboden tröpfeln, so dass er das leuchtende Rot des Blutes überdeckte. Den Stein warf er danach weit aus der Fahrzeugtür hinaus und hörte ihn kurz darauf im Dunkeln mehrfach aufschlagen. ›Die Feuchtigkeit wird die Blutspuren an ihm schnell verschwinden lassen‹, dachte er zufrieden. Das Ganze sollte nach seiner Planung wie der »Betriebsunfall« eines Betrunkenen aussehen.

Er begutachtete sein Opfer: Der bewusstlose Mann

trug eine kurze Hose und ein T-Shirt. Der Deutsche war, wie beabsichtigt, außer Kraft gesetzt und rührte sich nicht mehr. Er sah sich im Wageninneren um. An einem Haken hing ein kurzer Mantel. Auf dem Tisch lagen einige zugeschnittene Schnüre. Die kamen ihm zupass. Er band dem Bewusstlosen damit Hände und Füße. Dann hängte er ihm den Mantel um und zerrte den leblosen Körper aus dem Innenraum nach draußen in die schwarze Nacht. Bevor er das Mobil endgültig verließ, nahm er ein kleines geschnitztes Amulett aus seiner Manteltasche und legte es auf den Campingtisch in der Ecke des Wagens. Es war ein zierliches Abbild des *Drago*, des heiligen Baums!

Mit einem kräftigen Ruck hievte er sich den Leblosen auf die Schulter und machte sich auf den Weg zur Ufermauer. Jetzt erst hatte er Ohren für das mächtige Toben der Brandung. Er hörte die Gischt über die Betonpflöcke spritzen und fühlte instinktiv, es war bei der sichtlosen Annäherung an die Uferbefestigung Vorsicht geboten. Im Dunkel der Nacht konnte er das grandiose Schauspiel der herantosenden Wogen nur erahnen, nach ihrer Lautstärke richtete er sich bei seinem Tun. Bald schmeckte er die salzige Nässe des Meers. Er spürte zusehends die Schwere seiner Last.

Endlich erreichte er die Uferbefestigung. Er legte den Körper auf das Mauerwerk, das er mit seinen Füßen vorher ertastet hatte. Hier draußen im Freien wollte er kein Licht benutzen. Nun löste er vorsichtig die Riemen von den Händen und Füßen des Bewusstlosen. Die Schnüre steckte er sorgfältig in seine Manteltasche. Jetzt brauchte der reglose Körper nur noch einen Tritt, um auf der Meerseite des Kais in die Tiefe zu verschwinden. Er schickte den Deutschen mit seinem rechten Fuß auf seine letzte Reise. Ein Adrenalinstoß durchfuhr ihn dabei. Ob der Deutsche zuerst von den Wellen erfasst wurde, um von ihnen in die großen

Betonblöcke geschlagen zu werden, oder ob er direkt auf die harten Blöcke aufschlug, blieb im Dunkel. Eines war sicher: Für den Alemán gab es kein lebendes Entrinnen, nur den nassen Tod!

Er fühlte sich mit einmal ganz leicht. Das Pochen in seinem Kopf hatte aufgehört. Der heilige Baum war anscheinend zufrieden mit ihm, dessen Wurzeln quälten sein Hirn nicht mehr. Unentdeckt war er geblieben, lautlos und dunkel wie sein eigener Schatten. Im Hochgefühl der wieder erlangten Ruhe kam er in seine Wohnung zurück und legte sich nochmals zu Bett.

Der Tag erwachte so ungastlich, wie an den Tagen zuvor. Über dem Orotavatal hing eine tiefe, graue Wolkendecke fest. Er war aufgestanden und hatte den Tag völlig unberührt von seiner nächtlichen Tat wie immer begonnen. Er hatte zur Ehre des heiligen Drago gehandelt und fühlte sich frei von jeglicher Schuld ganz wie ein Engel im Himmel. Sein Kaffee glänzte schwarz in der Porzellantasse. Das Marmeladenbrötchen, das er schon verzehrt hatte, war nur noch an den vielen Krümeln auf Tisch und Teller zu erkennen. Zu einer zweiten Tasse Kaffee las er die Zeitung. Dann ging er wie gewohnt zur Arbeit.

Erst am frühen Nachmittag fand man die Leiche des Deutschen. Jack und Mary Bolton, ein englisches Touristenpaar, hatten die Warnung vor der hohen Brandung im wahrsten Sinne des Wortes in den Wind geschlagen und waren mit staunenden Augen über die nasse Kaimauer spaziert.

Es war Mary, die das graue Bündel zuerst entdeckte. Es hing dort zwischen den Betonquadern, die hereinrollenden

Wellen zerrten gierig an ihm. Mary machte ihren Mann darauf aufmerksam, ihre knochige Hand wies ihm die Richtung. Beide waren sich sicher, dass dort ein menschlicher Körper im Meer schlingerte.

»Wir müssen die Polizei verständigen«, sagte Jack sichtlich verstört. Wie ferngesteuert griff er in seine Jackentasche und holte sein kleines, silbernes Mobiltelefon hervor. Er war ein vorsichtiger Mann, auch wenn ihr gefährlicher Spaziergang über die Ufermauer das nicht vermuten ließ. Jack hatte die allgemeine Notrufnummer gespeichert: 112. Er wählte.

Es war etwas mühsam, einen Beamten an den Apparat zu bekommen, der Englisch verstand. Als ihm das endlich gelang, schilderte er mit knappen Worten ihre grausige Beobachtung. Der Brite wurde gebeten, in der Nähe der Fundstelle auszuharren. Es könne etwas dauern, bis ein Bergungsfahrzeug zur Stelle war. Jack bestätigte pflichtbewusst und wandte sich seiner Frau zu, die sich mit aschfahlem Gesicht bei ihm eingehakt hatte und sich Schutz suchend an ihn drückte. Er fühlte das Zittern ihres Körpers, war selbst aber viel zu aufgewühlt, um tröstende Worte zu finden. Stattdessen schilderte er ihr umständlich den Gesprächsverlauf mit dem spanischen Polizisten.

Sie warteten über eine halbe Stunde. Sie blieben in dieser Zeit allein. Keiner der Einheimischen suchte den Weg zu diesem gefährlichen Ort. Auch weitere Touristen blieben aus. Wie von Magneten angezogen gingen die Blicke des Paars immer wieder hinunter in die Tiefe zu dem Toten. Gleichzeitig verfolgten sie ängstlich das laute Tosen der Brandung. Es schien ihnen klar, dass sich hier die gierigen Wellen ihre Beute geholt hatten. Sie traten deshalb etwas von der Ufermauer zurück. Sie wollten nicht die nächsten Opfer sein.

Endlich kam das Polizeiauto mit Blaulicht angebraust. Hinter ihm folgte ein Pick-up mit einer Hebevorrichtung am Heck. Teniente Ramón Martín, der als erster ausstieg, grüßte mit einem flüchtigen Wink zum Mützenschirm. Dann ließ er sich die Fundstelle zeigen und kommandierte seine Leute mit zackigen Worten an die Arbeit.

Ein junger Polizist machte sich für die Bergung bereit. Er schlüpfte in einen wattierten Anzug, der ihn vor den scharfen Kanten der Felsen schützen sollte, falls ihn die Naturgewalten trotz aller Vorsichtsmaßnahmen dagegen schlügen. Sorgsam zog er sich Stiefel mit schwerer Profilsohle an, die ihm bis über die Knie reichten, und verstaute zum Schluss seine kräftigen Hände in dicken Gummihandschuhen. Ein Kollege legte ihm ein Nylongeschirr um, das an der Hebevorrichtung des Pick-up befestigt wurde und ihn in die Tiefe tragen sollte. An einem Karabinerhaken hängte er sich noch eine weitere Leine um den Leib, an der er den Toten befestigen und heraufholen wollte. Bevor es endgültig losging, legte der junge Mann sich selbst noch einmal prüfend mit vollem Gewicht ins Geschirr und begutachtete sorgfältig Sitz und Haltbarkeit der Leinen. Dann machte er den letzten Schritt an den Mauerrand und ließ sich wie ein Bergsteiger an dem glatten Beton nach unten gleiten. Immer wieder gaben seine Kollegen vorsichtig Tau nach. Immer wieder stieß er sich mit den Füßen von der Mauer ab und sank Stück für Stück hinab. Zweimal schlug auf dem kurzen Weg nach unten eine Welle gegen ihn. Er brauchte alle Kraft in den Beinen, um sich von der Mauer abzustemmen und nicht dagegen geschleudert zu werden. Schließlich erreichte er den Grund.

Den Blick prüfend nach unten gerichtet suchte er Halt für seine Füße und fand ihn auf einem Betonblock, dessen Oberfläche fast waagerecht aus dem Wasser guckte. Nun musste er sich beeilen. Er hangelte sich zielstrebig zu der Leiche hin. Es war ein kleines Wunder, dass sie sich so fest zwischen den Steinen verkeilt hatte und nicht längst ins Meer hinaus gezerrt worden war. Er erreichte sie, wickelte das Tau von seinem Leib und befestigte es mit einer Lassoschlinge unter den Achseln des Toten. Mit seiner Rechten gab er nach oben ein Zeichen und sofort begann die Winde des Pick-up, den Leichnam anzuheben. Auf halber Höhe wurde der leblose Körper von einem Brecher erfasst und gegen die Ufermauer geschlagen. ›Lieber der als ich‹, dachte der junge Beamte und duckte sich hinter einem Betonblock. In der nächsten Sekunde fielen die aufgetürmten Wassermassen schon auf ihn herunter. Die eintretende Pause zwischen den Wellen nutzte er, um sich selbst wieder nach oben zu hangeln. Seine Kameraden betätigten die Winde mit aller Kraft, und so schoss er förmlich hinauf. Einmal schlug seine Schulter gegen die Mauer. Der wattierte Anzug machte sich bezahlt und hielt das Gröbste ab. Dann war er in Sicherheit. Erst jetzt, als die Anspannung von ihm abfiel, merkte er, wie verkrampft er die ganze Zeit gewesen war.

Nun lag der geborgene Körper zu Füßen seines Vorgesetzten. Die schäbigen Kleidungsstücke der Leiche waren an mehreren Stellen aufgeschlitzt. An den bloßen Hautstellen waren schlimme Schrunden zu sehen. Das Gesicht des Toten war schon leicht aufgedunsen.

Einer der Polizisten meldete sich zu Wort: »Den kenne ich. Das ist der Deutsche, der die letzten Monate dahinten in dem Wohnwagen kampiert hat.« Sein Zeigefinger wies zu der alten Rostlaube am Parkplatzrand hin. »Ich habe den Mann mehrfach überprüft. Eigentlich war er immer friedlich, trank nur etwas viel.«

»Scheint mir ein Unfall gewesen zu sein«, mutmaßte sein Vorgesetzter. »Wahrscheinlich hat sich der Kerl mit besoffenem Kopf zu nah an den Rand gewagt. Die Dummen sterben eben nie aus. Das letzte Wort hat unser Doktor, schafft die Leiche fort!«

Der Polizeiarzt bestätigte die Vermutungen der Beamten. Zu der Wunde am Kopf durch den Schlag des Mörders waren durch die scharfen Felsbrocken in der Brandung weitere hinzugekommen. Die erste Wunde fiel deshalb gar nicht auf. »Der Körper zeigt nur Gewalteinwirkungen, die von den Felsen herrühren können. Vermutlich wurde der Mann von den Wellen an die Kaimauer geschlagen und ist dann im ohnmächtigen Zustand ertrunken. Betrunken ist er auf jeden Fall gewesen. Er wird kaum etwas von dem Unglück gemerkt haben. Ein verhältnismäßig gnädiger Tod«, dozierte der Mediziner.

Der Wohnwagen des Toten wurde von den Beamten nach diesem Befund nur oberflächlich inspiziert. Juan Álvarez, einer der Polizisten sah auf dem Campingtischchen das kleine Amulett und erwog für einen Moment, es seiner kleinen Tochter mitzunehmen, doch dann ließ er es an seinem Platz. Was man sonst sah, passte mit der Diagnose des Doktors zusammen.

Eine Schwester erwies sich als die einzige Hinterbliebene des Deutschen. Sie machte keine Ansprüche auf die ärmliche Habe ihres Bruders geltend. Wahrscheinlich befürchtete sie zu hohe Kosten bei deren Rücktransport. Nun hatte der alte Wohnwagen ausgedient. Das Mobil wurde samt Inhalt für den Schrottplatz freigegeben.

Mit diesem Entscheid entwickelte sich der Vorfall zu einer Lappalie, die nicht einmal bis zu dem Polizeichef durchdrang. Der verbrachte diesen Tag hinter wichtigen Verwaltungsvorgängen. Auf seinem großen, mit Akten bedeckten Schreibtisch stand im Silberahmen ein Foto seiner Frau Maria, daneben ein Abbild des Wappens von Puerto de la Cruz, seiner Stadt. Auf der Mitte des Wappens prangte rot und grün umrandet ein Drachen. Auf seinem schuppigen Rücken trug er das lateinische Kreuz, das Wahrzeichen Puertos. Unter seinen Krallen schlängelten sich drei silbrige Wellen auf blauem Grund als Symbol des Ozeans. Auf ihnen schwamm ein Schlüssel, der den mutigen Seefahrern den Seeweg nach Indien öffnen sollte. Den Kopf des Wappens zierte die spanische Königskrone.

Der Polizeichef freute sich auf den kommenden Abend. Mit seiner Frau und einem befreundeten Ehepaar aus Orotava wollte er den Geburtstag Marias nachfeiern. Er hatte einen schönen Tisch im Gourmettempel von Lucas Maes reserviert. Das Restaurant thronte als grau-weißer Block auf dem Hügel an der Autobahnauffahrt und war eines der besten der Insel. Das Menü hatte er selbst zusammengestellt. Als er jetzt daran dachte, lief ihm vor Vorfreude das Wasser im Mund zusammen.

Als Javier Torres am späten Nachmittag sein Büro verließ, schien seit langem wieder einmal die Sonne. Wie alle Jahre belebten in der Zeit zwischen Januar und März die riesigen Trompetenbaumgewächse mit ihrer auffälligen Blütenpracht das Stadtbild. Die orangefarbenen Blüten der großen Tulpenbäume leuchteten an diesem Nachmittag besonders schön im Sonnenlicht und verbesserten die Stimmung des Polizeidirektors noch mehr, als sie in Erwartung des genussvollen Abends ohnehin schon war.

Das Schicksal des ermordeten Deutschen endete geräuschlos in der Versenkung eines Armengrabes.

Eine Horrormeldung stahl ihm einen würdigen Nachruf auf der Titelseite der Tageszeitung: Hundert giftige Behälter mit Pestiziden, die Meeresbiologen zuerst bei einer

Walbeobachtung vor El Hierro entdeckt und dann aus den Augen verloren hatten, waren in Punta del Hildalgo gestrandet. Einige waren beschädigt gewesen und den Strand verseucht. Weitere Behälter wurden noch auf See vermutet. Eine Spezialeinheit der Wasserschutzpolizei aus Santa Cruz barg den Giftmüll mit einem Großeinsatz und fuhr als Vorsichtsmaßnahme immer wieder den Küstenstreifen ab, um weitere Fässer zu bergen. Das war eine *Bad News* nach dem Geschmack der Journaille. Der beängstigende Bericht schloss mit einem schlimmen Szenario, was wäre gewesen wenn...

So fand der Deutsche zu seinem Gedächtnis nur Raum in einer kurzen Meldung auf Seite zwei. Die endete mit einer Warnung vor dem unbedachten Betreten der Ufermauern. Er wurde mit dem Ereignis von niemandem in Zusammenhang gebracht. Wo kein Zeuge war, war schließlich kein Kläger und erst Recht kein Richter.

Die Tage glitten vorüber wie die Kugeln eines Rosenkranzes durch die betenden Hände der Gläubigen. Er verbrachte sie wie gewohnt. Unauffällig ging er seiner Arbeit als Leiter der Finanzbuchhaltung nach, war höflich zu Kollegen und Nachbarn und lebte ansonsten zurückgezogen.

Einen großen Teil seiner Freizeit verbrachte er in der Calle Santo Domingo. Dort befand sich die »Casa Cruz Roja«. Über 2500 Mitglieder waren im örtlichen Rot-Kreuz-Verein registriert. Er gehörte dazu! Diese Männer und Frauen stellten mit ihrer ehrenamtlichen Tätigkeit eine schlagkräftige kleine Armee für Zivilschutz, Brandbekämpfung, Bergungsmaßnahmen und Unfallrettung. Für ihn bot die freiwillige Arbeit den bedeutendsten Berührungspunkt mit dem anderen Geschlecht. Er war ein Single, hatte weder Frau noch Kinder. Er hatte noch nicht die Richtige gefunden. Er suchte aber auch nicht besonders engagiert. Er wollte in Anbetracht seiner persönlichen Entwicklung auch nicht, dass sich die Schmerzen in seinem Kopf in dem seiner Kinder fortsetzen würden. Er schien, wie es einem Priester eben gebührte, fürs Alleinsein bestimmt. Vorrangig war er aber kontaktscheu. Bei den Stationsdiensten in der Rot-Kreuz-Zentrale hatte er viel Zeit, nachzudenken. Dort kam ihm auch die Idee für eine nächste Opferung. Er wusste instinktiv, dass sich der heilige Baum bald wieder melden würde. Er plante deshalb schon einmal sorgfältig voraus, wie man es von einem Mann der Zahlen erwarten durfte!

Er gehörte ebenfalls noch der Rosenkranz-Bruderschaft an. Die Hermandad del Rosario hatte sich aus dem Fest der heiligen Maria del Rosario entwickelt. Das ging auf Santo Domingo zurück: Der Heilige führte einst im Kampf gegen die ketzerischen Albigenser das Rosenkranzgebet ein, bei dem die heilige Jungfrau eine besondere Rolle spielte. Ihr Fest wurde am ersten Sonntag im Oktober gefeiert. Die Brüder trafen sich jedoch auch über das Jahr hin mehrmals im Monat und natürlich sonntags beim Gottesdienst. Er war ein allseits anerkannter, gläubiger Bruder, hilfsbereit und unaufdringlich. Seit jüngstem plagte ihn Angst, der heilige Baum könnte ihm seine christliche Gläubigkeit verübeln. Aber bis jetzt hatte der zu seiner Erleichterung niemals in diese Richtung gemurrt. So konnte er seine bescheidenen Sozialkontakte zu den Brüdern aufrechterhalten. Seine Mitgliedschaft beim Roten Kreuz und die in der Bruderschaft verhinderten, dass er völlig zum Eigenbrötler wurde.

An seinem Arbeitsplatz und in der Nachbarschaft hatte er keine Freunde und Bekannte, als Einzelkind hatte er auch keine Geschwister. Seine Eltern waren inzwischen beide tot, und weitere Verwandtschaft hatte er nicht. Die Erinnerung an seine Eltern war nicht allzu positiv. Sie hatten ihm die ganze Kindheit über versucht, seine Linkshändigkeit abzugewöhnen. ›Nicht das böse Händchen‹, kam ihm sofort in den Sinn, wenn er an sie dachte.

Er träumte in der nächsten Nacht einen Traum, in dem sich der Baum wieder meldete, sein Grummeln blieb jedoch noch sehr schwach. Er sah verschwommen Bilder davon, wie der Baum einstmals auf den Archipel gekommen war. Feuerspeiende Drachen flogen vor langer Zeit mit ihren großen, schuppigen Schwingen über die Insel. Hin und wieder lösten sich aus ihren hornigen Panzern und aus den rudernden Krokodilschwänzen dornige Schuppen und fielen zur Erde hinab. Sie gruben sich durch die Wucht des Aufpralls mit ihren harten Spitzen wie Samenkörner in den Boden. Das Drachenblut in ihnen entwickelte magische Kräfte. Schon bald sprossen kleine, schuppige Setzlinge aus dem Boden und schafften die Grundlage für wachsende Heiligkeit. Sie waren in diesem Traum noch zu klein, um Forderungen zu stellen. Aber er wusste: ›*Sueño es realidad*‹, Traum ist Wirklichkeit! Bald würde er das Sprießen der Wurzeln wieder in seinem Kopf verspüren!

Am nächsten Tag in seinem Büro wurde er erneut an den Árbol Santo erinnert. Die Fehlzündung eines Motorrades, die durch das offene Fenster seines kleinen Arbeitszimmers zu ihm herein knallte, holte ihn aus einem längeren Wachtraum zurück. Bestürzt sah er auf das Schreibblatt vor sich. Er hatte es ganz und gar mit großen Os beschriftet. O für *Ofrenda*, Opfergabe, dachte er. Angst stieg in ihm auf. Er hatte sich nicht unter Kontrolle! Es durfte nicht passieren, dass er sein heiliges Geheimnis so ungeschützt offenbarte. Dieses Mal war es noch gut gegangen, aber das war keine

Garantie für die Zukunft. Er musste sich zusammenreißen. Schnell zerriss er das Blatt in kleine Stücke, warf es in den Papierkorb und wandte sich seinen Geschäftsvorgängen zu.

Nach Dienstschluss zog es ihn nicht sofort in seine Wohnung. Er spürte, dass er es mit sich selbst auf so engem Raum nicht aushalten würde. Er mischte sich auf der Calle Santo Domingo, die zum Meer hinunterführte, unter die Menschen. Punto del Viento, Ort des Windes, wurde die Stelle genannt, der er sich gemächlich näherte. Hier wehte immer eine frische Brise, selbst wenn es anderen Ortes in Puerto windstill war. Jung und Alt, Touristen und Einheimische lehnten zur anbrechenden Abendzeit an der Brüstung und genossen den erfrischenden Luftzug sowie den friedlichen Ausblick auf die Kapelle von San Telmo.

Er war froh, unter Menschen zu sein, das lenkte ihn ab. Er fühlte sich fast ein bisschen dazugehörig und für den Augenblick völlig entspannt. An der hohen Steinmauer zum Strand hin hatten sich mehrere kräftige Negerinnen postiert und buhlten um die Aufmerksamkeit der vorbeiflanierenden Touristinnen. In ihren grellbunt bedruckten, voluminösen Baumwollkleidern näherten sie sich den Frauen und boten an, ihr meist viel zu dünnes, blondes Haar in kleine Afro-Zöpfchen zu flechten. In den Händen hielten sie Fotos von solcher Art Haarschmuck, damit priesen sie ihre Fähigkeiten an.

Er ging nun zu der *Ermita* hinüber. Vor der Kapelle stand ein Prachtexemplar des Rauschopfs. Die dicke kugelrunde Krone dieses Agavengewächses bestand aus schmalen, strahlenförmig gewachsenen Blättern. Die untergehende Abendsonne beleuchtete sie und gab ihnen einen fast mystischen Glanz. Das Strahlen zog ihn magisch an. Von weitem wirkte die Kugel wie eine schimmernde

Glasfaserleuchte. Als er sich daran erinnerte, dass in dem Kirchlein die deutschsprachige katholische Gemeinde ihre Gottesdienste abhielt, kam ihm wieder der Alemán von der Ufermauer in den Sinn. Seine innere Unruhe wuchs, und er machte sich eilig auf den Weg zu seiner Wohnung.

Der Vorfall an der Promenade hatte ihm den Appetit verdorben. Er zwang sich, trotzdem eine Kleinigkeit zu essen. Als er danach mit dem Aufräumen fertig war, spürte er wieder das gleiche Gefühl, das ihn diesen Nachmittag umgetrieben hatte: Diesen Abend würde er nicht allein zuhause aushalten, er musste nochmals hinaus! Er stromerte rastlos durch die Straßen. Noch war die Stadt belebt. Alte Männer saßen Zigarren rauchend vor den Häusern und diskutierten. Junge Mütter hielten ein Auge auf ihre Kinder, die sich vor dem Zubettgehen noch einmal tüchtig austoben durften. Deren Väter standen in kleinen Trauben zusammen und fachsimpelten über ihre Arbeit, Fußball und Politik. Touristen schlenderten herum und suchten das richtige Restaurant für das Abendessen. Viele Paare gingen verliebt Hand in Hand, registrierte er neidisch. Er war wie meistens allein.

Bald schon wurden die Straßen leerer. Die Bars und Tavernen hatten ihre abgefütterten Gäste wieder ausgespuckt und schlossen kurz darauf ihre Pforten. Vor ihren Türen wurden die Stühle hochgestellt und zusammengekettet. Vor der Kellerbar mit dem Schild »Hoyo del Ron«, Rumhöhle, torkelte ein Alter auf der Stelle. Er war mächtig betrunken. Die Kirchglocken bimmelten zur Abendruhe.

Die Luft wurde merklich kühler und ihn fröstelte. Ihm blieb nur der Weg in sein Heim, in die Einsamkeit. Er ging auf der Promenade zurück. Der Wind hatte sich gelegt. Auch das Meer war zur Ruhe gekommen und zu einem schwarzen, stillen Spiegel geworden. Er ließ den Tag noch einmal Revue passieren. Der heilige Baum hatte ihm das Leben heute wirklich nicht leicht gemacht. Er hoffte nun wenigstens auf eine ruhige Nacht.

Diese Hoffnung erfüllte sich nicht. Vier Nächte lang leuchtete nun schon der Vollmond. Der drang gnadenlos durch die Ritzen seines Fensters und zwang ihn mehrfach aufzustehen und hinauszusehen. Die Häusermauern glitzerten in kaltem Licht. Er roch das Meer und sah in der Ferne das Weiß der Schaumkronen auf den hereinrollenden Wogen. Riefen die Wellen nach einem neuen Opfer? Er verdrängte diesen Gedanken. ›Der ist hoffentlich nur in mir selbst entstanden und nicht aus dem neuerlichen Bohren der Baumwurzeln erwachsen!‹ Das redete er sich zumindest erfolgreich ein und fand so doch noch seinen Schlaf.

Er schlief mit offenem Mund. Immer wieder bildeten sich Speichelbläschen in seinen Mundwinkeln. Sie vibrierten leise bei jedem seiner unruhigen Atemzüge. Sie platzen nach kurzer Zeit, als wollten sie schnell für ihre Nachfolger Platz machen.

Er lebte sein unauffälliges Leben bis zum Beginn der Osterzeit. Akribisch arbeitend, höflich und zurückhaltend gegenüber den Kollegen, wurde er eigentlich von niemandem so richtig registriert. Alle in der Firma hatten sich daran gewöhnt, dass er ein Einzelgänger war. Keiner machte mehr den Versuch, das zu ändern. Seine Arbeit wurde geschätzt, und er war fachlich als zweiter Mann akzeptiert. Er war sich aber durchaus bewusst, dass er nicht unersetzlich war.

›Solche wie mich gibt es an jeder Ecke‹, hatte er schon öfters mit wenig Selbstwertgefühl gedacht. Dann tröstete er sich rasch mit seinem Geheimnis: Er war aber ein auserwählter Diener des heiligen Baumes, er war etwas Besonderes! Der heilige Baum meldete sich in der Nacht auf den Palmsonntag. Er hatte sich für die Osterwoche *Semana Santa* frei genommen. Das war die große Woche der Bruderschaften. Er wollte an den vielen Festveranstaltungen mit seiner »Hermandad del Rosario« teilnehmen.

Er träumte in dieser Nacht den ihm bekannten Traum: Ein feuerspeiender Drache flog über Land und verlor eine seiner dornigen Schuppen. Wie ein bereites Saatkorn bohrte sich die Schuppe in den Boden, und in Windeseile wuchs ein mächtiger Drago, der heilige Baum, aus ihr hervor und geriet immer größer und größer... Dann piekten auch schon die harten Wurzeln des Baumes in seinem Hirn. Er erwachte Schweiß gebadet und verspürte bohrende Kopfschmerzen. Der neue Ruf des Árbol Santo verging wie eine erste Wehe. Er wusste jedoch, dass bald weitere Wehen folgen würden. Der Baum würde bald nach einer neuen Opfergabe drängen. Er hoffte inständig, dass der Drago ihm wenigstens die Zeit ließe, an den Feierlichkeiten der Karwoche teilzunehmen.

Über den Sonntag blieb es ruhig in seinem Kopf. Gegen Mittag kleidete er sich sorgfältig in sein religiöses Gewand. Die so prächtig mit Goldfäden durchwirkte Mönchskutte fiel in weitem Fluss bis auf den Boden. Seine spitze Kopfhaube zog er erst unten auf der Straße über. Nun war er als Person nicht mehr auszumachen. Er war anonym und gehörte für den Moment völlig unkenntlich zu den Feiernden dazu. Dieses Gefühl mochte er. Er hasste es, einen Teil von sich herzuzeigen. Er blieb lieber im Verborgenen.

Dann umfing ihn die feierliche Musik der Prozession. Wie er kamen von überall her auch die Musiker des Festzuges zusammengeströmt. Dumpfe Trommelwirbel ferner

Tamboure, schneidende Töne der Trompeter und getragene Sequenzen dunkler Posaunen lagen in der Luft und verursachten ihm ein wohliges Kribbeln auf dem Rücken. Der Platz vor dem Rathaus war schon gänzlich mit Zuschauern gefüllt. Unter ihrer erwartungsfrohen Anteilnahme segnete der Priester die Palmenzweige, *Palmitos*. Die ersten und größten waren für die einzelnen Kirchen der Stadt bestimmt und wurden von den Gemeindemitgliedern feierlichen Schrittes dorthin getragen. Viele Gläubige hatten aber auch selbst Palmwedel mitgebracht und ließen die für ihre Häuser und Balkone segnen. Er nahm in seiner Bruderschaft nur einen niederen Rang ein. Deshalb stand ihm nicht zu, einen der großen Wedel in eins der Gotteshäuser zu tragen. So trug er nur einen kleinen, bescheidenen Zweig für sich und bat um Gottes Segen. Er wollte mit dem eingesegneten Wedel sein einsames Zuhause für die Festwoche schmücken.

Auch über den Montag hin hatte er nur leichten Druck hinter den Schläfen und ein schwaches Summen im Schädel. Der Baum arbeitete zwar in ihm, aber er gab ihm noch nicht den Befehl und die Kraft für eine neue Tat. Er dachte trotzdem schon in dienstfertiger Demut voraus. Er wollte dem Drago schließlich alles recht machen, noch perfekter als das erste Mal. Er hatte sich dafür eine Steigerung ausgedacht. Die nächste Opferung sollte am hellen Tag geschehen! Er hatte nichts zu verbergen, und die kräftigen Strahlen der Sonne sollten die durstigen Wurzeln des Árbol Santo kraftvoll und warm mit dem nächsten Opfer verbinden. So sollte sich alles zu einem perfekten Ganzen fügen! Er wollte dieses Mal eine Frau erwählen. Schließlich war der Árbol Santo männlich und weiblich zugleich. Er war alles und sollte alles erhalten! Frisches Blut von außerhalb der Insel sollte es sein. Das alles passte sich problemlos in den Plan ein, der während der Wartestunden in der Rot-Kreuz-Station in ihm gereift war.

Er vertrödelte den Tag. Am späten Nachmittag zog er sein Ornat wieder über und machte sich auf den Weg in die Pfarrkirche. Die war reichlich mit Blumen und Kerzen geschmückt. Besonders schön glänzte ihre kassetierte Holzdecke. Diese Machart nannte man *Par y Nudillo*, Löcher und Maschen. Genauso war das Fischernetz des heiligen Petrus gefertigt gewesen.

Von der Kirche aus begann am Abend die Prozession des »*Señor de la Columna*«. Der heilige Jesus als Holzfigur war, für die Marter durch die römischen Legionäre, an eine Säule gebunden und wurde durch die Straßen der Stadt getragen. Prächtig gekleidete Figuren des heiligen Johannes und der schmerzhaften Muttergottes María Dolorosa begleiteten den Gottessohn auf seinem Leidensweg. Die Trauermusik der vielen Blasinstrumente und das Rollen der Trommeln unterstrichen den großen Schmerz, den die Figuren so eindrucksvoll ausstrahlten. Er ging mit seiner Bruderschaft kurz hinter den Heiligen. Nur ein stolzer Damenflor in schwarzen Roben mit Glaslampen auf langen Holzstöcken ging selbstbewusst in zwei Reihen links und rechts der Straße vor ihnen und der Bruderschaft her, die heute die Ehre hatte, mit den Figuren voranzuschreiten.

Er fühlte sich plötzlich gedrängt, für eine glückliche Fügung für seine Pläne zu beten. Er schlug mit seiner Linken, sie kam vom Herzen und war seine Haupthand, ein Kreuz und betete voller Inbrunst zu Gott dem Herrn. Eine vage Furcht beschlich ihn erneut, der Árbol Santo könnte über die Anbetung eines weiteren Herrn zürnen. ›Du sollst keine anderen Herren haben neben mir‹, dachte er ängstlich. Doch den Drago schienen seine Gebete wiederum nicht zu scheren.

Er rührte sich auch über den Dienstag hin kaum. Heute wurde das *Vera Cruz*, das wahre Kreuz, von der Kapelle de Cuaco in der Calle Valois zur Pfarrkirche getragen. Er war wieder dabei. Der Dienstag war traditionsgemäß der Tag der Bruderschaft »Gran Poder de Dios«. In schwarzen Kutten, mit den Zeichen der Dornenkrone und des Kreuzes geschmückt, umringten sie die Tragefiguren. Zum Abschluss der Prozession sammelten sich die verschiedenen Bruderschaften in unterschiedlichen Restaurants, um gemeinsam zu Tisch zu sitzen.

Er tagte mit seiner Hermandad im Restaurant RÉGULO in der Calle Pérez Zamora. Sie hatten im oberen Stockwerk einen gesonderten Raum reserviert, um gemeinsam ihr alljährliches Zickleinessen zu zelebrieren. Der Zug der Brüder bewegte sich in den langen Kutten mit knarrenden Geräuschen die gewundene Holztreppe hinauf. An den dunkelgelben Wänden hingen alte Erntegeräte. Vom Balkon des oberen Stockwerkes rankten Schlingpflanzen und kugelige Farne nach unten. Leises Gelächter und gedämpfte Fröhlichkeit lagen in der Luft. Er nahm daran teil, doch immer wieder schweiften seine Gedanken zu seinem Vorhaben ab. Er hatte vor innerer Erregung kaum Appetit. Ihm galt nur noch, die Zeit zu überbrücken, bis er vom Árbol gerufen wurde. Dann würde er wieder aus seinem armen Leben ausbrechen und als Auserwählter für seinen Herrn und Meister tätig werden! Die sonst von ihm geliebten *Pimientos del Padrón*, die kleinen angeschmorten Schoten, die neben anderen Tapas als Vorspeise gereicht wurden, ließ er heute achtlos liegen. Mit jedem Glas *Vino* stieg die Stimmung rings um ihn her. Schließlich wurden von vielen fleißigen Händen *Cabrito al Horno*, Zicklein aus dem Backofen, in großen Schmortöpfen herein getragen. Die Braten verströmten einen würzigen Duft nach Piment, Thymian, Oregano, Muskatnuss und Knoblauch. Die Augen der Brüder leuchteten vor Erwartung.

Er erduldete den Hauptgang lediglich als weitere Etappe auf das Ende des Festmahles hin. Das sehnte er mit all seinen Sinnen herbei. Er wollte endlich mit seinen Gedanken für sich allein sein. Kleine Aufmunterungen seiner Tischnachbarn beachtete er höflich, reagierte aber kaum auf sie. Seine Brüder neben ihm gaben den Versuch bald auf, ihn in ihre Gespräche einzubeziehen. Endlich ging die Feier mit einem opulenten Nachtisch, Kaffee und Brandy zu Ende. Er verabschiedete sich von den anderen schon vor der Tür des Restaurants.

Er mied auf seinem Nachhauseweg die beleuchteten Gassen. Sein Kopf schmerzte, und er scheute das Licht. Er wollte nach den hektischen Stunden nur noch Ruhe und Einsamkeit. Der Himmel war schwarz und von Wolken blank gefegt. Unzählige Sterne flimmerten und boten ihm zusammen mit dem fahlen Glanz des Halbmonds genügend Licht für den Heimweg. Ein dünner Mondschatten ging ihm voraus. Ab und zu sorgte eine der wenigen eingeschalteten Lampen hinter einem Fenster für zusätzliche Beleuchtung. Die Bäume am Rande des Weges glänzten mit ihren harten, Wasser haltenden Blättern im zinkfarbenen Licht der Mondsichel. Kein Ding umher zeigte eine andere Farbe als dieses silbrige Weiß. Zielstrebig und so rasch, wie es sein langes Gewand eben zuließ, strebte er seiner Wohnung zu. Den Spitzhut hatte er abgesetzt und trug ihn unter dem Arm. Die Dunkelheit gab ihm genügend Schutz, und so ließ es sich schneller gehen. Wie zum Abschiedsgruß schimmerte der Mond ein letztes Mal auf dem Mauervorsprung unter seinem Fenster. Er hatte den Hausflur betreten. Er war zu Hause.

Diese Nacht meldete sich der Baum heftig. Es war wie die Musik der Tamboure, die in seinem Schädel schmerzhaft dröhnten. Schläge der kleinen, hölzernen Trommelstöcke malträtierten sein Kopfinneres und ließen ihn im Takt zusammenzucken. Es war, als würde in seinem Schädel ein Gaspedal durchgetreten. Nicht einmal wimmerndes Stöhnen brachte ihm Linderung. Die Wurzeln des Drago gruben und gruben. Er selbst musste nun schnell für Abhilfe sorgen, erkannte er. Er wälzte sich in seinem Bett hin und her und konnte nicht einschlafen. Als ihn der Harndrang zur Toilette trieb, fühlte er sich so schwach, dass er sich auf dem Weg dorthin am Kleiderschrank abstützen musste. Mit Kopfschmerz und Schwindelgefühlen taumelte er ins Bad. Erschreckt bemerkte er, dass er dabei Selbstgespräche führte. Unter Qualen verging die Nacht nur ganz langsam.

Beim Aufstehen beschloss er, dass die Opferung nun geschehen musste. Er wollte schließlich nicht vor die Hunde gehen und dem Drago ein guter Diener sein. Er packte einen kleinen Rucksack mit nötigen Dingen. Eine große Flasche Wasser gehörte dazu. Er zog leichte Freizeitkleidung an und derbe, feste Schuhe. So machte er sich auf den Weg zum Busbahnhof.

Als penibler Mensch hasste er dieses heruntergekommene Gebäude. Das Mauerwerk bröckelte und blühte an vielen Stellen aus. Im Gebäudeinneren roch es nach Schimmel und Urin. Die Metallkonstruktionen starrten vor Rost, und von der Decke hingen einzelne Stücke Beton bedrohlich herunter. Von der Station aus ließ sich aber jeder Fleck auf der Insel günstig erreichen. Die Busse fuhren sternförmig in alle Richtungen. Er nahm den *Guagua* nach Los Silos, so nannten die Insulaner den Linienbus.

Die Fahrtstrecke über Icod de los Vinos und Garachico war eine der schönsten der Insel. Er beachtete die Schönheiten jetzt aber nicht. An der Haltestelle hinter dem Ortsschild Los Silos, noch auf der Fernstraße, stieg er aus. Er wollte nicht in den Ort hinein. Er wollte möglichst wenig gesehen werden.

Er ging ein Stück die Straße entlang, kreuzte sie und bog auf der anderen Seite in die enge Calle Susana ein. Das Gässchen führte stetig bergan. Neue Wanderwegweiser kennzeichneten den Weg als »PR TF-53 Cuevas Negras«. Der war bei ausländischen Touristen beliebt. Zunächst standen noch links und rechts vereinzelt Häuser. Fast alle Türen und Fenster waren zum Schutz gegen die Hitze des Tages verschlossen. Keine Menschenseele ließ sich blicken. Nur ab und zu waren Radioklänge aus dem Hausinneren zu hören. Nach wenigen Minuten begann einsames Hügelgelände. Zwischen staubigem Buschwerk auf steinigem Pfad stapfte er in schweißtreibender Anstrengung bergauf und schnaufte bald wie eine Dampfmaschine. Auf der Steinmauer neben dem Weg sonnten sich grün schillernde Eidechsen. Die Sonne stand schon hoch und stach von einem wolkenlos blauen Himmel in seinen Nacken, der zu seinem Schutz Schweißperlen austrieb.

Nach einer guten Stunde auf dem einsamen Pfad erreichte er eine kleine Gruppe von Häuserruinen. Die Hütten standen schon lange leer, hatten schadhafte Dächer oder waren schon ganz abgedeckt. Türen fehlten oder waren zumindest zerfallen. Der Estrich auf den Böden war zerbrochen, kaputte Fliesen an den Wänden glänzten im Sonnenlicht. Überall hatten sich wuchernde Pflanzen breit gemacht. Es grünte aus den Ritzen und hinter den morschen, hölzernen Fensterrahmen hervor. Sogar auf den Resten des Dachwerks sprossen kleine Büsche. Er verharrte, horchte und sah sich vorsichtig um. Er brummte zufrieden, alles war ruhig und menschenleer. Er hatte sein Ziel erreicht. Über Trümmer- und Abfallhaufen kletterte er von Haus zu Haus. Er musste aufpassen, dass ihm herumliegende Glasscherben und geborstene Ziegel nicht durch die Schuhsohlen drangen. Eine vorgetäuschte Verletzung gehörte zwar zu seinem Plan, doch keine wirkliche!

Ungepflegte Kohlköpfe waren überall in die Höhe geschossen. Er bemühte sich, nicht darauf zu treten. Pelziges Grün von Kartoffelpflanzen wuchs neben den Köpfen. Alles zusammen war von Kletterranken überwuchert. Auf diesem ehemaligen Gemüsegarten ließ es sich leicht und weich gehen. Er näherte sich dem Rand des Barranco, der steil in die Tiefe abfiel. Vor der Randböschung stand eine letzte Ruine. Sie war von allen Seiten durch dichte und struppige Wacholderbäume umgeben. Die Kronen der *Sabinas* hingen voll würziger Beeren.

Er stieg vorsichtig eine baufällige Treppe hinauf und trat durch die ausgefranste Türöffnung ins Innere der Ruine. Ein wildes Flattern unter der Zimmerdecke erschreckte ihn. Eine kanarische Waldohreule flüchtete aufgeschreckt aus dem dunklen Raum nach draußen in die Helligkeit, die sie so hasste. Der *Búho Chico* beschimpfte ihn mit rauer Stimme. Er trat, kurz benommen von diesem Zwischenfall, einen Schritt vor. Unter seinen Füßen knirschte zerbröselndes Mauerwerk.

Der Innenraum der Hütte starrte vor Schmutz. Das schummrige Licht verdeckte den Dreck nur wenig. Seine feine Nase litt unter den üblen Gerüchen des Unrats. Irgendetwas faulte dort vor sich hin. Die zwei Fenster zum

Abgrund hin waren glaslos, und eines war unten V-förmig bis zum Zimmerboden ausgebrochen. Er prüfte den Boden davor auf Trittfestigkeit. Erst dann trat er vor die Öffnung hin. Sein Blick wurde magisch in die felsige Tiefe gezogen. Alles war wie bei seiner ersten Inspektion. Das war der Platz, den er für seine heutige Tat vorgesehen hatte.

Zufrieden ging er an den Wegesrand zurück. Er setzte sich auf ein zerfallenes Mäuerchen und wartete auf ein Opfer wie die Spinne in ihrem Netz. Er war bereit, zu warten, bis die Richtige kam. Er würde sie schon früh auf dem Weg begutachten können. War ihm die Person nicht recht, so konnte er sich problemlos verbergen und sie passieren lassen. Er würde sich in Geduld üben.

Mareike Demol war diesen Morgen zum ersten Mal in ihrem Urlaub früh aufgestanden. Die Holländerin wollte ihren vorletzten Ferientag möglichst lange genießen. Sie schaute aus ihrem Apartment und schnurrte zufrieden: Der Himmel war strahlend blau, die Sonne zeigte sich von ihrer besten Seite. Mareike konnte ihren Tagesplan also ohne Änderungen ausführen. Vom niederländischen Wanderclub Teneriffa hatte sie sich eine Tageswanderung empfehlen lassen und legte nun die kleine Wanderkarte auf dem Tisch bereit. Es sollte heute hoch hinauf gehen! Sie wollte noch mal etwas für ihre Kondition tun. Morgen, am Karfreitag würde sie zum krönenden Abschluss ihrer Ferien zur großen Prozession nach La Laguna fahren. Am Samstag war der Urlaub dann endgültig vorbei. Leider! Sie würde vom Aeropuerto Los Rodeos aus wieder zurück nach Amsterdam fliegen. Mareike war Krankenschwester, und Ostermontag musste sie dort schon wieder ihren Dienst im Universitätskrankenhaus antreten.

Sie duschte und fönte ihr langes Haar, bis es richtig goldblonden glänzte. Dann zog sie sich an. Dem Wetter entsprechend entschied sie sich für luftige Kleidung. Ein kurzärmeliges T-Shirt und eine mittellange Baumwollhose. Für das Frühstück hatte sie eine Wertmarke. Sie konnte es in der kleinen Bar direkt gegenüber von ihrem Apartmenthaus einnehmen. ›All inclusive‹, dachte sie schmunzelnd und freute sich auf den netten Kellner, den sie während der vergangenen zwei Wochen ins Herz geschlossen hatte. Er war immer freundlich zu ihr gewesen und hatte sie nach Strich und Faden verwöhnt. Noch einmal wollte sie ihren kleinen spanischen Wortschatz gebrauchen. ›*Adelante*‹, vorwärts, sagte sie gut gelaunt zu sich selbst und machte sich auf den Weg.

Miguel empfing sie mit einem strahlenden »*Buenos días, cómo estás?*«

»*Bien, gracias, ¿y tú?*«, antwortete sie und war stolz auf diesen spanischen Satz. Sie nahm sich Schinkenbrötchen, ein Ei und Wassermelone, *Sandía*. Auch die große Tasse Milchkaffee durfte nicht fehlen.

»*Hoy hace mucho calor*«, wandte sich der Spanier erneut an sie. Mareike konnte seine Feststellung über das heiße Wetter mit freudiger Urlaubsmiene nur lachend bestätigen. Nach dem Frühstück verabschiedete sich Miguel wortreich von ihr und wünschte ihr einen schönen Tag.

Mareike ging auf ihr Zimmer zurück, um die Sachen für ihre Wanderung zu holen. Dann marschierte sie erwartungsfroh den Berg hinab zum Busbahnhof. Sie musste nicht lange auf den richtigen Bus warten, löste beim Fahrer ein Ticket bis Los Silos und setzte sich auf einen freien Fensterplatz. Die Fahrtstrecke kannte sie von ihren bisherigen Exkursionen bereits gut. Wehmütig besah sie die schönen, grünen Landstriche, die mit schroffen Felsen durchsetzt bis hinab in den Atlantik reichten. ›Das ist für dieses Jahr das letzte Mal, dass ich die grüne Natur und die Wärme so faul genießen kann‹, dachte sie traurig. Am Montag fing für sie wieder der Ernst des Lebens an!

Als der Bus unterhalb Icod vorbeifuhr, versuchte Mareike einen Blick auf den berühmten Drachenbaum zu erhaschen. Sie hatte kein Glück. Der alte Baum blieb hinter Häusern und Hügeln verborgen. Nur der hohe weiße Turm der Pfarrkirche San Marcos zeigte ihr in etwa, wo er stand. Bald passierten sie Garachico, den ältesten Hafen der Insel, der im Mai 1706 von einem Ausbruch des Vulkans Montaña de Trebejo vollständig zerstört worden war. Vorbei ging es am Castillo de San Miguel, das aus schwarzem Lavagestein gebaut war. Die Spanier hatten es einst zum Schutz ihrer Hafenanlagen errichtet. Als Mareike der Name des Kastells in den Sinn kam, musste sie an den netten Kellner in der Frühstücksbar denken. Die junge Frau lachte für die Mitfahrenden im Bus unverständlich auf. Ihre Sitznachbarin sah sie danach mehrfach verstohlen und verwundert an.

Nach wenigen Minuten erreichten sie Los Silos. Dieser ruhige Ort im Nordwesten der Insel hatte einen alten, beschaulichen Ortskern. Dort stieg die junge Holländerin aus. Auf dem Plaza vor dem obligatorischen Pavillon saßen einige alte Männer, diskutierten, rauchten und tranken Kaffee. Der Platz war von hohen Lorbeerbäumen eingerahmt, hinter denen schöne, alte Wohnhäuser in bunten Anstrichen hervorlugten. Mareike entschloss sich zu einem kleinen Rundgang durch den Ort. Fast von jedem Winkel des Städtchens Richtung Süden hatte sie einen wunderbaren Blick auf das mächtige, bizarre Tenogebirge, an dessen verlängertem Fuß Los Silos klebte. In den engen, kopfsteingepflasterten Gassen war es noch angenehm kühl, kühler als es im Autobus gewesen war. ›Wie schön kann das Leben sein‹, dachte sie. Nun sollte es mit dem Aufstieg ernst werden!

Die Holländerin holte die Wanderkarte aus ihrem Rucksack und orientierte sich. Am großen Parkplatz in der Ortsmitte sollte sie die Umgehungsstraße überqueren. Auf der anderen Straßenseite sollte dann nach wenigen Schritten die Calle Susana abgehen. Volltreffer! Die Wegbeschreibung war einwandfrei, von nun an ging es nur noch bergauf. Die junge Frau besah alles um sich herum mit neugierigen Augen. Zunächst führte die schmale Straße noch zwischen Häusern bergauf. Die Türen und Fensterläden waren geschlossen, niemand der Bewohner zeigte sich auf der Gasse. Aus einem der runtergekommenen Bauten tönte helles Vogelgezwitscher. Es musste sich um eine große Schar handeln. Mareike versuchte vergeblich, einen Blick in das Hausinnere zu ergattern. Nur ein mit Filzstift beschriebenes Papierschild neben der Eingangstür verriet ihr, dass es hier Kanarienvögel zu kaufen gab. Vor dem nächsten Haus zu ihrer Rechten standen zwei Leichtmotorräder. Ihr Lack leuchtete grell blau und rot in der Sonne. Ihre Lampen sahen sie schlitzäugig an. Die Maschinen mit den vielen Chromleisten wirkten irgendwie kriegerisch auf sie. ›Aha, japanische Produktion‹, dachte sie. ›Die einzigen Fahrzeuge, die man auf diesen engen Wegen fahren kann.‹ Aus dem nächsten Haus wehten ihr Essensdüfte entgegen. Eine Knoblauchwolke fing sie ein und erinnerte sie daran, dass sie in einem südlichen Urlaubsland war. ›Die Welt kann doch so schön sein‹, dachte sie erneut. Sie mochte Knoblauch sehr, wenngleich sie ihn nur in Maßen vertrug.

An einem rostigen Eisenpfahl sah sie eine weitere Wegmarkierung: »Monte del Agua, Erjos«. Sie war richtig. An den letzten Häusern passierte sie einen Waschplatz. Hier hing von mehreren Familien die Wäsche zum Trocknen aus. Die Wäschestücke sahen sauber aber ärmlich aus. Die internationale Mode hatte hier noch keinen Einzug gehalten. Trainingshosen, kragenlose Baumwollshirts, geflickte Unterwäsche und gestopfte Strümpfe baumelten an der Leine. Vor einer verfallenen Hütte, die in Holland nicht durch die Bauaufsicht gekommen wäre, befand sich ein kleiner betonierter Platz. Auf dem wurde wohl die Wäsche gewalkt. Von den Wäscherinnen war keine zu sehen.

›Denen ist es zu heiß‹, dachte Mareike schnaufend und stieg weiter bergan. Der Weg wurde schmaler. Nun säumten Bambus, Zuckerrohr und Brombeerhecken den Wegesrand und zeugten von dem großen Wasserreichtum der Gegend. Aus ihrem Reiseführer wusste Mareike, dass in Los Silos früher eine Zuckerfabrik betrieben worden war, ebenfalls ein klares Indiz für viel Wasser. Es folgten mehrere kleine Gärtchen. Hinter Stachelzaun bewehrten Einfriedungen sah Mareike reife Melonen und glänzende Auberginen direkt über dem Boden wachsen. An kleinen, knorrigen Stämmchen dazwischen leuchteten Orangen, Mandarinen, Mangos und Zitronen. Ab und zu standen größere Avocadobäume inmitten der anderen Gewächse und stahlen ihnen das Sonnenlicht. Mareike hätte nur allzu gern von all den verlockenden Früchten genascht, aber sie waren von ihren Besitzern zu gut durch Stacheldraht gesichert. Vorsichtig schritt sie über eine kleine baufällige Holzbrücke auf die andere Seite eines unscheinbaren Barranco.

Sie drehte sich noch einmal um und sah zufrieden, dass sie schon ein gehöriges Stück von der Küstenebene aufgestiegen war. Die Häuser von Los Silos und sogar die Pfarrkirche wirkten nur noch zwergenhaft klein. Mit einigen größeren Bananenfeldern endeten die menschlichen Anpflanzungen allmählich ganz. Die Pflanzen darin sahen gesund und grün aus. Ihre mächtigen Fruchtstände waren sorgfältig in blauer Plastikfolie eingepackt, um die Reife zu beschleunigen und die Früchte vor Witterungseinflüssen zu schützen. Erneut änderte sich das Erscheinungsbild des Weges. Mareikes Blick strich zunehmend über nacktes, scharfkantiges Felswerk. Beim genaueren Betrachten der fernen Gesteinsmassen wurden viele dunkle Einbuchtungen erkennbar. Sie bekam eine Vorstellung, wie der Ort zu seinem Namen »Cuevas Negras«, schwarze Höhlen, gekommen war. Aus den Plastikrohren, die vom Berg herunter am Wegesrand entlang führten, rauschte Wasser sein unaufhörliches Lied und stimmte die junge Holländerin fröhlich. Das Vogelgezwitscher hatte längst aufgehört, und so waren die gurgelnden, rauschenden Laute des Wassers ihre einzigen tönenden Wegbegleiter. Hoch oben über den Spitzen der Felsen kreisten einige Raubvögel in ruhigen Bahnen.

Nicht ganz so hoch saß auch er und wartete. Er hatte sich immer wieder von seinem Sitzplatz erhoben und mit seinem kleinen Fernglas die Gegend abgesucht. Alles war ruhig geblieben, bis er sie beim Einstieg in den Berg entdeckt hatte. Allein, eine Frau, die ihm unaufhaltsam entgegen ging!

›Das ist perfekt‹, dachte er erregt. ›Sie war blond, sie musste eine Ausländerin sein! Alles schien bereits beim ersten Mal zu passen!‹

Sein Herz schlug ihm vor Aufregung bis zum Hals. Nun hieß es, alles mit Bedacht vorzubereiten. Er zog seinen rechten Wanderschuh aus und den dazugehörigen Strumpf. Sein Hosenbein krempelte er bis zum Knie hoch. Neben sich hatte er einen länglichen, glatten Stein gelegt. Mit ihm wollte er das Kühlen einer vermeintlichen Verletzung vortäuschen. Nun übte er, sein Fußgelenk so abzuwinkeln, dass es glaubhaft nach einer schlimmen Verrenkung aussah. Er hatte noch Zeit, und die nahm er sich auch, um alles auszuprobieren. Er hatte sich hinter einer leichten Wegkehre platziert. So würde er sein Opfer hören, bevor er es sah. Für die Frau würde es genau umgekehrt sein.

Mareike sah dann auch als erstes nur auf eine verfallene Häuserwand und freute sich, das verlassene Dorf endlich erreicht zu haben. Sie schaute auf ihre Uhr. Nach einer knappen Stunde strammen Gehens hatte sie die erste Etappe ihrer Wanderung erfolgreich bewältigt. Nach den Zeitangaben auf der Wanderkarte lag sie im Soll. Sie beschloss, auf dieser Höhe eine kurze Rast einzulegen. Dafür wollte sie sich vor den Häusern ein gemütliches Plätzchen suchen.

Als sie der Biegung des Trampelpfades weiter folgte, sah sie ihn vor sich: mittelalt, mittelgroß und mittelkräftig, völlig mittelmäßig. Er hockte da am Boden wie ein Häufchen Elend. Sein bleiches Gesicht war schmerzerfüllt. Enge, braune Augen sahen sie Hilfe suchend an. Sein Mund war leicht geöffnet und gab zwei Reihen langer, gelber Zähne frei. Sie waren vor Schmerz zusammengebissen. Mit seinen nervösen, weißen Händen hielt er einen flachen Stein mit der linken Hand auf seinen bloßgelegten rechten Unterschenkel gepresst. Das Fußgelenk war unschön abgeknickt, als wäre es gebrochen oder verstaucht.

›Ein blasser Stubenhocker‹, dachte sie. Der Kerl gefiel Mareike nicht, aber es meldete sich die Krankenschwester in ihr. Sie musste dem Mann helfen. Sie besah ihn nochmals von oben bis unten und kam zu dem Schluss, dass er mit seinem schwarzen, pomadisierten Haar bestimmt ein Einheimischer war. Mühsam versuchte sie einige spanische Worte in ihrem Kopf zusammen zu bringen. Der erste Satz kam ihr wie von selbst in den Sinn: »¿Le ayudo?«, kann ich Ihnen helfen? Der Mann reagierte nur mit einem Stöhnen. Der nächste Satz fiel ihr schon schwerer: »*Perdone, necesi-*

to saber si le ha pasado algo«, entschuldigen Sie, ich muss wissen, ob Ihnen etwas passiert ist.

Er registrierte mit versteckter Freude, dass sie ein wenig Spanisch sprach. Doch das ließ er sich nicht anmerken. Dieses Mal reagierte er und antwortete mit weinerlicher Stimme: »*He tenido un accidente. Tropecé con una piedra. Siento un dolor en la pierna. Estoy malo*«, ich habe Schmerzem im Bein, es geht mir schlecht.

Mareike sah ihn mitleidig an. Dann wanderte ihr Blick zu dem verdrehten Fuß, und sie antwortete ihm mit beruhigender Stimme: »*Soy enfermera, voy a tratar la herida*«, ich bin Krankenschwester und werde die Wunde behandeln. Sie kniete sich vor ihm nieder, schob seine linke Hand mit dem flachen Stein von dem verletzten Bein und begann es abzutasten.

Er ließ sie für einen Moment gewähren, zu ungewohnt und angenehm war es, von einer Frau angefasst zu werden. Doch dann besann er sich. Er musste wieder den Verletzten spielen! »*Ay, sí duele*«, stieß er mit einem Schmerzensschrei hervor. Mareike ließ sich dadurch nur für einen Moment davon abhalten, das Bein weiter zu untersuchen. Sie hatte noch keine Bruchstelle gefunden und tastete höher hinauf. Nochmals stöhnte er: »*No aguanto estos dolores*«, ich halte die Schmerzen nicht aus! Er war sich bewusst, dass er dieses Spiel nicht endlos weitertreiben konnte. Sie würde ihm sonst auf die Schliche kommen.

Als sie so arglos über ihn gebeugt kniete, hob er langsam die Hand mit dem Stein in die Höhe, zielte einen kurzen Moment und schlug der jungen Frau hart in den bloßen Nacken. Es gab einen dumpfen Aufschlag und ein leises Knacken, dann brach die Frau vor ihm zusammen. Der glatte Stein hatte ihr nicht einmal die Haut geritzt. Sie lag einfach leblos da, ganz ohne zu bluten. Mareike hatte keine

Schmerz gespürt, der harte Schlag meldete sich in ihrem Gehirn lediglich mit einem grellen Blitz, dann wurde alles schwarz, und sie sank ohne einen Laut über seinem abgewinkelten Bein zusammen. Er zog es vorsichtig unter ihr hervor und erhob sich langsam aus der unbequemen Stellung. Das Bein kribbelte ein wenig. Es war eingeschlafen und pochte etwas. Zu lange hatte es in der unnatürlichen Stellung gelegen. Er stampfte mehrmals auf und spürte, wie sich das Blut in seinen Adern zu verteilen begann.

Dann beugte er sich über den leblosen Körper vor seinen Füßen. Er drehte die junge Frau langsam auf den Rücken. Blicklose, weit aufgerissene Augen starrten ihn an. ›Sie ist wunderschön. Der Drago wird zufrieden sein‹, dachte er, ohne irgendein Bedauern über seine Tat zu verspüren. Sie gab kein Lebzeichen von sich. Er war sich fast sicher, ihr mit dem Schlag das Genick gebrochen zu haben.

Er musste schnell fortfahren mit seiner heiligen Arbeit. Es durfte ihm schließlich niemand ins Gehege kommen. Aus seinem Rucksack holte er ein kleines Beutelchen und fingerte ungeschickt das hölzerne Amulett mit dem heiligen Baum hervor. Er überlegte einen Moment, dann band er das Holzbild fast wie einen Orden feierlich an den Gurt ihres Rucksacks. Nun packte er die junge Frau unter den Achseln und schleifte sie zügig zur Ruine am Rande des Barranco. An der Treppe hob er sie an und trug sie ins Innere des Gemäuers bis hin zu dem beschädigten Fenster, das in die gähnende Tiefe führte. Nur ein kleiner Schubs war nötig, dann sauste ihr Körper in freiem Fall hinab. Regungslos sah er zu, wie der ehemals so lebendige, junge Leib unten aufprallte, sich noch mehrmals drehte und dann seitlich liegen blieb. Seine Opfertat war getan! Jetzt galt es, die Stelle des Triumphes so schnell wie möglich ungesehen zu verlassen.

Er ging das Gelände ab und entfernte die wenigen Spuren. Nichts sollte von seiner Anwesenheit zeugen. Dann schulterte er seinen Rucksack und setzte den Weg fort, weiter bergauf. Er wollte den Bus von Erjos aus nach Hause zurück nehmen und sich nicht noch einmal bei Los Silos blicken lassen.

Der alte *Camino Real* war nun nur noch mit groben Steinen gepflastert und ging weiter steil hinauf. Dieser Teil des Weges war anstrengender als der vorherige. Dort, wo der Berg Schatten warf, erfrischte ihn die unverhoffte Kühle. Dann wieder schlängelte sich der Pfad offen und frei an der Bergwand entlang und glühte unter der hoch stehenden Sonne. Seine Wanderschuhe verfingen sich mehrmals in Brombeerranken, die über den Weg wucherten. Er riss sich achtlos frei und stapfte schwitzend weiter. Er hörte nur seinen eigenen schweren Atem und sehnte das Ende des Aufstiegs herbei. An einer Stelle überspannte ein mächtiger Feigenbaum den Weg, und auf einmal ließen auch Vögel wieder ihr Gezwitscher hören. Das stupide Meckern von Ziegen tönte ihm von oben entgegen. Die ersten Häuser des Dorfes erschienen im Lichte der Sonnenstrahlen hinter der Bergkuppe. In einem verwilderten Gärtchen stand eine verrostete Teekanne auf einem Stövchen. Einige Tauben flatterten von seinen Schritten aufgeschreckt davon. Er nahm seine Baumwollmütze aus dem Sack und zog sie über. Auch seine Sonnenbrille setzte er auf. So war er nicht zu erkennen. Seine Vermummung war jedoch gar nicht nötig. Bis zur Busstation begegnete er keinem Menschen. Er hatte Glück, es war Siestazeit. Nicht einmal Kinder spielten in dieser Hitze draußen im Freien. Er kauerte sich in den Schatten einer kleinen Mauer und musste nur zehn Minuten auf den Linienbus warten. Er zahlte beim Fahrer und zog sich in die letzte Sitzreihe zurück, wo er bis Puerto ganz alleine blieb.

Zuhause angekommen fühlte er sich von einer Riesenlast befreit und auf einmal ganz leicht. Die Blutschuld drückte nicht auf sein Gewissen, sondern befreite ihn von dem großen Druck, den sein Herr, der heilige Baum in den letzten Tagen auf ihn ausgeübt hatte. Er aß etwas zu Abend, dann ging er zu Bett und schlief tief und traumlos bis zum anderen Tag.

Er sah am nächsten Morgen bei weitem fröhlicher und frischer aus als an den Tagen zuvor. Den Karfreitag konnte er sogar richtig genießen. Er nahm mit seiner Bruderschaft frohen Herzens an der großen Prozession teil. Es machte ihm nichts aus, auf den Umzug bis nach Sonnenuntergang zu warten. Dann öffneten sich die Pforten von San Francisco und die Bruderschaft von Christus vom Kalvarienberg und der allerfrommsten Jungfrau in ihren prächtigen weißen und malvenfarbenen Umhängen eröffnete die Prozession. Zwischen den anderen Bruderschaften wurden mit herrlicher Blumenzierde geschmückte Wagen vorbei geschoben. Sie zeigten die einzelnen Stationen des Leidensweges Christi. Er nahm regen Anteil am Marsch der Gläubigen und ließ die berührende Musik der Passionsgruppen ohne jede Ablenkung auf sich einwirken. Er zeigte sich gegenüber den Mitbrüdern auch nicht ganz so kühl und distanziert wie noch bei dem Zickleinessen. Doch er konnte nicht aus seiner Haut.

Am Ostersonntag nahm er genauso befreit am feierlichen Hochamt teil. Er betete und sang voll Freude mit der Gemeinde und vermeinte sogar den heiligen Baum im weichen, vollen Glanz der Kerzen vor dem Altar der heiligen Mutter Gottes zu sehen. ›Will mir El Drago seine Huld zeigen? Er hat mir doch die Opferung schon so leicht gemacht!‹ Ein verklärtes Lächeln ging über seine Züge. Dann folgte er auch dem letzten Prozessionszug zu Christus Auferstehung.

Am nächsten Tag fanden sich noch viele Wachsflecken von den Kerzen, die den Prozessionsweg erleuchtet hatten, auf dem Pflaster der Straßen. Seine Tat aber blieb im Dunkeln.

Es dauerte drei Tage, bis man auf das Schicksal der Holländerin aufmerksam wurde. Es war wieder ein klarer Tag. Kein Nebel hing in den Bergen, als ein alter Ziegenhirt von Erjos den Berg hinunter stieg.

Ein großer Pulk Raben und ihr nicht enden wollendes »croacc, croacc« in der Luft machte den Mann darauf aufmerksam, dass da unten in der Schlucht etwas nicht in Ordnung war. Die schwarzen *Cuervos* schossen immer wieder mit ohrenbetäubendem Gekrächze hinab. Er war sich schnell sicher, dass die glänzenden Aasfresser dort irgendeine lohnenswerte Beute gefunden hatten. Er dachte sofort an ein verunglücktes Zicklein. Mit seinem geschulten »Adlerblick« suchte er die Felsspalten der Talsohle ab. Schließlich entdeckte er einen gekrümmten Körper, um den sich mehrere der krächzenden Rabenvögel versammelt hatten.

Der Hirt kniff seine Augen zusammen und bemühte sich, so viel wie möglich zu erkennen. Der Körper dort unten war nicht allzu groß, und um den Kopf flatterte helles, blondes Haar. Es musste eine Frau oder ein Kind sein.

›Wenn die Haare nicht gefärbt sind, handelte es sich um eine Fremde‹, sagte Alfonso zu sich. Er hielt seinen Blick für einen längeren Moment auf dem Geschehen. Der Körper rührte sich nicht. Nur in den Haaren spielte der Wind, und dort wo die Raben herumhüpften war etwas Bewegung. Alfonso rechnete mit dem Schlimmsten.

Seine Rechte ging suchend in die Hosentasche. Ja, er hatte sein Telefon dabei. Er nahm es meistens auf einsamen, nicht ganz ungefährlichen Wegen mit. Es konnte dort leicht zum Retter in der Not werden. Doch hier würde womöglich jede Hilfe zu spät kommen. Das Mobiltelefon war eingeschaltet, und so wählte er gleich die Notrufnummer 112. Nach einigen Summtönen meldete sich eine resolute Frauenstimme. Er nannte seinen Namen und schilderte der Frau in der hölzernen Art von Menschen, die es nicht gewohnt waren viel zu sprechen, was er sah und befürchtete. Die Frau merkte sofort, dass sie keinen Spaßvogel in der Leitung hatte. Sie reagierte ernst und sachlich. Sie forderte Alfonso auf, einen Moment zu warten. Sie wollte ihn mit der Lokalpolizei in Los Silos verbinden.

In dem kleinen Polizeirevier direkt neben der Kirche saß der Ortspolizist Luis Cabrera klein und rund hinter seinem Schreibtisch und studierte lustlos Statistiken. Den Kampf gegen seine Körperfülle hatte er längst aufgegeben. Er liebte nun mal das Essen und Trinken. Er wartete schon sehnlich auf die Mittagszeit. Heute würde seine Anamaria *Encebollado*, Gezwiebeltes aus Arafo kochen, das war sein Leibgericht. Das Klingeln des Telefons riss ihn ungnädig aus seinen Träumen. Luis runzelte verärgert die Stirn und strich sich durch sein schütteres, leicht ergrautes Haar. Dann ging seine lange, fleischige Nase energisch in die Höhe, und er hob den Hörer des Amtstelefons ab.

Alfonso auf der anderen Seite der Leitung fing sofort an, aufgeregt zu sprechen, als er merkte, dass er wieder eine Verbindung hatte.

Der rundliche Polizist war überrascht und reagierte verschnupft auf diese Störung zur Unzeit: »*No me vengas con cuentos*«, erzähl mir keine Märchen, schrie er aufgebracht in den Hörer.

Der Anrufer gab nicht nach. »*¡Es verdad!*«, beschwor er den Beamten.

»Fünfzehn Jahre ist nichts passiert. Dann hatten wir vor wenigen Monaten den Unfall mit den vielen Toten in der Höhle. Haben wir hier in Los Silos jetzt einen Magneten, der Leichen anzieht?«, schimpfte Cabrera grimmig. Damit spielte er auf den Unfall von sechs Höhlenforschern an, die erst kürzlich unbefugt in eine Höhle eingestiegen und in den Fallgasen erstickt waren. Luis Cabrera wurde sich bei aller Schimpferei immer sicherer, dass der Traum vom reichlichen Mittagsmahl und gemütlichen Nickerchen danach für heute ausgeträumt war. Die Sache, die er da zu hören bekam, schien ernst zu sein. Er musste wohl oder übel etwas unternehmen. Er ließ sich den genauen Ort des Unglücks schildern, dann beendete er abrupt das Gespräch.

Er rief Anamaria an und klagte ihr sein Leid. Sie betete ihren Mann nach all den Jahren immer noch an und hatte einige tröstende Worte für ihn. Das tat ihm gut. Dann überlegte er, wie er vorgehen sollte. Den Berg hinaufsteigen und wieder hinabklettern würde er keines Falles. Er kam schon außer Atem, wenn er nur daran dachte. Außerdem war er als Kind in eine Kaninchenfalle getreten und hinkte seitdem. So eine Klettertour war nichts für ihn. Er würde den blauweißen Jeep nehmen und die enge Straße soweit hinauf fahren, bis er genügenden Einblick in den Barranco hatte. An der Tür seines Amtszimmers drehte er sich noch einmal um und holte sein Fernglas aus dem Schrank. Dann machte er sich auf den Weg.

Für die enge Schotterstraße war der Jeep das beste Fahrzeug, was man sich denken konnte. Luis war ein guter Fahrer und legte ein rasantes Tempo vor. Die Steinsplitter rotierten unter den hohen Rädern des Dienstwagens und schlugen mit hellem Klang an das Unterbodenblech. Der Beamte war froh, dass ihm niemand entgegenkam. Auf dem ersten Stück des Weges gab es nämlich keine Ausweichmöglichkeit. Der Weg wurde immer schlechter, und bald schien es geraten, nicht mehr weiter zu fahren. Er stellte den Motor ab, legte den Gang ein und zog die Handbremse an. Dann stieg er fluchend aus. Er würde doch noch weiter zu Fuß ansteigen müssen. Erst eine Felsnase 50 Meter über ihm schien geeignet, in den Barranco hinab zu sehen.

Missmutig begann er den Aufstieg. Schnell war er atemlos, und sein Diensthemd klebte ihm nass am Rücken. An der Felsnase lehnte er sich erst einmal für einen Moment an den kühlen Stein, um wieder zu Atem zu kommen. Dann packte er das Fernglas, das an seinem Hals baumelte, und suchte den Abgrund ab. Er fand die Stelle sofort, denn auch ihm wiesen die vielen Raben die Richtung. An dem kleinen Drehrad des Glases stellte er das Bild im Sucher scharf. Sehr nah und deutlich hatte er bald einen leblosen Frauenkörper vor Augen. Sie lag seitlich gekrümmt und trug einen kleinen Rucksack auf dem Rücken. Die großen, schwarzen Vögel pickten an ihr herum.

So sah es wenigstens aus, und das würde bedeuten, dass die Frau tot war. Hierzu wollte sich Luis aber nicht festlegen. Der Zweifel über den Zustand der Frau gab ihm schließlich die Möglichkeit, die Verantwortung für den Fall von sich weg zu schieben. Er tippte in sein Handy die Nummer 112 und forderte einen Rettungshubschrauber an. Er versuchte bei dem Telefonat den Sachverhalt besonders professionell dazustellen.

»Der Helikopter wird hier nicht landen können. Es gibt kein genügend großes Plateau dafür. Sie werden jemanden abseilen müssen, aber das sind sie ja in den Bergen gewöhnt. Auf jeden Fall ist Eile geboten. Es ist unklar, ob die Frau noch lebt. Wenn ja, kommt es bestimmt auf jede Minute an. Ich werde hier auf der Felsnase ausharren und mit meiner Jacke winken, wenn die Maschine kommt.« Er ließ kein Wenn und Aber gelten, legte auf, setzte sich auf einen Stein und wartete auf das Rotorengeräusch.

Trotz seines Drängens dauerte es knapp 45 Minuten, bis das Gedröhn des Hubschraubers endlich näher kam. Das Geräusch war vor der Maschine selbst auszumachen. Der Polizist erhob sich, nahm seine Jacke in die Hand und suchte den Himmel ab. Als die Maschine in Sicht kam, drehte er die Jacke wie einen Rotor über seinem Kopf, und bald gab ihm der Pilot mit Lichtzeichen zu erkennen, dass er ihn gesehen hatte. Der Hubschrauber kreiste mehrere Male über dem Barranco, dann ging er langsam hinunter. Luis beobachtete von der Felsnase aus mit Spannung, wie sich die Kabinentür öffnete, ein Seil hinausgeworfen wurde und ein Rettungsmann damit begann, hinabzuklettern. Die Maschine stand ruhig in der Luft, genau über der Unglücksstelle. Er ließ sich langsam hinab. Dabei schwankte das Tau trotz des Gewichts des Mannes unter dem Sog der Rotoren leicht hin und her. Als er unten ankam, drehte er sich mit seinem Rucksack auf dem Rücken fast wie ein Kreisel, nur nicht so schnell, dann setzte er mit beiden Füßen fest auf dem Boden auf. Ein leichter Verwesungsgeruch ließ ihn Böses ahnen.

Er ging in seinem grellen Overall widerwillig vor dem gekrümmten Körper in die Knie. Die Raben waren schon beim Geräusch der Maschine schimpfend davongeflogen, hatten aber auf dem Körper der Frau deutlich ihre blutigen Spuren hinterlassen. Die Weichteile des Gesichts waren angehackt und die linke Augenhöhle, die man bei der seitlichen Lage der Toten gut sehen konnte, war leer. Dem Rettungsmann wurde übel. Es bestand kein Grund, durch

Befühlen des Pulses festzustellen, ob die Frau noch lebte. Alle Zeichen waren eindeutig: Sie war mausetot! Der Mann entfernte sich schnell wieder aus ihrem Dunstkreis und machte mit seinen beiden Armen nach oben ein Kreuzzeichen: Exitus! Auch Luis verstand die Geste sofort und sah sich in seiner Annahme bestätigt.

Nun schnallte der Mann rasch seinen Rucksack ab, schnürte ihn auf und holte einige Dinge heraus. Als erstes nahm er eine kleine Kamera in die Hand und machte einige Aufnahmen von der Toten und dem Fundort um sie herum. Das gehörte zum Standardprogramm seiner Aufgaben in so exponierten Situationen wie dieser. Er hatte schon oft so gearbeitet, ganz auf sich allein gestellt. Nun wickelte er eine Tragefolie auf und näherte sich mit ihr wieder der Leiche. Er schob die Folie unter den Körper und verschnürte den leblosen Leib mit erfahrenen Handgriffen. Dann hakte er die Tote auf der provisorischen Trage an die Leine, die immer noch aus dem Cockpit herunterhing und gab das Zeichen zum Anheben. Bald schwankte die verschnürte Leiche langsam zum Hubschrauber hinauf, der stoisch, aber mit viel Getöse auf einer Stelle verharrte. Es dauerte nicht einmal eine Minute, bis die tote Frau im Inneren der Maschine geborgen war.

Das Tau kam sofort wieder heraus, und nun hangelte er sich selbst zur offenen Maschinentür hinauf. Er kletterte mühelos in den Innenraum. Die Tür wurde geschlossen. Der Hubschrauber wackelte noch einmal leicht wie zum Gruß hin und her, dann schraubte er sich in einer steilen Rechtskurve in die Höhe.

Luis winkte ihm nach, dann sah er auf seine Armbanduhr: halb drei. Wenn er sich beeilte, bekam er noch sein Essen. Anamaria hatte es bestimmt für ihn warm gestellt. Wieder etwas mit der Welt versöhnt, kündigte er telefonisch zu Hause sein Kommen an.

In der Luft begann nun reger Funkverkehr. Der Leichenfund wurde der Zentrale der Guardia Civil in Puerto gemeldet. Es wurde vereinbart, die Tote direkt zur Untersuchung ins Hospital zu fliegen. Die Polizeibeamten wollten von dort die wenigen Besitzgegenstände der Frau mit dem Wagen abholen und untersuchen. Sie erhofften sich davon irgendwelche Identifizierungshilfen für die Tote. Eine Vermisstenmeldung lag zurzeit jedenfalls nicht vor.

Wenig später saß Teniente Ramón Martín vor den wenigen Habseligkeiten in seinem Amtszimmer. Im Rucksack fand er eine Brieftasche, in der die Papiere der Toten waren. Ihre Identität wurde rasch festgestellt. Es handelte sich um eine Frau Mareike Demol aus Amsterdam, wenn die Ausstellungsadresse der Identitätskarte auch für ihren letzten Wohnort noch stimmte. ›Also eine holländische Touristin‹, dachte er. Das Etikett in ihrer Jacke bestätigte die Nationalität.

Von Interesse war die kleine Digitalkamera, die Martín ebenfalls in dem Sack fand. Er stellte sie an und sah aufmerksam die gespeicherten Bilder durch. Es waren überwiegend Landschaftsaufnahmen von der Insel. Eines war dabei, das seine Aufmerksamkeit erregte. Es zeigte einen lachenden Kellner zusammen mit der Toten vor einer kleinen Bar in Puerto, die er selbst von gelegentlichen Besuchen her kannte. Er beschloss, sie heute noch aufzusuchen. Vielleicht konnte ihm der *Camarero* etwas über die Holländerin sagen. Das kleine hölzerne Amulett, das an dem Rucksack hing, hatte zwar leise geklackert, als der Beamte den Sack auf die Schreibtischplatte gelegt hatte, aber Martín zollte ihm keine größere Beachtung. Er registrierte den Anhänger als gewöhnliches Reiseandenken.

In der Tapas-Bar traf Teniente Martín auf den Kellner Miguel. Er zeigte ihm das Bild mit der Toten auf dem Display der Kamera. Der Ober erkannte die junge Frau sofort und fragte besorgt: »Ist ihr etwas passiert?«

Martín berichtete ihm in knappen Worten von dem grausamen Fund seiner Kollegen.

Das Bestürzen im Gesicht des Kellners war echt. Ihm war die Holländerin scheinbar sympathisch gewesen. Nachdem er seine Erschütterung etwas in den Griff bekommen hatte, sprudelte alles, was er wusste, aus ihm heraus, ohne dass der Teniente besonders viel fragen musste. »Sie war so eine schöne, fröhliche Frau. Sie hatte drüben auf der anderen Straßenseite das Apartment 33 gemietet. Heute war ihr vorletzter Urlaubstag!«

Der Teniente bedankte sich bei Miguel für die Auskünfte, verabschiedete sich und ging über die Straße, um drüben den Hausmeister zu suchen. Dem zeigte er seinen Dienstausweis, der Mann öffnete ihm bereitwillig die Tür zum Apartment der Verstorbenen.

Die Wohnung bestand nur aus zwei Räumen. Der Wohn- und Schlafraum hatte eine kleine Kochnische, daneben gab es noch ein Duschbad. Alles sah aufgeräumt und ordentlich aus. Auf dem Nachttisch lagen ein Roman und ein Reiseführer von Teneriffa, beides in fremder Sprache. ›Niederländisch‹, erkannte Martín. Im Schrank befanden sich einige Kleidungsstücke. Unten auf dem Schrankboden lag ein Haufen Schmutzwäsche. Im Kühlschrank lagerten einige Lebensmittel und mehrere Flaschen Mineralwasser. Gekocht hatte man in der Küche während der letzten Tagen bestimmt nicht. Sie war klinisch sauber und bedurfte keiner Endreinigung. Im Bad fand Martín ein Sortiment an Kosmetikartikeln, wie er sie auch zu Hause von seiner Frau Luisa her kannte. Eine solche Batterie an Flaschen und Tuben konnte einen Mann immer wieder in Erstaunen versetzen.

Keiner der in den Räumen gefundenen Gegenstände schien Martín von Belang. Für ihn gab es hier nichts mehr zu tun. Er rief bei seiner Dienststelle an und bat darum, jemanden vorbeizuschicken, um die Zimmer auszuräumen. Das Kommen seiner Kollegen kündigte er dann noch dem Hausmeister an und verließ mit einem kurzen »Adios« das Haus.

Nach einer Viertelstunde war er wieder auf seiner Dienststelle. Trotz Ostermontag erhielten die Beamten schon am nächsten Morgen den Untersuchungsbericht des Arztes. Alles sprach für einen Unfall. Die Frau hatte wohl oben bei den verlassenen Häusern über Los Silos das Gleichgewicht verloren und war in die Schlucht gestürzt. Sie hatte sich beim Aufprall das Genick gebrochen und eine Vielzahl von Knochenbrüchen zugefügt. Außer den Pickspuren der Raben, Schrunden vom Fall und den Aufprallspuren waren keine verdächtigen äußeren Verletzungen nachzuweisen. Den leichten Abriebspuren an den Absätzen der Schuhe, die beim Schleifen der Bewusstlosen entstanden waren, maß man keine Bedeutung zu. Der Tod der Frau war nach dem Verwesungszustand der Leiche schon mindestens drei Tage vorher eingetreten.

Den Beamten blieb noch die undankbare Aufgabe, ihre Kollegen in Amsterdam über den Vorfall zu informieren. Trotz Feiertages machte sich auch dort noch am gleichen Tage ein Polizist auf den Weg, um den ausfindig gemachten Eltern die traurige Nachricht von Mareikes Ableben zu überbringen. Die Eltern traf es mitten ins Herz. Der Vater hörte mit kleinem, runzeligem Gesicht unbewegt zu. Er machte große, runde Augen und biss sich auf seinen fast lippenlosen Mund, um nicht loszuweinen. Die Mutter schluchzte sofort und begrub ihre Nase in einem Taschentuch. Es erschien beiden schrecklich, älter als ihr geliebtes Kind zu werden. Überführung und Rücktransport der wenigen Habseligkeiten von Mareike war nur noch Routinesache.

Am Mittwoch nach Ostern brachte EL DÍA, Teneriffas größte Tageszeitung, auf der ersten Seite einen Artikel über den Unfall. Eines der Bilder der Toten, welches der Rettungsmann an der Fundstelle aufgenommen hatte, war abgedruckt. Allerdings war Mareikes entstelltes Gesicht darauf nicht zu sehen. Dafür sah man den Rucksack und auch ganz deutlich das Amulett, das an ihm befestigt war. Er sah es mit großer Befriedigung.

Der Polizist Juan Álvarez las den Bericht morgens am Frühstückstisch, bevor er seinen Dienst antrat. Als sein Blick über das Amulett schweifte, reagierte etwas wie Wiedererkennen in seinem Hirn, doch schlussendlich wusste er nichts damit anzufangen. Er wandte sich vermeintlich wichtigeren Dingen zu.

Puerto de la Cruz wurde vom Alltag eingeholt. Auch er reihte sich wieder in die unauffällige Schar der Berufstätigen ein, tat seinen Job, machte Dienst in der Rot-Kreuz-Station, traf sich mit der Bruderschaft, aß, trank und schlief.

Er arbeitete in einer Im- und Exportfirma direkt am Plaza del Charco. DELICIAS DE LA ISLA S.L. exportierte Blumen auf das Festland, nicht nur nach Spanien, sondern bis in weite Teile Europas. Die gängigen Sorten waren Rosen, Nelken, Strelizien und Gladiolen. Sie wurden als Schnittblumen ausgeflogen. Daneben handelte die Firma mit handgemachter Keramik, Durchbruchstickerei *Calados* und Solstickerei *Rosetas*. Korbflechtarbeiten sowie kleine Holzschnitzwerke gehörten ebenfalls zum Sortiment. Zu den geschnitzten Gegenständen zählten auch die Amulette des Árbol Santo. Als Gegengeschäfte zu den Exporten wurden Souvenirartikel für die vielen Urlauber eingeführt. Einlegearbeiten an Schmuck und Dolchen, überwiegend aus Toledo, sowie Töpferwaren aus Talara de la Reina gingen besonders gut. Er war zuständig für Verwaltung und Finanzierung der Artikel und erstellte größere Vor- und Nachkalkulationen für Aufträge.

Ostern war bereits drei Wochen vorbei, als ihn sein Chef eines Morgens ansprach: »Sie müssen mich morgen zu Señor Juan Matienzo nach Madrid begleiten. Er hat mir einige interessante Geschäfte vorgeschlagen. Ich möchte Sie für die Kalkulationen dabei haben. Wir nehmen das Frühflugzeug, dann sind wir am Abend wieder zurück und sparen die Übernachtungskosten!«

Er war unglücklich über dieses überfallartige Verlangen seines Chefs, traute sich aber nicht, zu widersprechen. Die Stelle, die er innehatte, war gut bezahlt und bot interessante Arbeit. Er wollte sie nicht gefährden. Er hasste es aber zu verreisen, besonders mit dem Flugzeug. Er hatte nämlich ungeheure Flugangst. Ihr Flug ging um halb sechs Uhr morgens vom Nord-Flughafen ab. Es war ein Linienflug der Iberia. Sein Chef versprach, ihn gegen vier Uhr mit dem Wagen abzuholen und gab ihm für den Nachmittag frei.

Es schlug zwölf Uhr mittags. Er trat hinaus. Die Sonne stand hoch und hielt die Schatten kurz. Es herrschte das typische weiße Mittagslicht. ›Eigentlich ist das die Zeit für eine Siesta‹, dachte er mürrisch. Er musste sie sich aber heute versagen und beschloss stattdessen zum Frisör zu gehen. Er wollte morgen korrekt und ordentlich aussehen.

Er schlenderte durch die Calle Punto Fijo am MONOPOL, dem ältesten Hotel Puertos, vorbei. Es befand sich seit Jahrzehnten in den Händen einer deutschen Familie. Frau Gleixner schmückte gerade, wie jeden Tag, die Eingangsstufen des Hotels mit Hibiskusblüten von ihrer Finca. Er grüßte sie scheu und trat einige Häuser weiter in die Tür des Frisörsalons.

Im Frisiersessel schloss er die Augen, um nicht in ein Gespräch verwickelt zu werden. Er musste nachdenken. Ein Flug war gefährlich. Man konnte nicht wissen, ob man aus der Ferne wieder heil nach Hause zurückkam. In ihm wuchs das Bedürfnis, sich wenigstens vom heiligen Baum zu verabschieden. Doch bis Icod zum großen Drago war es zu weit. Da blieb ihm nur die Möglichkeit, den kleinen Drago im Orchideengarten SITIO LITRE unterhalb von La Paz zu besuchen. Nachdem er diese Lösung gefunden hatte, fühlte er sich etwas erleichtert. Als der Haarschnitt zu seiner Zufriedenheit gerichtet war, machte er sich auf den Weg zu dem Garten.

Von der Calle Valois aus schlängelte sich der schmale Camino Sito Litre steil den Hügel hinauf. Hinter dem Gemäuer eines alten Landsitzes mit einem zierlichen Erker führt ein einladender Eingang in den berühmten Privatgarten, der schon über 200 Jahre existierte und so viele Besucher gesehen hatte. Er löste die Eintrittskarte und zahlte den Preis dafür wie eine Spende in einen Opferstock. Er schritt am gekachelten Becken mit den üppigen Wasserpflanzen entlang, an der Humboldt-Büste vorbei und passierte einen kleinen Springbrunnen auf dem Weg zum eigentlichen Orchideengarten. Die Vögel in den Volieren hinter dem Buschwerk hörte er nur trällern, sah sie aber nicht. Auch die Riesenpinie, die alles überragte, beachtete er nicht. Sein Ziel war der Drago in der hinteren Gartenecke. Als er ihn endlich erreichte, fiel er vor dem schuppigen Baum in stille Andacht.

Er verweilte fast eine halbe Stunde vor ihm und sprach sich stimmlos alle Bitten und Sorgen von der Seele. Erst dann fühlte er sich genügend gestärkt für den nächsten Tag und den verhassten Flug in die Hauptstadt.

Zuhause machte er es sich gemütlich. Er schenkte sich ein Glas Rotwein ein, legte die CD »Puntales« von José Antonio Ramos auf und gab sich den sauberen Gitarrenklängen des kanarischen Musikers hin. Die Musik lenkte ihn von seiner Angst vor dem morgigen Tag ab.

Bald drehten sich seine Gedanken sogar um neue Opferpläne. Der Besuch bei dem Baum, die Musik und seine verdrängten Ängste inspirierten ihn dazu. Er kam zu dem Schluss, dass sein nächstes Opfer ein Spanier sein müsse. Das Opfer sollte die Muttersprache des Baumes sprechen, wenngleich der heilige Baum sicher alle Sprachen beherrschte. Auch sollte man seine Tat endlich als Opferung erkennen. Er wollte sich nicht mehr verbergen. Diese Entschlüsse machten ihn zufrieden und fürs erste ruhig.

Er schlief fest in der kurzen, verbleibenden Nacht.

Sein Chef, Fernando Arteaga, war pünktlich und traf ihn fertig und frisch nach Rasierwasser duftend an. Die Autobahn zum Flughafen war so früh am Morgen noch völlig frei. Sie erreichten das Flughafengebäude weit vor der notwendigen Zeit. Aus dem Lautsprecher in der Wartehalle säuselte Musik von Shakira, der kolumbianischen Königin der Latino-Popmusik. »Über 25 Millionen verkaufte CDs«, wandte Arteaga sich an ihn. »Würden wir doch nur halb so gute Geschäfte machen«, seufzte er.

Wegen seiner Flugangst wartete er, bis aus den Lautsprechern tönte: »*Último aviso para el vuelo a Madrid...*«
Ängstlich bestieg er die Maschine. Als er in den schlauchartigen Gang trat, fühlte er sich wie ein Tier, das zur Schlachtbank getrieben wurde. Doch der Flug verlief ohne Probleme, und der Flieger setzte in der Hauptstadt pünktlich zur Landung an. Am Flughafen Madrid Barajas nahmen sie ein Taxi Richtung La Puerta del Sol.

»Das ist nicht nur das Zentrum der Stadt, sondern auch das Zentrum von ganz Spanien«, erklärte ihm sein Chef beim Aussteigen aus dem Wagen. »Das wird Juan Matienzo bestimmt gleich auch sagen. Ich kenne den Satz von ihm.«

Man musste dem aber auch zustimmen. Hier trafen sich die bedeutendsten Straßen, die Calle de Alcalá, die Calle Mayor, La Carrera de San Jerónimo und die Calle de Arenal. Es waren auch nur wenige Schritte bis zum Plaza Mayor und zur Oper. Hier entsprachen sich in etwa die Entfernungen zu den anderen spanischen Großstädten, wie Barcelona, Sevilla, Valencia und La Coruña. Hier lagen auch die Büroräume von Matienzo.

»Wir wollen uns auf das Wesentliche konzentrieren. Vermeiden Sie bitte persönliche Themen, auch politische oder religiöse. Unser Geschäftspartner ist sehr eigen«, setzte ihn Arteaga ins Bild, bevor sie das Bürohaus betraten.

Ihr Empfang verlief freundlich, aber kühl. Die Verhandlungen gestalteten sich anfänglich recht schwierig. Er rechnete alle Zahlenaufstellungen gründlich vor und zurück und half mehrmals, eine für beide Seiten akzeptable Lösung zu finden.

Zum guten Schluss hatte ihr Gastgeber ein Restaurant ausgesucht, das schon wieder nahe beim Flughafen lag. Er registrierte das mit Genugtuung. Sie würden sich nicht hetzen müssen. Es gab keinen weiteren Grund, nervös zu sein. Die Verhandlungen waren schließlich gut gelaufen, sein Chef konnte zufrieden mit ihm sein. Wäre nur der Rückflug schon überstanden!

Sie nahmen sich für das Essen reichlich Zeit. »*Cocido* ist eine Madrider Spezialität«, empfahl Juan Matienzo, und sie ließen sich bereitwillig dazu überreden.

Gegen Ende des Essens lagen seine Nerven blank. Das lag nicht nur an seiner Angst vor dem Flug. Der Baum rumorte schon wieder in seinem Kopf, viel früher als von ihm erwartet. Er hatte tagsüber, fern der Insel, gar nicht an den Drago denken müssen. Irgendwie hatte ihm der räumliche Abstand auch Distanz zu den Kräften des Baumes beschert. Doch nun mit dem Rückflug setzte das Stechen in seinem Kopf wieder ein. Seine letzte Opfertat hatte ihn von diesem Druck befreit, doch der baute sich jetzt wieder auf, viel schneller als das letzte Mal. Die vorige Opferung hatte ihn maßlos angestrengt und erschöpft. Er brauchte eigentlich noch eine Atempause nach ihr. Er war noch nicht bereit für neuen Dienst. Er brauchte Ruhe.

Mit einem festen Händedruck und einem herzlichen »*¡Buen viaje!*«, gute Reise, wurden sie in der Halle des Flughafens verabschiedet. Seine Flugangst kehrte sofort zurück. Schweißperlen wuchsen auf seiner Stirn zu kleinen Tropfen. ›Ach, wären wir doch schon wieder daheim‹, dachte er bekümmert und betrat höchst widerwillig die Maschine.

Kurz vor dem Landeanflug in Teneriffa-Nord fuhr das Flugzeug mit lauten Schlägen und kreischendem Lärm das Fahrgestell aus. Die Bremsklappen in den Tragflächen stellten sich geräuschvoll auf. Unter der Bremswirkung ging ein Ruck durch die Boeing und presste ihn in seinen Sitz. Erst dadurch erwachte er und merkte, dass er kurz eingenickt war. Sofort war die Angst wieder da. Sie ließ erst nach, als er festen Boden unter den Füßen hatte. Jetzt fühlte er sich wie ein neuer Mensch!

Es war schon dunkel auf Teneriffa. Kurz angebunden wie auf dem gesamten Rückflug verabschiedete er sich von seinem Arbeitgeber. Er wollte nur noch allein sein. Señor Arteaga akzeptierte dieses Verhalten völlig, er schien sogar froh darüber zu sein. Auch er war nach dem langen Tag müde und wollte schnell nach Hause.

Er war viel zu aufgewühlt, um gleich einzuschlafen. Wie es seiner gespaltenen Persönlichkeit entsprach, suchte er in seinem jämmerlichen Zustand nicht Trost beim Drago, sondern in der Bibel. Er stieß im Johannesevangelium auf die Stelle, in der Jesus bei einem Disput mit den Pharisäern den Teufel als geborenen Mörder bezeichnete, der in der Dunkelheit lauert, um gewaltsamen Tod zu bringen. Er erschauerte, als er dieses Gleichnis überdachte.

War er ein Teufel? Schließlich hatte er schon in der Dunkelheit Tod gebracht! Trotzig legte er das heilige Buch zur Seite. Nein, er war kein Mörder! Er war der Hohepriester des Heiligen Baums! Er war Opferpriester zu dessen Ehren! Mit wieder gewonnener Selbstsicherheit schlief er endlich ein.

Die Wurzeln meldeten sich bald in seinem Kopf zurück. Es war zunächst nur wie das lästige Stechen eines kleinen Insektes. Es bereitete mehr Unbehagen als Schmerz. Der Baum begann jedoch zweifellos wieder damit, nach Aufmerksamkeit zu rufen. Er fühlte keine freudige Erregung darüber. Zu schnell kam die erneute Forderung seines Gebieters. Er suchte Ablenkung von diesem ersten Rufen. Der bevorstehende Samstag brachte sie ihm. Seine Bereitschaft des Roten Kreuzes führte eine Übung durch, und er würde dabei sein. Hinter Los Silos auf dem Monte Taco befand sich ein großes Wasserreservoir. Das wollten sie gegen einen vermeintlichen Dammbruch sichern.

Mit mehreren Lastkraftwagen voller Sandsäcke und Gerät starteten sie erwartungsvoll. Das Wetter und ihre Stimmung waren gut. Mario Fernández, ihr Gruppenführer machte ihnen schon auf der Hinfahrt den Mund wässerig. Er schilderte in den buntesten Farben, wie sie nach getaner Arbeit bei gutem Essen und reichlich Wein den Samstagabend ausklingen lassen würden. Fernández hatte in Los Silos einen Onkel, der eine gemütliche Bodega direkt an der Hauptstraße betrieb. Dort war alles für eine zünftige Feier am Abend bestellt. »Meine Familie wird sich nicht lumpen lassen, Männer! Sie wird alles gut und reichlich für euch bereithalten«, schwärmte er vollmundig. Doch zunächst hieß es: hart zur Sache.

Sie erreichten nach einer Dreiviertelstunde das Plateau des Monte Taco. Sie parkten ihre Wagen vor der Umzäunung neben dem großen Gittertor und wirbelten dabei weiße Staubfahnen hoch, denn der Boden war knüppeltrocken. Das Tor stand gegen sonstige Gepflogenheit weit auf. Sie wurden erwartet. Eine solche Übung fand schließlich nicht alle Tage statt! Mario Fernández überschaute nach stürmischer Begrüßung kurz das Areal. Dann ließ er seine Männer eine größere Randzone des Wasserbeckens markieren und zwar genau gegenüber dem Zuflussrohr auf der Seite zum Atlantik hin.

»Hier ist die Bruchstelle«, sagte er so bestimmt, als wäre sie wirklich da.

»Das ist realistisch. Da fließt das Wasser rein und auf der anderen Seite wieder raus«, kommentierte ein Witzbold den Befehl. »Ich sehe förmlich, wie sich die Wassermassen den Hang hinab ins Meer ergießen!«

Alle lachten ausgelassen. Willig reihten sich die Männer zu einer langen Schlange aus Menschenleibern. Bald flogen die Sandsäcke von den Wagen herunter von Hand zu Hand bis zum markierten Leck.

Bei der harten Arbeit in der brütenden Hitze verging die ausgelassene Stimmung schnell. Einige Männer maulten schon bald, warum man die schöne Zeit damit vergeudete, ein nicht vorhandenes Loch zu stopfen. Fernández verbat sich jeden Widerspruch und erinnerte die Meckerer an die Disziplin, die jeder Rot-Kreuz-Mann bei seinem Dienst zeigen musste. Bald türmten sich die Säcke zu einem hohen Schutzwall auf. Die Sonne stand mittlerweile im Zenit und brannte auf ihre nackten Rücken. Auch er gab sich voll der harten, körperlichen Betätigung hin und dachte für den Moment an nichts anderes als die Erledigung dieses Auftrags.

Andrés Hernández stimmte zu allem Überfluss ein Lied an. Bald sang der ganze Haufen vielstimmig mit, und die Arbeit ging mit einmal viel flotter von der Hand. ›Fast wie Sklavenarbeiter‹, schmunzelte ihr Anführer, behielt diesen boshaften Gedanken aber für sich. Als alle Sandsäcke ordentlich verlegt waren, zeigten sich die müden Männer überzeugt, dass ihr Werk auch im Ernstfalle das Schlimmste verhindert hätte. Man feierte das sandige Bauwerk mit großem Hallo, und langsam kehrten die verbrauchten Kräfte zurück.

Mittlerweile war es drei Uhr nachmittags. Mario Fernández ließ nach dem Ende der Arbeit keine Rast zu. Zunächst mussten alle Sandsäcke wieder auf die Wagen gepackt werden. Er lockte seine Männer mit der Feier unten im Ort zur Eile. Vor dem Vergnügen kam eben erst die Arbeit! Kurz nach 17 Uhr waren sie endlich fertig. Die schweren Wagen waren beladen und startklar für die Fahrt in den Ort.

Im Dorf erwartete man sie bereits mit Ungeduld und Neugierde. Die Lastwagen wurden auf einem großen Parkplatz vor einer verschlossenen Bananenplantage abgestellt. Sie wurden von lachenden Kindern bestaunt. Zu Fuß ging es bis zu dem Lokal von Marios Onkel. Volle Gläser mit kühlem *Tinto* warteten auf sie. Die ebenfalls bereit stehenden irdenen Krüge mit Wasser wurden nur von den Besonneneren nicht verschmäht.

Die erschöpften Körper reagierten schnell auf den Alkohol, und freundschaftlicher Kontakt zu den Einheimischen entstand wie von selbst. Es kam die Zeit der *Bromas* y *Coñas*, der Geschichten und Spöttereien.

Gonzalo Tomanes aus dem Ort stellte die erste spöttische Frage: »Wie kann man nur freiwillig auf den Berg der Gehängten gehen?«, und er sah dabei Antwort heischend in die Runde.

»Das können nur welche aus Puerto tun«, stichelte ein anderer.

»Was meint ihr mit dem Berg der Gehängten?«, fragte Mario Fernández weinselig, ohne auf die kleinen Sticheleien der Dörfler einzugehen.

»Dieser Name geht auf eine Geschichte aus vergangenen Zeiten zurück. Wollt ihr sie hören?«, meldete sich der erste Sprecher wieder zu Wort. Sein Angebot traf auf Zustimmung, und so begann er mit sonorer Stimme die alte Geschichte zu erzählen. Die Gäste aus Puerto scharten sich mit vollen Gläsern als geduldige Zuhörer um ihn:

»Die Spanier auf dem Festland erkannten sehr bald, dass unsere Vorfahren, die Guanchen, wegen ihrer robusten Statur als Arbeitssklaven für härteste Arbeit geeignet waren. Immer wieder erhielt der Stadthalter der Insel die Aufforderung, weitere Sklaven zur Verfügung zu stellen. Dieses Mal traf es sich günstig, dass ihm gerade aus Buenavista Beschwerden vorgetragen worden waren über einen Ziegenraub durch Teno-Guanchen bei den dort ebenfalls siedelnden spanischen Söldnern. Alonso Fernández de Lugo richtete also ein Schreiben an den Gouverneur von Buenavista und befahl ihm, vom Guanchenfürsten des Teno einige Dutzend seiner Männer zur Sühne einzufordern. Dem Gouverneur Juan Méndez kam diese Aufforderung gar nicht gelegen, waren doch die Stämme des Teno gerade einmal friedlich. Aber Befehl war Befehl. So forderte er vom Fürsten 50 Sühnesklaven und zog zur Unterstreichung dieser Forderung und als Drohgebärde seine Soldaten in Buenavista zusammen.«

Auch er lauschte gebannt der Sage. Dabei ging sein Blick immer wieder zu einem Alten hin, den die Erzählung gar nicht zu scheren schien: Er war zweifellos ein Trinker und hinter jedem Schluck *Tinto* her, der irgendwo für einen Moment unbewacht herumstand. Wurde er beim Austrinken erwischt, so setzte es Knüffe und Tritte. Auch mit lauten Drohungen gegen ihn wurde nicht gespart. Doch richtig roh ging man nicht mit ihm um. Irgendwie schien er das Hausmaskottchen zu sein und unter aller Schutz zu stehen.

Als sein Nebenmann seine Blicke bemerkte, flüsterte der ihm zu, um den Geschichtenerzähler ja nicht zu stören: »Das ist Pepe Serano, unsere Saufnase. Wegen seiner starken Zuneigung zum Alkohol nennen ihn alle Pepe Botellas. Kümmere dich nicht um ihn. Der wird schon bald hinüber sein.«

Er nickte nur und konzentrierte sich wieder auf die Geschichte: »Fürst Guantacara traf als vorsichtiger Regent alle Vorbereitungen für eine Verteidigung, war aber gewillt, keinen kriegerischen Zusammenstoß entstehen zu lassen. Er schickte seinen Sohn Assano als Unterhändler hinab ins Tal, um nach einer friedlichen Lösung zu suchen. Auf halber Höhe traf der junge Mann auf zwei Söldner. Die waren auf dem Weg zum Fürsten, um ihm ebenfalls einen Kompromissvorschlag des Gouverneurs zu unterbreiten. Denn auch der war auf Frieden aus und wollte als Zeichen seiner Milde die geforderte Sklavenzahl von fünfzig auf zwanzig reduzieren. Als Assano das hörte, wies er den Vorschlag entrüstet zurück. ›Keinen meiner Brüder werden wir euch geben‹, rief er erbost. ›Dann wirst du selbst der erste Sklave sein, den wir in Ketten legen‹, antwortete ihm der ältere Soldat trocken und zog seinen Degen. Doch der junge Guanche war viel schneller als beide Spanier zusammen und streckte sie mit seiner Keule nieder. Er hatte nicht geringe Lust, die beiden Eindringlinge zu töten. Schließlich hatten sie ihm nach Freiheit und Leben getrachtet. Doch die Weisung des Vaters und sein edles Gemüt ließen ihn vor der Tat zurückschrecken. Er wartete, bis sie wieder zu sich kamen und gab ihnen sogar als Geste des Friedens ihre Waffen wieder, die ihnen in ihrer Bewusstlosigkeit entfallen waren. Dann wandte er sich um und wollte unverrichteter Dinge zu seinem Volk zurückkehren. Die Kastilier waren jedoch voll Rachedurst. Kaum sahen sie seinen Rücken, blitzten schon die Klingen in ihren Händen. Beide bohrten sich auf einmal zwischen die Schulterblätter des Häuptlingsohnes. Der brach sterbend zusammen. Als sein Vater, der Fürst, dies gewahr wurde, verlangte er seinerseits Sühne. Don Méndez gewährte sie ihm. Er ließ die beiden Mörder vor den Augen des Guanchen auf dem Monte Taco erhängen. Ab da hieß der Berg im Volksmund der Galgenberg oder der Berg der Gehängten. Niemand steigt ohne Grund hinauf.«

Das Ende der Mär wurde mit lautem »Bravo« belohnt und kommentiert: »Wir hatten einen Grund.«

Schon roch die Wirtsstube nach *Rancho Canario*, dem kanarischen Eintopf. In mehreren tiefen Aluminiumtöpfen wurde die Suppe aus Kichererbsen, Tomaten, Paprika und Nudeln aufgetragen. Rote Paprikawurst *Chorizo* und gepökelte Schweinerippchen glänzten darin. Ein Geruch frischen Knoblauchs durchwaberte den Raum. Die Männer, hungrig nach getaner Arbeit, schaufelten genussvoll große Portionen in sich hinein und hörten dabei nicht auf, dem Rotwein zuzusprechen. Ihre Gesichter röteten sich zusehends, und der Geräuschpegel stieg gewaltig an.

Gnädig gestimmt durch den Alkohol erlaubte man, dass sich Pepe hier und dort ein Schlückchen Roten stibitzte. Der Mann aus Los Silos behielt Recht. Gegen elf Uhr nachts schlugen für Pepe die Glocken. Er brach auf seinem Stuhl zusammen und schlief an einer Tischecke todesgleich ein. Da halfen keine Neckereien, kein Schubsen und Stoßen. Erst der Patron wusste die richtige Methode, ihn wieder unter die Lebenden zu bringen.

Er packte den Trunkenbold am Kragen und zog ihn auf die Füße. Recht unsicher auf den Beinen kamen Pepe die Sinne ein wenig zurück. Er folgte dem Wirt wankend und schlingernd, fast wie eine Marionette. Der dirigierte ihn vorsichtig aber bestimmt zum Ausgang hin, gab ihm einen letzten Stoß und überließ ihn vor der Türe sich selbst. Mit den Worten »der geht jetzt Richtung Berg« kam er grinsend zurück. Die Männer belohnten die Tat und seine Worte mit höhnischem Gelächter.

Er hatte das Geschehen aufmerksam verfolgt und sich auch den letzten Satz wohl gemerkt. Aus allem, was sich in der Taverne ereignet hatte, war in seinem Kopf ein vager Plan gewachsen und nahm immer mehr Form an.

Gegen halb zwölf fuhren die Rotkreuzler beschwingt nach Puerto zurück. Das rote Kreuz an den Wagen bewahrte sie zum Glück vor den sowieso seltenen Verkehrskontrollen.

Es war inzwischen Montag geworden und der Baum rumorte immer stärker. Der Árbol Santo verfolgte ihn sogar bis an den Arbeitsplatz. Er wischte mit seinem Anzugsärmel einen imaginären Flecken von seiner Schreibtischplatte und starrte versonnen durch das halbgeöffnete Fenster nach draußen. Er wünschte den Feierabend herbei.

Aber heute würde es später werden. Er hatte noch etwas hinten im Magazin zu tun, und dabei konnte er keine Zeugen gebrauchen. Es würde nicht auffallen, wenn er abends länger blieb. Das geschah immer wieder einmal, besonders wenn es die Monatsabschlussarbeiten notwendig machten. Und die waren zurzeit fällig.

Sein Plan für die nächste Opfertat war inzwischen ausgereift. Er war nach gründlicher Überlegung dabei geblieben, dieses Mal auf sich als Täter aufmerksam zu machen. Als sich am Spätnachmittag der letzte Kollege von ihm verabschiedet hatte, wartete er zur Sicherheit noch eine halbe Stunde, bevor er nach hinten ins Magazin ging.

Er trug eine kleine leere Teedose mit sich und einen Kaffeelöffel. Ganz in der Ecke des Raumes stand in einem Regal eine blecherne Dose. Ein großes Warnzeichen mit rotem Totenkopf kennzeichnete sie schon von weitem sichtbar als ein Behältnis für Gift. Dort wurde das Rattengift gelagert, das sie so dringend brauchten. Die Büroräume lagen auf Meeresebene, nahe am Wasser, in den Kellerräumen des alten Gebäudes und im Magazin fühlten sich die nacktschwänzigen fetten Nager besonders wohl.

Er nahm die Giftdose von dem Regalbrett und setzte sie auf den Packtisch. Vorsichtig hob er mit dem Löffelstiel den Deckel ab. Dann drehte er den Löffel in seiner Hand um und schöpfte von dem weißen Pulver ein Dutzend Löffel in die mitgebrachte Teedose. Er tat das sehr bedächtig, um ja nichts zu verschütten. Er verschloss beide Gefäße wieder sorgfältig, steckte die kleinere Dose in seine Jackentasche und stellte die große zurück ins Regal. Er löschte das Licht und begab sich wieder nach oben.

Bevor er aus dem Büro ging, reinigte er seinen Kaffeelöffel sorgfältig und legte ihn an die gewohnte Stelle zurück. Nun war er fertig, und keiner hatte ihn bei seinem Tun beobachtet. Zufrieden machte er sich auf den Weg.

Die folgende Nacht plagte ihn ein schrecklicher Traum. Sein nächstes Opfer erschien ihm als Racheengel. Es zeigte Zähne und Krallen und schlug sie unerbittlich in seinen Körper. Unter beißenden Schmerzen wachte er auf.

Das Schmerzgefühl blieb auch im Wachzustand so real, dass er sich sofort im Schrankspiegel nach Verletzungen absuchte. Doch Albträume hinterließen keine Spuren!

Reichlich verwirrt startete er in den neuen Tag.

Um den Baum zu beruhigen, versprach er ihm stumm, schon am nächsten Sonntag ein weiteres Opfer darzubringen. Sonntagmorgen traf er die letzten Vorbereitungen dafür. Er füllte einen kleinen Flachmann mit Brandy und gab durch einen Trichter eine gehörige Portion Rattengift hinzu. Er verschraubte die Flasche und schüttelte sie einige Minuten, um alles gut zu vermischen.

Trotz seines Vorhabens trat er ohne Schuldgefühle den sonntäglichen Kirchgang an. Unbeschwert sang er die Kirchenlieder in der Gemeinde mit und betete gläubig mit den anderen die Bittgebete. Er bat sogar den mächtigen Gottvater um Erfolg für seine geplante Opferung. Zum Mittagstisch ging er in den großen Gastraum des Restaurants MIRANDA in der ersten Etage. Der hatte eine ähnliche Holzdecke wie die Kirche, aus der er gerade kam. Dort war er bekannt, und der Kellner legte wegen seiner Linkshändigkeit sofort das Besteck um. Er dankte ihm mit einem gnädigen Nicken. Er wählte als Vorspeise marinierten Thunfisch, als Hauptgang Fleischbällchen in Mandelsoße und als Nachspeise gebackene Honigbananen.

Den Nachmittag vertrödelte er auf der Strandpromenade oberhalb des Playa Jardín. In einem der Strandlokale trank er einen schwarzen Kaffee mit Brandy. Der ließ ihn an den kommenden Abend und sein Vorhaben denken. Die Unruhe kam sofort zurück.

Gegen halb neun Uhr abends machte er sich auf den Weg nach Los Silos. Bei San Bernardo bog der Weg von der Uferstraße Richtung Buenavista del Norte nach rechts zum Meer ab. Dort lag das Gebiet Monte Taco mit seinem runden Wassersammelbecken oben auf der Höhe. Er bog nicht ab, sondern parkte vor der verschlossenen Einfahrt der Bananenplantage und ging zu Fuß zur Bodega zurück.

Schon vom Eingang aus sah er mit Befriedigung, dass Pepe Serano anwesend war. Der Säufer hatte bereits tüchtig geladen. Er ging an den Tresen und setzte sich auf einen der gedrechselten Hocker. Der Wirt erkannte ihn wieder und grüßte herzlich.

»Heute wieder auf den Galgenberg?«, fragte er spöttisch.

Er verneinte und dachte nur: ›Wenn der wüsste...‹

Das erste Glas Tinto ging aufs Haus, mehrere auf eigene Rechnung schlossen sich an. Der Patron befragte ihn über seine Aufgaben beim Roten Kreuz. Er erzählte bereitwillig. Dabei behielt er Pepe ständig im Blick. Er war bemüht, damit nicht aufzufallen.

Gegen zehn Uhr gewann er das Gefühl, Pepe würde bald wieder fällig. Er beschloss zu gehen, denn er wollte auf jeden Fall vor Pepes Abgang das Lokal verlassen haben. Er bezahlte und verabschiedete sich. Der Einladung, noch dazubleiben, entging er mit dem Hinweis auf die fortgeschrittene Stunde, die noch lange Fahrt bis Puerto und den morgigen harten Arbeitstag.

Draußen war es schon dunkel. Er ging langsam Richtung Wagen. In der Einfahrt zur Plantage blieb er stehen und wartete. Nach den Worten des Wirtes musste Pepe hier bald vorbeikommen. Hier draußen war die Dunkelheit perfekt und bot ihm unendlich Schutz. Kein Lichtstrahl aus der Ortschaft drang bis zu ihm hin. Sterne und Mond waren von Wolken verhangen. Die Straße war menschenleer. Er fühlte sich sicher. Er hatte ein Ziel. Er wollte es erreichen, sich als Täter erkennen zu geben, allerdings ohne selbst erkannt zu werden. Er musste nicht lange auf die Saufnase warten. Er hörte die taumelnden Schritte, bevor er den Säufer selbst sah.

Als Pepe fast neben ihm torkelte, trat er auf die Straße hinaus, fasste den Trinker am Arm und grüßte ihn mit leiser Stimme. Dann nahm er die Taschenflasche hervor, schraubte sie auf und hielt sie Pepe hin. »Da, trink! Das ist ein guter Tropfen«, sagte er einschmeichelnd.

Pepe fasste bei dem Wort »Trink« schon gierig zu, setzte die Flasche an den Hals und goss den Brandy in sich hinein. Er stöhnte dabei genüsslich. Plötzlich blieb er stehen, als habe ihn ein Brett vor den Kopf getroffen. Mit aufgerissenem Mund und geweiteten Augen starrte er sein Gegenüber an. Ein Zittern ging durch seinen Körper. Er krümmte sich, Schweiß trat auf seine Stirn. Er stöhnte, dieses Mal vor Schmerz. Sein Stöhnen ging bald in ein Röcheln über. Es hörte sich an, als bekäme er keine Luft mehr. Er zuckte noch mehrere Male, dann sackte er zusammen. Er lag still und blieb still. Das Gift, was für solche Ratten wie ihn gemacht worden war, hatte gewirkt. Er war tot.

In diesem Moment der Stille verharrte auch er für einen Moment bewegungslos und bedachte seine Tat. Schnell wurde er sich bewusst, dass er sie rasch zu Ende bringen musste.

Die Landstraße war immer noch leer und nur schwach vom Licht des Vollmondes beleuchtet, der hinter den Wolken hervor gekrochen war, als wollte er sich das grausame Spiel nicht entgehen lassen. Sein Wagen stand nur wenige Meter entfernt in der Einfahrt zur Bananenplantage. Dort wohnte niemand. Er musste nach menschlichem Ermessen mit keiner Störung rechnen, wenn er die Leiche dort in seinem Kofferraum verstauen würde. Er hatte wirklich alles akribisch geplant. Nur der Vollmond beobachtete ihn silbern und stumm. Er nahm mit leichtem Widerwillen die Leiche auf den Rücken und ging, so schnell er konnte, in Richtung seines Wagens. Selbst für den Fall, dass ihm doch jemand begegnete, hatte er einen Notplan bereit. Dann wollte er den Toten schnell in den dunklen Straßengraben rollen und als einsamer Wanderer alleine weitergehen. Er brauchte diesen Plan nicht zu strapazieren. Er schaffte es bis zu seinem Seat, ohne jemandem zu begegnen, öffnete den Wagen mit der Fernbedienung, und wenige Sekunden später war der leblose Körper in der Kofferkammer verschwunden.

Der Wagen startete sofort, und setzte sich Richtung Buenavista in Bewegung. Nach kurzer Fahrt bog er rechts von der Hauptstraße ab. Das Straßenschild »Monte Taco« wies ihm im Lichtkegel der Scheinwerfer den Weg. Die ersten 300 Meter der Nebenstraße verliefen durch unbewohntes Gebiet und stiegen langsam bergan. Dann führte die Schotterstraße oberhalb der Siedlung vorbei. Als er im Licht der Wagenlampen die ersten Häuser erahnte, hielt er an und machte das Wagenlicht aus. Er wollte weder mit dem Geräusch des Motors noch mit dem Licht seiner Scheinwerfer irgendjemanden aus der Nachtruhe wecken. Von hieraus musste er den Rest des Weges zu Fuß zurücklegen.

Als er die Kofferkammer öffnete, schenkte ihm deren Innenlampe spärlich Licht. Er legte sich das aufgerollte Seil um die rechte Schulter, steckte die Kette mit dem Amulett in seine Jackentasche und hievte den Toten wieder auf den Rücken. Er hatte nun einige Minuten stramm aufwärts zu gehen. Er war nicht sehr trainiert, und bald rasselte sein Atem schwer. Sein verschwitztes Hemd klebte ihm im Nachtwind kalt am Rücken. Der helle Mond stand direkt über ihm und wies ihm den Weg. Endlich sah er die einzelne Laterne, die kurz vor der Kuppe des Berges montiert war. Sie stand vor dem Maschenzaun, der das gesamte Wasserreservat umzäunte. An einem gusseisernen Galgenarm leuchtete milchig ihre Lichtkugel.

Er legte den Toten am Fuß der Laterne ab und nahm das Seil von der Schulter. Er musste es dreimal in die Höhe werfen, bevor es über den Galgen glitt und auf der anderen Seite wieder herunterkam. Nun knotete er an einem Ende eine Öse und schlang die um den Hals des Toten. Dann nahm er das Amulett aus der Jackentasche und hing es Pepe um den Hals. Nun packte er das andere Ende des Seils und zog die Leiche langsam nach oben. Zunächst richtete sich der Körper des Toten in Sitzstellung auf, dann erhob er sich unter seinem angestrengten Ziehen immer mehr. Eine Eule rief aus der Dunkelheit den Ruf des Todes, und dem leblosen Körper entfuhr unter dem Druck, der durch das Anheben in ihm entstand, ein letzter mechanischer Furz. Er drehte sich angeekelt weg. Als die Füße der Leiche etwa ein Viertel Meter über der Erde baumelten, wickelte er das Seil um einen Wulst am Laternenfuß und band es dort fest.

Der Berg der Gehängten hatte wieder einen Toten! Er sandte ein kurzes Stoßgebet zu seinem Herrn und Meister.

Eine Last fiel von ihm ab. Alles war ohne Komplikationen abgelaufen. Er wollte durch unnötige Trödeleien den Erfolg seiner Tat nicht noch gefährden. So machte er sich auf den Weg zum Auto zurück und befand sich binnen Minuten wieder auf der Hauptstraße, dieses Mal Richtung Puerto.

Viele Gedanken gingen ihm auf einmal durch den Kopf. Nun hatte er offenbart, dass seine Opferung eine geplante Tat war und sein Opfer keinen vermeintlichen Unfall erlitten hatte. Wenngleich er als Person unerkannt geblieben war, würde man nun sein Tun mit ganz anderen Augen betrachten und verfolgen. Er musste ab jetzt noch vorsichtiger sein als bisher. Sein künftiges Handeln hatte sich der neuen Dimension seiner Bedrohung anzupassen. Er hatte zwar einen gehörigen Vorsprung vor seinen Häschern, wollte den aber auch behalten. Die höhere Gefahr verursachte ihm ein wohliges Kribbeln auf der Haut, ging aber auch mit deutlichen Warnzeichen einher. Ihm war mit einmal, als wollte der heilige Baum im Ratschläge zuflüstern, wie er sich schützen sollte. Der Árbol Santo stand ihm bei!

Als Los Silos im Morgennebel erwachte, wurde der tote Pepe Serano noch längst nicht entdeckt. Er hing zu weit fort, allein in der Höhe, und baumelte leise im Westwind. Erst als der Wärter des Wasserreservoirs mit seinem Jeep den Berghang hinaufzuckelte, schlug Pepes Stunde noch einmal.

Luis Alierta erstarrte vor Schreck, als er den leblosen Körper am Arm der Laterne schaukeln sah. Er bremste abrupt und verriss vor Entsetzen das Lenkrad. Er konnte seinen Wagen nur mit Mühe davor bewahren, über den Straßenrand auszubrechen und den Hang hinabzustürzen. Drei Räder waren nur noch auf der Fahrbahn, als der Jeep endlich stand. Luis war bleich wie ein Totentuch, und sein Atem ging hektisch. Er war zu erregt, um den Wagen mit der gebotenen Vorsicht zurückzusetzen. Er stieg erst einmal aus und atmete mit zitternden Beinen tief durch. Langsam fasste er sich wieder. »Das ist Pepe«, murmelte er, als er den Toten erkannte.

Der Fuß der Laterne hatte sich unter dem Gewicht des Toten etwas aus seiner Verankerung gelöst. Alles war eben vergänglich! Nach einem weiteren Blick zu dem Gehängten sah er, dass für Pepe jede Hilfe zu spät kam.

Er beschloss, nichts anzurühren. Er nahm stattdessen sein Mobiltelefon aus der Jackentasche und wählte die Nummer der Guardia Civil. Der Polizist hörte ihm aufmerksam zu und versprach, sofort einen Wagen zu schicken. Die Stimme aus dem Apparat ermahnte Luis noch, auf keinen Fall etwas anzufassen. »Das habe ich schon bisher nicht getan«, antwortete Luis etwas vergrätzt und drückte auf Unterbrechung.

Dann sah er sich nochmals sorgfältig um. ›Ich werde als erstes den Wagen auf die Straße zurückfahren‹, befand er. ›Niemand soll einen Grund haben, über meine Fahrkünste zu spotten.‹ Er hatte gerade den Opel wieder vollständig auf die Schotterdecke der Fahrbahn bugsiert und war erneut ausgestiegen, als vom Fuße des Berges Polizeisirenen heraufheulten. Bald parkten zwei Streifenwagen hinter seinem Auto.

Die Beamten sicherten zunächst alle Spuren auf ebener Erde. Aber dort gab es nicht viel festzustellen. Außer den eigenen Radspuren gab es keine weiteren nahe der Fundstelle des Toten, mussten sie enttäuscht erkennen. Bevor sie Pepe dann abknüpften, wurde sein Leichnam noch oben am Arm der Laterne fotografiert. Auch am Boden wurden Fotos von der Leiche gemacht. Auf einigen war die Kette mit dem Holzamulett deutlich zu erkennen. Nun blieb die unschöne Aufgabe, den Toten in einem Behelfssarg zu legen und abzutransportieren.

Pepe wurde auf direktem Weg ins Universitätskrankenhaus von La Laguna gebracht. Dort sollte eine Obduktion einschließlich gründlicher Untersuchung aller Organe und Körperteile erfolgen. Der dem Sarg mitgegebene Erstbericht der Polizisten sprach von Tod durch Fremdverschulden. Die Umstände am Tatort schlossen Selbstmord eindeutig aus. Pepe Serano hätte sich an dieser Stelle ohne weitere Hilfsmittel, etwa eine Leiter, niemals alleine erhängen können.

Jeder im Ort wusste, dass Pepe seine Abende stets in der Bodega verbrachte. Die Beamten führten deshalb zunächst dort eine Befragung durch und fanden bestätigt, dass der Trinker auch am Abend vor seinem Tode dort gewesen war. Er hatte wieder einmal soviel getrunken, bis er kaum noch laufen konnte. Dann war er wie immer friedlich von dannen gezogen. In der Kneipe hielten sich bei seinem Weggehen nur Einheimische auf. Jeder kannte jeden. Bis eine Stunde vor Pepes Gehen war ein einzelner Fremder kurz da gewesen, erinnerte sich der Wirt. »Der war aber schon längst wieder weg, als Pepe ging«, schloss er seinen Bericht.

Die Beamten nahmen die Mitteilung pflichtgemäß auf, maßen ihr aber keine Bedeutung zu.

Wenn man von dem schrecklichen Geruch nach Desinfektionsmittel absah, war die Gerichtsmedizin ein Paradies. Es war angenehm kühl in den Räumen. Die Ärzte erlebten bei ihrer gründlichen Untersuchung eine heftige Überraschung. Das Genick des Toten war trotz des Falls aus der

Höhe nicht einmal gebrochen. Das konnte gar nicht sein! Es sprach nach ihrer Meinung alles dafür, dass der Mörder Pepe bereits im toten Zustand dort in die Höhe gezogen hatte. Was musste man daraus schließen? Sollte mit dem Aufhängen irgendeine Art von Bestrafung dargestellt werden? Die Ärzte wollten die Obduktion abwarten, die hoffentlich Klarheit brachte.

Am späten Nachmittag lagen die Analyseergebnisse vor. Der Tod war am Vortag zwischen 22 und 24 Uhr eingetreten. Die Witterungsbedingungen ließen keine genauere Zeitbestimmung zu. Der Tod erfolgte nicht durch Erhängen. Im Körper des Toten wurde vielmehr eine erhebliche Dosis Rattengift nachgewiesen. Selbst die Marke des Giftes konnte man genau bestimmen. Pepe Serano war vergiftet worden, bevor ihn sein Mörder aufhängte. Was für eine makabere Tat! Die Ärzte waren ratlos, beharrten aber auf diesem Ablauf, auch wenn er unverständlich erschien. Spuren eines Kampfes oder äußere Verletzungen außer den Schürfwunden am Hals durch das Seil fanden sie nicht. Pepe Serano hatte das Gift entweder freiwillig oder unbemerkt zu sich genommen, wahrscheinlich mit Alkohol vermischt. Davon fanden sich hohe Rückstände in seinem Blut. Pepes Leber wies ihn als fortgeschrittenen Säufer aus.

Der grausame Fund seiner Leiche hatte in Los Silos Entsetzen ausgelöst. Wer konnte diesem armen Hund nur so etwas antun? Kein Einwohner wusste sich Rat.

Der Vorfall blieb der Presse nicht verborgen. Auf Drängen der Reporter entschloss sich die Pressestelle der Polizei, einige Bilder des Toten zur Veröffentlichung freizugeben. Das Gesicht von Pepe wurde dabei bis zur Unkenntlichkeit verdeckt, das Amulett um seinen Hals aber blieb deutlich sichtbar. Und weil ihm nichts Besseres einfiel, textete der Redakteur von EL DÍA: »Wer kennt den

Amulett-Mörder von Los Silos?« Ein Konkurrenzblatt titelte: »Der falsche Gehängte vom Galgenberg«. Keiner der beiden Reporter wusste, wie nahe er mit seiner Schlagzeile den Beweggründen des Mörders wirklich kam.

Den Sonntag verbrachte er ganz befreit. Er wusch sich gründlich, als gelte es, etwas von sich abzureiben. Er rasierte sich nass, nur so sieht man ordentlich aus, und kleidete sich sonntäglich an. Er ging wie gewohnt in die Kirche, nahm ein gepflegtes Mittagessen zu sich und las die Zeitung auf einer Bank in der Sonne am Meer. Er erwartete in der Gazette noch keine Meldungen über seine Tat. Das Opfer musste ja erst einmal gefunden werden. Erst dann würden die Mühlen der Journaille zu mahlen beginnen.

In der Nacht von Sonntag auf Montag wuchs seine Ungeduld, wie man seine Tat wohl aufnehmen würde. Er hatte seine Opfertat erkennbar gemacht. Da er selbst im Verborgenen geblieben war, würde man nun einen unbekannten Täter suchen und über ihn urteilen. Er war aufs Äußerste gespannt, was sie schreiben und sagen würden.

Die Nacht verging fast schlaflos für ihn. Er wälzte sich unruhig in seinem Bett hin und her. Es war drückend heiß im Raum. Kein Windhauch regte sich, obwohl das Schlafzimmerfenster offen stand. Sein Bettlaken wurde allmählich feucht vor Schweiß. Er stand auf und holte sich aus der Küche ein Glas Wasser. Ein Schweißtropfen rann über seinen Bauch in den Bauchnabel. Er presste sein Nachthemd dagegen. Er ging am Fenster vorbei, um Kühlung zu finden. Kühler war es auch hier nicht. Die Wolkendecke war aufgerissen, und der Mond war zu sehen. Er sorgte mit seinem Schein für einen silbernen Schimmer auf den Baumkronen neben der Straße. Draußen herrschte fast völlige

Stille. Weit entfernt hörte er einige Male Autos vorbeifahren. Er ging wieder ins Bett zurück.

Als um halb sieben in der Früh sein Wecker klingelte, war er immer noch wach und freute sich, endlich aufstehen zu können. Sein Hals schmerzte leicht, und er versuchte ihn frei zu husten. Es nutzte nicht viel. Der Schmerz blieb.

Er beschloss, sich einen Tee mit Zitrone aufzubrühen. Er wollte ihn mit einem Löffel Teidehonig süßen. Vielleicht hatte er sich in der Nacht in Los Silos verkühlt. Tee mit Zitrone war ein bewährtes Heilmittel dagegen.

Als er gewaschen und angezogen war, ging er hinab zum Briefkasten, um die Zeitung zu holen. Sie musste um diese Zeit schon da sein. Er zog sie vorsichtig aus dem Schlitz und ging nach oben zurück. Das Aroma seines Tees füllte den Raum. Er fand das angenehm. Er hatte die Zeitung als Rolle unter dem Arm getragen. Nun breitete er sie neben seinem Frühstücksgedeck aus. Bevor er sich setzen konnte, war sein Blick schon von Pepes Bild auf der ersten Seite gefesselt. Die Titelzeile verschlang er gierig.

»Scheiße«, schnaubte er erbost. »Ich bin kein Mörder!«

Er setzte sich langsam ohne hinzusehen auf den Stuhl, suchte instinktiv mit seinem Gesäß die Sitzfläche. Eilig begann er den Artikel zu lesen. Das Urteil über ihn fiel vernichtend aus. Dem Rechtsverständnis dieses Schreiberlings wollte er sich nicht beugen! Schließlich war er der Arm des Árbol Santo. Seine Taten waren priesterlich und durften nicht verteufelt werden! Wie mechanisch hob er beim Lesen seine Teetasse an den Mund und nahm einen Schluck. Fast hätte er ihn wieder ausgespuckt, so heiß war er. Ein zweites »Scheiße« kam über seine verbrannten Lippen.

Kurz vor acht Uhr machte er sich auf den Weg ins Kontor. In seinem mausgrauen Anzug, ganz Geschäftsmann, tauchte er in schützender Anonymität in die Straßen Puertos ein, die sich langsam bevölkerten. Auch im Büro war der Mord von Los Silos Gesprächsthema. Die Kommentare der Kollegen deckten die ganze Bandbreite möglicher Gefühlsregungen ab.

»Um eine solche Saufnase sollte man nicht zuviel Bohai machen. Um die ist es doch nicht schade.«

»Für einen Säufer muss es doch ein schöner Tod sein, an Alkohol zu sterben, auch wenn er vergiftet ist!«

»Da halte ich es mit der Bibel: Du darfst nicht töten!«

»Doch, der Kerl, der das getan hat, gehört ebenfalls aufgehängt!«

»Die Rache ist mein, spricht der Herr«, gab auch der Einkäufer grinsend seinen Senf dazu.

Er hörte nur hin und beteiligte sich nicht an der Diskussion. Das fiel weiter nicht auf, seine Verschlossenheit war man gewohnt. Einmal zuckte er, Gott sei Dank unbemerkt, zusammen. Und zwar als die Sekretärin hinter ihrer Zeitung verlauten ließ:

»Wie komisch, der Mörder hat das gleiche Rattengift benutzt, das wir benutzen.«

»Dann ist es bestimmt jemand von uns gewesen«, sagte Fernando Arteaga, der gerade vorbeikam, trocken. »Lasst es gut sein, Leute«, fügte er an. »Die Arbeit erledigt sich nicht von alleine!«

Der Polizist Juan Álvarez saß ebenfalls über die Zeitung gebeugt am Frühstückstisch. Als er das große Bild auf der Titelseite sah, machte es auf einmal ›Klick‹ in seinem Hirn. In dieser Sekunde stand ihm klar vor Augen, was sich bisher in seinem Unterbewusstsein verborgen hatte.

Sie hatten es nicht nur mit einem Mord zu tun, es gab eine Serie verbundener Morde. Das hölzerne Amulett war das Bindeglied zwischen den Fällen! Er hatte eines davon bereits im Wohnwagen des Deutschen gesehen und selbst in der Hand gehabt. Als er dann im EL DÍA das Bild der abgestürzten Ausländerin gesehen hatte, war schon etwas wie Erinnern in ihm hochgekommen. Doch jetzt war alles auf einmal glasklar:

Das blonde Mädchen hatte ebenfalls ein solches Amulett bei sich getragen! Und nun trug auch noch der Trinker von Los Silos eines um seinen Hals! Der war unzweifelhaft ermordet worden. Da konnten die anderen Ereignisse auf keinen Fall nur Unfälle gewesen sein. Hatten seine Kollegen ihre Überprüfungen vielleicht zu schlampig durchgeführt? Hatten sie sich vom ersten Augenschein blenden lassen? Angst stieg in ihm auf. Je länger er nachdachte, umso überzeugter war er, dass seine Befürchtungen richtig sein mussten.

Eines war klar, er musste seinen Chef sofort über diese Schlussfolgerungen informieren. Sein erster Gedanke war, eine schriftliche Eingabe zu machen. Dann brauchte er Ramón Martín nicht in die vorwurfsvollen Augen zu blicken und konnte sich dessen Wutausbruch ersparen. Denn der würde so sicher wie das Amen in der Kirche kommen. Ramón konnte eine solche Neuigkeit dann ebenfalls nicht unter der Decke halten. Sie mussten bis ganz nach oben, bis hin zum Polizeipräsidenten! Zerknirscht nahm Álvarez ein Stück Papier und einen Kugelschreiber zur Hand und begann mit der Formulierung der Eingabe. Er stierte angestrengt in die Luft, doch die richtigen Worte wollten ihm nicht einfallen. Mehrmals korrigierte er den Anfang des Textes, ohne mit dem Ergebnis zufrieden zu sein. Er war wirklich kein Mann der Schrift! Vielleicht war es doch besser, der Gefahr ins Auge zu sehen und Martín mündlich zu berichten.

Mit einem tiefen Seufzer machte er sich auf den Weg ins Revier. Er steckte seine Karte in die Stechuhr, ohne den Kollegen zu grüßen, der gerade aus dem Mannschaftsraum trat. Zu sehr war er in seine trüben Gedanken versunken. Er ging vor die Tür des Inspektors und klopfte. Dessen prägnante Stimme rief ihn herein. ›Sie ist noch ganz ruhig und friedlich‹, dachte er nervös und voller böser Vorahnung.

Doch Ramón Martín zeigte sich von den Rückschlüssen seines Untergebenen wie vom Blitz getroffen und blieb zunächst völlig ungläubig. »Das ist unmöglich«, stotterte er immer wieder.

»*Existe una relación entre los casos*«, es besteht ein Zusammenhang zwischen den Fällen, antwortete ihm Álvarez mit beschwörender Stimme.

Je länger Martín nachdachte, umso plausibler erschienen ihm die Folgerungen seines Mitarbeiters. »Lass mich allein. Ich muss nachdenken«, fuhr er ihn an.

Álvarez verließ schnellstens den Raum. Wie erleichtert er war! Ein schwerer Stein fiel ihm vom Herzen und lastete jetzt auf den Schultern von Martín.

Nach einer halben Stunde leitete der Teniente die ersten Aktivitäten ein. Er rief eine Arbeitsgruppe ins Leben mit dem sinnigen Namen »Amulettmörder«. Er wählte fünf erfahrene Männer dafür aus:

Álvarez, der die Sache ins Rollen gebracht hatte, war natürlich dabei. Der 60jährige Joan Massagué hatte sich schon öfters bei Mordfällen als gründlicher Analyst hervorgetan und verfügte über große Erfahrung. Trotz seines Silberhaars hatte er sich einen schnellen, jugendlichen Geist bewahrt. Manuel Ortega war gut für jegliche Recherche in Karteien genauso wie im Internet. Felipe Ramos sollte zusammen mit Álvarez den notwendigen Außendienst übernehmen. Sich selbst setzte Martín als Vorsitzenden der Gruppe ein. Hinzugezogen wurde von außen die Psychologin Dr. Teresa Zafón, die schon mit vergleichbaren Fällen befasst gewesen war.

Die erste Sitzung der Kommission setzte Martín für 14 Uhr an. Die Mittagspause musste eben kürzer als sonst ausfallen. Dr. Zafón sollte eine Stunde später zu den anderen stoßen. Martín schaute auf seine Uhr. Ihm blieb noch genügend Zeit, um den Polizeipräsidenten zu informieren. Das würde kein Zuckerschlecken, das stand fest. Aber er kannte Javier Torres seit vielen Jahren und wusste, ihn zu nehmen. Die halbe Miete hatte er schon damit eingefahren, dass er bereits erste Schritte eingeleitet hatte.

Der Präsident hasste nämlich zutiefst, wenn man ihn mit Problemen konfrontierte, ohne schon Lösungsvorschläge an der Hand zu haben. Zurzeit reagierte er darauf noch sensibler als sonst. Torres war damit beschäftigt, die Hochzeitsfeierlichkeiten für seine Tochter Inma vorzubereiten. Ihre Hochzeit sollte Ende des Monats in den schönen Gärten des ABACO stattfinden. Torres war also im Stress. Er wollte am Ehrentag seiner Tochter nichts dem Zufall überlassen, der wichtigste Tag im Leben seines »Augensternchens« sollte unvergesslich bleiben...

An Lösungsvorschlägen fehlte es Martín Gott sei Dank nicht. Es fehlte nur noch die Lösung! Martín würde es nicht erspart bleiben, dass ihn Torres mit seinem typischen, leidenden Blick musterte, den er bei solchen Anlässen hinter seinen dicken Brillengläsern hervorwarf. Alles verlief, wie er es sich vorgestellt hatte. Der Präsident entließ ihn am Schluss mit den Worten:

»Sehen Sie zu, dass wir schnell Ergebnisse vorweisen können. Immerhin sind zwei Ausländer unter den Opfern. Das ist nicht gut für unseren Tourismus. Man wird uns bald unter Druck setzen.«

Von dieser Seite hatte Martín die Sache noch gar nicht betrachtet.

Der Sitzungsraum war minimalistisch eingerichtet, die Wände in strengem Weiß getüncht und nur von zwei kleinen Fenstern unterbrochen, die auf den Hof hinausgingen. Die Scheiben waren trübe, als hätte sie das klebrige Salzwasser des Atlantiks seit dem letzten Putzen schon des Öfteren benetzt. Der Konferenztisch und die Stühle standen auf staksigen Stahlrohrbeinen. Von der Decke strahlte eine Neonröhre.

Martín konnte es sich nicht verkneifen, die erste Kommissionssitzung mit einer Mitarbeiterschelte zu beginnen. Sie traf alle gemeinsam und war nicht auf einen Einzelnen abgestellt. So wurde sie von allen ohne viel Aufhebens ertragen. Schnell ging die Gruppe *in medias res*. Martín ließ dabei keine unkontrollierte Diskussion zu, er verlangte Disziplin und Systematik von ihnen. Am Ende der Aussprache waren die Schwerpunkte fürs erste festgelegt: Álvarez sollte die Amulette aller drei Opfer sicherstellen und einem exakten Vergleich unterziehen lassen. Danach sollte er mögliche Bezugsquellen für sie in Erfahrung bringen.

»Prüfen Sie auch, ob die Verkäufer selbst für die Tatzeiten Alibis haben.«

Felipe Ramos wurde auf den Wohnwagen des Deutschen angesetzt. Martín hoffte, dass der noch nicht verschrottet war und dass eine gründliche Untersuchung des Fahrzeuges und aller Gegenstände neue Erkenntnisse brächten.

Manuel Ortega sollte auf seinem Computer alle bisher erkannten Fakten protokollieren. Jeder von ihnen würde einen Ausdruck des Protokolls bekommen und überprüfen, ob ihm noch etwas zusätzlich einfiel. »Das gilt natürlich auch für die Polizisten, die die einzelnen Fälle vor Ort aufgenommen haben«, ergänzte Martín zur Klarstellung.

»Dann prüfen Sie bitte die Verwandten der Toten in den Meldelisten, im Internet und wo immer sonst es Beziehungen zwischen den Ermordeten und andere denkbare Verbindungen geben könnte. Vergessen Sie nicht, Deutschland und Holland um Amtshilfe zu bitten. Ich glaube, das wäre es für den Moment. Es ist kurz vor drei Uhr. Nun wollen wir mit Frau Dr. Zafóns Hilfe ein erstes Täterprofil anfertigen.«

Da fiel Martín noch ein Auftrag für Joan Massagué ein. »Versuchen Sie, die Tage der Morde zu analysieren. Ihren Abstand zueinander, ob es Werktage oder Feiertage gewesen sind, ob Vollmond war, ob es regnete oder die Sonne schien. Sie wissen schon, was ich meine.«

Massagué nickte.

»Im Übrigen möchte ich alles, was einer von ihnen herausfindet, sofort wissen. Alles«, wiederholte er.

Doktor Zafón war eine gut aussehende Frau. Sie war gewohnt, dass ihr sofort alle Männerherzen mit Sympathie und Freundlichkeit entgegenschlugen. So war es auch dieses Mal. Sie traf in der Runde schließlich nur auf Männer. Entsprechend entspannt und selbstsicher trat sie auf. Der junge Álvarez konnte seinen Blick kaum von ihren weiblichen Konturen lassen. Als sie das bemerkte, blickte sie fest zurück, bis er die Augen niederschlug und errötete. Dem wachsamen Massagué blieb das nicht verborgen. Er schmunzelte mit der Erfahrung des Alters.

Der Inspektor bot der Psychologin den einzigen Sessel im Raum an und fragte galant, ob sie Kaffee wolle. Dr. Zafón bat um eine genaue Schilderung der Sachverhalte. Sie nahm ihr schwarzes Notizbuch zur Hand, um sich Stichworte aufzuschreiben. Álvarez wurde für die Berichterstattung ausgewählt. »Er brachte schließlich das Ganze ins Rollen«, warf Martín erklärend ein. Nach kurzer Bedenkzeit meldete sich die Psychologin mit ersten Schlussfolgerungen:

»Viel geben die Fakten noch nicht her, aber ich werde versuchen, alles aufzuzählen, was sich schon daraus folgern lässt. Unser Täter ist mit ziemlicher Sicherheit ein Mann. Es dürfte kaum eine Frau geben, die ihre Opfer, selbst mit Überraschungseffekt, ohne jede Spur von Gegenwehr ermorden und dann auch noch wegschleppen kann. Im ersten und zweiten Fall ergibt sich ein solches Szenario. Der Täter scheint mir ein Pedant, ein Ordnungsfanatiker zu sein. Alles um das Opfer oder den Tatort wird jedes Mal klinisch sauber zurückgelassen, ganz ohne Spuren. Ich will nicht annehmen, dass die noch auftauchen«, schränkte sie ein. »Jedes Mal gibt der Täter seinem Opfer das Amulett mit auf den letzten Weg. Das unterstreicht sein Bedürfnis nach Ordnung und Regelmäßigkeit. Vielleicht hat er einen Beruf, der ihm solche Eigenschaften abverlangt. Auf den Punkt gebracht, er scheint mir eine Buchhalterseele zu sein.« Die Doktorin wusste nicht, wie nahe sie mit ihrer Einschätzung der Wahrheit gekommen war.

»Ich bin keine Freudianerin und nähere mich einem Täterprofil selten psychoanalytisch«, fuhr sie fort. »In diesem Falle spricht jedoch viel dafür, dass unser Täter irgendwie religiös bewegt ist, wenn er seine Taten ausführt. Da ist etwas, was in ihm arbeitet. Die Amulette erscheinen mir ein wichtiges Symbol dafür. Sie unterstreichen eine ritualisierte, sakral belegte Durchführung der Morde. Der Täter zieht aus den Taten auf jeden Fall eine Art religiöse Befriedigung. Die könnte auch sexueller Natur sein. Aber der Gesuchte würde dann sein sexuelles Motiv gar nicht erkennen oder will es zumindest nicht. Sein ganzes Vorgehen hat mit normalem sexuellen Verhalten überhaupt nichts zu tun. Insgesamt gesehen bin ich mir noch sehr unschlüssig. Ich habe die kranke Psyche des Mörders längst noch nicht durchdrungen. Folgendes erscheint mir noch erwähnenswert:

»Er wirkt gegenüber seinen Opfern nicht abstoßend. Die Leute haben keine Scheu, auf ihn zuzugehen oder ihm zu folgen. Sonst hätte er sich beispielsweise der Holländerin nicht so ganz ohne Kampfspuren nähern können. Sie war nicht betrunken wie Serano oder schlief zum Zeitpunkt der Tat wie der ermordete Deutsche. Es ist auch kaum anzunehmen, dass der Täter die Holländerin vorher gekannt hat und sie ihm deshalb vertraute. Er hat also eine gewisse Sozialkompetenz, wie es so schön in unserer Fachsprache heißt.

»Das Amulett, welches er nach seinen Taten fast wie Auszeichnungen vergibt, verrät uns doch einiges, lassen Sie mich das nochmals hervorheben: Der Täter hat einen Hang zum Mystischen, wenn nicht gar Sakralen. Das Abbild des Drago auf dem Täfelchen zeigt, dass er sich mit unserer Insel verbunden fühlt. Es erscheint mir fast sicher, dass er ein Einheimischer ist. Unsere Geschichte ist ihm nicht fremd und bedeutet ihm etwas. Die Opfer weisen keine erkennbare Verbindung untereinander auf. Der Mörder sucht sie anscheinend willkürlich aus. Dass es sich um eine Mordserie eines einzigen Täters handelt, wird nur durch die Amulette erhärtet. Voraussetzung ist natürlich, dass sie sich wirklich als gleichartig erweisen. Es ist bedauerlicherweise festzustellen, dass die Intervalle zwischen den Morden immer kürzer werden. Der Mörder braucht scheinbar immer schneller seinen Kick. Ich glaube im Übrigen, dass sich der Mann zwischen seinen Taten ganz normal und unauffällig verhält. Wir haben es mit einem Kontinuum zwischen Normalität und Störung zu tun. Das ist es gerade, was es uns schwer machen wird, ihn zu fassen.

»Lassen Sie mich mit einer Metapher schließen: Er hat etwas von einer Giraffe an sich. Er schwebt mit seinem wirren Kopf auf seinem langen Hals weit über unserem Normalempfinden. Er steht aber auch unsicher auf staksigen, hohen Beinen und schreit nach Hilfe. Wir müssen ihn in seiner bösen Parallelwelt finden. Ich will damit keinesfalls ausschließen, dass er korrekte Einsichten in unsere normalen Moral- und Verhaltensnormen hat, ich meine aber, dass er in spezifischen Reizsituationen unfähig ist, danach zu handeln. Er sieht sich wohl keinesfalls als Protagonist des Bösen. Er hält sich vielmehr irgendwie für positiv legitimiert, die Taten auszuführen. So, ich hoffe ich habe nichts an Auffälligem ausgelassen«, schloss sie ihre Analyse fürs erste.

Sie schaute den Teniente mit ihren wachen grauen Augen fragend an. Plötzlich fiel ihr doch noch etwas ein:

»Einige Fragen zum Täter bleiben offen: Mit seiner letzten Tat hat er wohl auf sich aufmerksam machen wollen. Ist das vielleicht eine erste Reaktion gegen den furchtbaren Drang in ihm, ein erster Hilfeschrei? Hat der Mörder vielleicht sogar das Bedürfnis, sein blutiges Werk zu beenden? Will er wohlmöglich gefasst werden? Es kommt mir zumindest vor, als legte er Skrupel an den Tag. Es kommt nicht selten vor, dass solche Täter in Konflikte gelangen zwischen einer bremsenden und einer anstachelnden inneren Instanz.«

»Das ist eine interessante Einschätzung seiner Stimmung. Es spricht einiges dafür, dass Sie damit richtig liegen«, antwortete ihr Martín mit Respekt in der Stimme. Er streckte dabei seine Beine von sich, denn sie drohten ihm mittlerweile einzuschlafen. Dann stand er auf und stellte das eine Schwenkfenster auf Kipp. Die Luft im Raum war verbraucht und machte müde.

»Wie empfehlen Sie, weiter vorzugehen?«, wandte er sich nochmals an die Psychologin und fügte etwas unsortiert hinzu: »Kann man aus dem Lebensalter der Opfer auf das Alter des Täters schließen?«

Die Psychologin kreuzte die Arme über der Brust, eine typisch weibliche Abwehrgeste. »Treffe ich da auf Halbwissen?«, fragte sie ihn spöttisch. »Richtig ist, dass sich bei Sexualtätern das Alter der Opfer dem des Täters oftmals gerade nicht anpasst. Der Täter bleibt in der Regel bei der Wahl seiner Opfer in der Altersstufe stehen, in der ihn erstmals sexuelle Fantasien überkommen. In unserem Falle sehe ich allerdings gar keine Relationen zwischen dem eindeutig unterschiedlichen Alter der Opfer und dem eines möglichen Täters. Zu Ihrer weiteren Frage: Keinesfalls sollten Sie einfach den nächsten Mord abwarten und versuchen, den Mörder dabei zu erwischen.«

»Das sagt mir schon mein eigener Verstand. Aber was können wir stattdessen unternehmen?«, bohrte der Inspektor nach.

»Die besten Ansatzpunkte für die Klärung der Fälle scheinen mir in der Vergangenheit zu liegen. Die Morde gehören, wie bereits dargelegt, mit Sicherheit zusammen. Alles muss nun gründlich auf Gemeinsamkeiten oder Entwicklungen von einer Stufe zur nächsten hin analysiert werden.« Ihre Stimme war während ihres Vortrags gleich bleibend tief und weich. Sie wirkte auf die Männer im Raum äußerst erotisch.

»Können Sie mir Beispiele nennen?«, fragte Martín nach und fühlte sich dabei von ihrer Fraulichkeit eingefangen.

»Nun ja, zum Beispiel: Gibt es irgendwelche Riten, die der Mörder bei jedem Mord angewandt hat?«

»Er hinterließ jedes Mal ein Amulett!«

»Richtig! Zeigte er bei seinen Untaten eine Vorliebe für einen Ort, eine Tageszeit oder sonst eine immer gleiche Sache? Nicht vergessen dürfen Sie natürlich, alle Fälle, besonders die, welche bisher nicht als Morde eingestuft waren, auf noch verwertbare Spuren hin zu untersuchen.«

»Das dürfte schwer werden. Die meisten Spuren wurden wohl in Unkenntnis ihrer Bedeutung von uns selbst verwischt«, seufzte Martín und sah seine Leute dabei anklagend an.

»Sie werden sich wundern, was nach so langer Zeit noch alles auftauchen kann«, versuchte ihn die Psychologin zu trösten. »Vielleicht schrecken Ihre Nachforschungen den Täter sogar auf und lassen ihn reagieren. Es wäre schon ein Riesenfortschritt, wenn Sie Einfluss auf sein Handeln bekämen, und er es nicht mehr nur selbst bestimmt. Er muss durch Ihre Untersuchungen unruhig werden. Ihre Recherchen sollten ihm auf die Nerven gehen. Kurzum, er soll Fehler machen, die schließlich zu seiner Entdeckung führen. Mit jeder neuen Entdeckung, und sei sie noch so klein, werden Sie ihm ein Stück näher kommen. Seine ureigensten Geheimnisse werden weniger werden. Das wird ihm nicht verborgen bleiben und ihn ärgern und beunruhigen. Ich bin sicher, er wird dann bald unbesonnen reagieren. Treiben Sie ihn also in die Enge. Nehmen Sie ihm einen Teil seiner Intimität. Es muss sich zwischen Ihnen ein Kampf entspinnen. Sie müssen zu einer Person werden, die ihm das Handeln aufzwingt.«

Martín nickte und ließ eine letzte Frage folgen, die für ihn noch nicht befriedigend beantwortet war: »Warum gehen Sie so fest davon aus, dass es sich bei dem Täter um einen Mann handelt? Glauben Sie wirklich, die Taten könnten nicht doch auch von einer Frau ausgeübt worden sein?«

»Bedenken Sie, wie viele Kraftanstrengungen der Täter auf sich nahm«, antwortete die Doktorin rasch und schüttelte ihren Kopf.

»Auf den ersten Blick scheinen Sie Recht zu haben«, insistierte der Inspektor, »fast alles spricht für einen Mann als Täter. Man sollte aber ohne eindeutigen Beweis niemals nie sagen. Es gibt sehr wohl Berserker-Frauen, die solche Kräfte haben. Welche Kräfte eine Furie in erregtem Zustand freisetzen kann, wurde in ähnlich gelagerten Fällen durchaus gezeigt. Auch erregt eine Frau bei einem Opfer schwerer Misstrauen als ein fremder Mann. Das könnte die Arglosigkeit der Opfer erklären. Sie hatten beim Tod der Holländerin selbst auf diesen Umstand hingewiesen.«

»Also gut, Täter oder Täterin«, lenkte Dr. Zafón ein.

»Und was meinen Sie mit einer Analyse auf Entwicklungen hin?«, ließ Martín das Zwiegespräch immer noch nicht abbrechen.

»Der beste Beleg hierfür ist, dass der Mörder oder auch die Mörderin«, sie schaute Martín bei dieser Unterscheidung belustigt an, »zwei seiner Taten zunächst als Unfälle kaschierte, bevor ›er‹ sich nun im dritten Falle zu seinem Mord bekannte. Vielleicht ergeben sich bei genauerer Untersuchung noch weitere Fortentwicklungen in seinem Verhalten. ›Er‹ lässt wie jeder Mörder krankhafte Züge erkennen, und eine Krankheit schreitet nun mal fort.«

Martín nickte erneut. Dr. Zafóns Analysen waren wirklich gründlich und hilfreich gewesen. Die Frau hatte die Männer zum zweiten Mal verblüfft, dieses Mal nicht durch ihre Schönheit, sondern durch ihre Kompetenz. Martín schaute sich im Kreis seiner Beamten um. »Hat noch irgendjemand eine Frage?« Es ergaben sich keine Fragen mehr.

Nur Álvarez glaubte sich noch als Witzbold hervortun zu müssen: »Noch eine naive Frage, Frau Doktor: Ist der Täter nun ein armes Schwein, oder nur ein Schwein?«

Martín fuhr ihm böse ins Wort und dankte der Psychologin. Seine aufgesetzte Gelassenheit war dünn wie Papier.

»Wir werden Ihre Ratschläge beherzigen«, versprach er, »und jetzt unsere Hausaufgaben machen. Ich bin schon viel zuversichtlicher, dass wir von der Stelle kommen«, schloss er die Sitzung und schickte seine Männer an ihre Arbeitsplätze.

Er selbst ging zurück an seinen Schreibtisch, holte einige Karteikarten aus einer der Schubladen und begann mit der gründlichen Planung aller zu erledigenden Arbeiten. Er wollte die notwendigen Untersuchungsaufgaben auf einzelne Arbeitsaufträge verteilen, soweit das bisher noch nicht geschehen war. Nach einer Stunde rauchte sein Kopf so sehr, dass er eine Pause einlegen musste. Er ging zur Kaffeemaschine und drückte die Taste für *Café solo*. Schon der würzige Duft des schwarzen Gebräus beruhigte seinen Kopfschmerz. Er ging wieder in sein Zimmer, um weiterzuarbeiten.

Er stand noch tagelang in der Aufmerksamkeit der Medien und verschlang alle Veröffentlichungen gierig schon morgens beim Frühstück. Er breitete die Zeitung auch heute wieder neugierig auf dem Küchentisch aus und begann, die Neuigkeiten zu studieren. Plötzlich zuckte sein rechter Mundwinkel missbilligend. Er war schockiert. Hatte er die Polizei unterschätzt? Sie war beängstigend schnell seiner Spur gefolgt und hatte seine Opferungen als Einheit erkannt. Wie schuldig das nun alles unter deren Röntgenblick aussah! Es dauerte noch einige weitere Tage, bis sein Fall wieder aus den Schlagzeilen verschwand.

Man ging zur Tagesordnung über. Neue Themen wurden wichtig. In Wirklichkeit aber liefen die Ermittlungen mit Volldampf weiter, jedoch unsichtbar und unbemerkt von ihm und den meisten seiner Mitmenschen. Er fühlte sich auch deshalb für den Moment frei, ohne Druck und genoss ein klein wenig sein Leben.

Ein weiteres Ereignis trug dazu in besonderem Maße bei: Während des Gottesdienstes stellte der Pfarrer eine junge Frau vor, die dem Kirchenchor beitreten wollte. Sie war kürzlich vom spanischen Festland her zugezogen. Ihr Name war Eva Guerra. Guerra wie Krieg, aber sie hatte gar nichts Kriegerisches an sich. Sie wirkte vielmehr weiblich, weich und zart. Von zierlicher Statur trug sie ihr schwarzes Haar wie ein mittelalterlicher Page als Helm über dem feinen, blassen Gesicht. Ihre dunklen Augen waren groß und feucht. Sie lachte anscheinend gern. Das sah man schon daran, wie sie sich bei ihrer Vorstellung gab. Sie strahlte in die Gemeinde und ließ dabei eine ebenmäßige Reihe kleiner, weißer Zähne aufblitzen.

Ihre Aura berührte ihn bis in sein Innerstes. So hatte noch keine Frau auf ihn gewirkt. Er suchte nach dem Gottesdienst fast zwanghaft ihre Nähe. Als er neben ihr stand, war er betört von ihrem Duft. Er erahnte einen Hauch von Maiglöckchen. Die kleinen Blümchen, die er so sehr mochte. ›Weiß wie ihre Haut‹, dachte er und atmete sie noch einmal tief in sich ein.

Seine schüchterne Annäherung blieb Eva Guerra nicht verborgen. Sie reagierte völlig ungezwungen, lächelte ihn freundlich an und ließ ein sanftes »Holá« ertönen.

Er wollte den Kontakt um keinen Preis abbrechen lassen. Darum nahm er, sonst eher schüchtern, all seinen Mut zusammen und antwortete mit vor Erregung rauer Stimme: »Herzlich willkommen in unserer Gemeinde. Ich hoffe, Sie werden sich wohl bei uns fühlen. Wenn ich dabei behilflich sein kann, stehe ich gern zu Verfügung.« Dann nannte er ihr seinen Namen und war erstaunt, wie leicht ihm die vielen Worte über die sonst so scheuen Lippen gekommen waren.

»Oh, danke, ich komme gerne darauf zurück«, antworte sie mit einem Lachen in den Augen. Sie winkte ihm noch einmal fröhlich mit ihrer kleinen rechten Hand, als sie schließlich ging.

Höchst zufrieden mit sich und verwundert über seinen Mut schlenderte auch er beschwingt nach Hause. Er musste die ganze Zeit an sie denken und beschloss, künftig bei allen Chorproben anwesend zu sein.

Felipe Ramos hatte schnell in Erfahrung gebracht, wohin seinerzeit das Wohnmobil des Deutschen gebracht worden war. Der Schrottplatz lag in den Ausläufern von Orotava oberhalb der Autobahn im Industriegebiet. Er holte seinen Wagen aus der Tiefgarage an der Mole, wo die Polizei eigene Stellplätze für ihre Autos hatte. Die engen Straßen der Altstadt waren mit Wagen verstopft. Ramos musste sich in Geduld üben. Zielstrebig folgte er der Beschilderung hoch zur Nordautobahn, ohne die Schilder jedoch richtig zu registrieren. Er kannte den Weg, den sie wiesen, im Schlaf. Von der Autobahn nahm er die richtige Abfahrt und lenkte den Wagen weiter bergauf in die *Auxiliadora*.

Die Gegend wurde immer unschöner. Hässliche Hallen aus unverputztem Gemäuer und Wellblech prägten das

Bild. Zwischendrin gab es ebenso schäbige Freiflächen mit grauem Geröll und Industrieabfällen. Abgestorbene Blütenstangen verstaubter Agaven passten sich in das trostlose Bild ein. An wenigen Flecken sorgten strauchige Kanarenmargariten, hellviolette kanarische Winden oder gelb leuchtende Kapuzinerkresse für farbige Lichtblicke. Ramos bog links in die Calle Tajinaste und fand sich kurz darauf vor der Einfahrt zum Schrottplatz.

Das Gittertor stand weit offen. Er fuhr langsam auf den Schotterweg. Auf dem standen große, schlammige Pfützen vom nächtlichen Regen, ansonsten war alles staubig und knüppeltrocken. Links und rechts des Weges türmten sich Wagenteile, ganze Autowracks und angerostete Stahlträger. An einem tief gelegten Lkw ohne Räder schraubte in gebückter Haltung ein Mann in schmutziger Arbeitskluft. Als Ramos sich mit dem Polizeiauto näherte, richtete der sich kurz auf und sah zu dem Wagen hin. Ramos fuhr bis dicht vor ihn und drehte das Seitenfenster herunter. Der Mann war klein und gedrungen, sein Gesicht mit Öl verschmiert. Auch seine Hände glänzten schwarz und fettig.

»*Buenas*«, grüßte Ramos. »Sind Sie hier der Boss?«

Der Mann schüttelte wortlos den Kopf und deutete als Antwort mit seiner verschmierten Pranke zu einer Blechbaracke hin, die etwas weiter den Weg hinauf auf dem Gelände stand. Ramos tippte zum Dank an die Mütze und setzte seinen Wagen wieder langsam in Bewegung. Trotzdem wirbelte er beim Anfahren eine Staubwolke auf, die den Arbeiter einhüllte. Der fluchte leise und spuckte hinter dem Polizeiwagen her.

Manuel Luis hörte den Wagen kommen. Neugier trieb ihn vor die Baracke. Als er das Polizeiauto sah, war er enttäuscht. Ein Kunde, der Geld brachte, sah anders aus. Polizei bedeutete meist Ärger, gerade in seinem Gewerbe.

Schließlich war nicht alles aus lauteren Quellen, was sich hier bei ihm stapelte. Trotzdem wollte er gute Miene zum bösen Spiel machen. Er durfte es sich mit der Obrigkeit nicht verderben. Obwohl er den Dienstgrad des Polizisten genau erkannte, grüßte er: »Holá Teniente, was kann ich für Sie tun?«

Ramos war die ölige Stimme seines Gegenübers sofort zuwider. Darum ließ er seine Beförderung auch nicht unwidersprochen durchgehen. »Ich bin nur ein einfacher Polizist, Señor. Aber vielleicht können Sie mir wirklich helfen. Im Januar bekamen Sie von meiner Dienststelle ein Wohnmobil. Es gehörte einem Deutschen, der tödlich verunglückt war. Können Sie sich daran erinnern?«

Luis wusste sofort, um welches Gefährt es sich handelte. Er kannte alles, was auf seiner Halde lagerte, in- und auswendig. Trotzdem tat er so, als müsse er nachdenken. Er kratzte sich am Kopf und hoffte, dass der Beamte inzwischen damit rausrückte, um was es ihm wirklich ging.

Ramos tat ihm den Gefallen. »In dieser Sache haben sich neue Erkenntnisse ergeben. Wir müssen das Mobil noch einmal untersuchen. Ist es noch hier?«

Luis schaltete schnell. »Ihr habt Glück. Der Wagen ist noch hier. Nicht einmal angerührt habe ich ihn. Ich hatte zuviel zu tun. Gerade gestern ist allerdings ein Interessent für die Karre aufgetaucht, ein Engländer, so ein Hippie, ihr wisst schon. Ihr wollt mir doch nicht das Geschäft vermasseln?«

Ramos war sich fast sicher, dass der Kerl log. Aber auf langes Lamentieren wollte er sich nicht einlassen. »Zeigen Sie mir bitte den Wagen. Er wird untersucht, dann können Sie ihn wiederhaben. Und wenn nicht, kommt unsere Entschädigungsstelle für Ihre Verluste auf.«

»Wer's glaubt, wird selig«, murrte der Schrotthändler

in seinen ungepflegten Bart. Laut maulte er mit verbittertem Gesicht: »Das kenne ich. Der Papierkram kommt mich dann teurer zu stehen, als die Entschädigung bringt.« So trat er ins Gelände. Der Wohnwagen stand bei einem weißen, verrosteten Seat, dem ein Kotflügel und zwei Räder fehlten.

Ramos trat näher und öffnete die Tür zum Innenraum. Der Wagen war noch vollständig eingerichtet. Bestimmt hatte der Händler von Anfang an vorgehabt, das Gefährt mit allem drum und dran an einen interessierten Camper weiterzuverkaufen. »Da ist noch nichts angerührt worden«, wiederholte Luis beflissen.

In dem Wohnwagen herrschte schreckliche Unordnung. Die Bettdecke lag verknüllt am Ende der Matratze. Laken und Kissen waren mit großen, braunroten Flecken besudelt. ›Das könnte Blut sein‹, dachte der Polizist für sich. Dann zog ein Gegenstand auf dem kleinen Campingtisch seinen Blick magisch an. Er mochte es nicht glauben, aber da lag eines der Holzamulette, um die sich inzwischen alles drehte!

Er suchte nach einem Behältnis dafür und griff nach einer kleinen Plastiktüte, die leer vor der Spüle hing. Dann nahm er sein Taschentuch, packte das Amulett damit vorsichtig an und ließ es in der Tüte verschwinden. »Das nehme ich schon mal mit«, sagte er zur Erklärung. »Der Wagen wird später abgeholt.« Er griff zu seinem Telefon und rief die Dienststelle an. Man versprach ihm, das Wohnmobil innerhalb der nächsten Stunde abzuholen.

Zurück auf der Polizeistation, übergab er seinen Fund Álvarez, der im Dienstzimmer über Schriftkram saß und dankbar strahlte: »Dann können wir wenigstens zwei Amulette sofort miteinander vergleichen. Das dritte ist mit allen Habseligkeiten der Toten nach Holland gegangen. Gott sei

Dank haben es die Eltern als Andenken an die Tochter aufbewahrt. Es ist schon wieder auf dem Weg zu uns!«

Er brauchte nicht bis zur nächsten Chorprobe zu warten, um Eva wieder zu sehen. Er befand sich nach dem Arbeitsende auf einem Einkaufsbummel unten an der Promenade der Playa San Telmo, wo er in der deutschen Bäckerei ein kleines Sauerkrautbrot kaufen wollte. Das aß er besonders gern. Dort stand sie vor ihm in der Schlange.

Er schloss sich geräuschlos an und sprach ihr fröhlich in den Nacken: »Welch schöne Überraschung! Ich hatte gedacht, bis zur nächsten Chorprobe warten zu müssen, um Sie wieder zu sehen.«

Sie erkannte seine Stimme nicht, drehte sich um, dann hellte sich ihr schönes Gesicht auf: »Ja, das ist wirklich eine schöne Überraschung. Ich freue mich.«

Sie kam ihm noch schöner und jünger vor als das erste Mal. Er hatte noch seinen grauen Büroanzug an. ›Immer sieht sie mich im Anzug‹, dachte er. Was hätte er jetzt für sportliche Kleidung gegeben. In solchem Outfit hätte er viel besser zu ihr gepasst. Aber sie schien sich an seinem Aussehen nicht zu stören, erkannte er erleichtert.

»Haben Sie auch schon ihre Vorliebe für das gute Brot von hier entdeckt?«, fragte er, und sie nickte. »Dann haben wir neben dem Kirchgang schon eine zweite Gemeinsamkeit«, kam es ihm wie von selbst über die Lippen. Er war im gleichen Moment erschrocken über seine Kühnheit.

»Etwas gut und schön zu finden, wie andere auch, bedeutet doch meist, dass man es richtig sieht«, antwortete sie ihm mit kehligem Lachen. Das trieb ihm einen wohligen Schauer über den Rücken.

»Vielleicht haben Sie Lust auf weitere Gemeinsamkeit. Darf ich Sie einmal zum Essen einladen?«, griff er den Gesprächsfaden wieder auf.

»Gerne, heute ist mein freier Abend.«

Die Antwort verwirrte ihn. Dieser Abend kam für ihn fast zu schnell. Für ihn musste alles länger planbar und organisierbar sein. Doch ein innerer Drang, den er sonst nur ganz anders kannte, ließ ihn schnell reagieren.

»Das ist gut, sehr gut sogar. Ich weiß auch schon den richtigen Ort. Lassen Sie sich überraschen!«

Sie verabredeten sich für halb sieben Uhr vor dem Castillo San Felipe.

Es war noch angenehm warm, als sie durch den gepflegten Park am Playa Charcón spazierten. Vorbei am Playa Grande gingen sie Richtung Punta Brava. Dort umfingen sie die verwinkelten Gässchen der Altstadt. Sie schritten über den Plaza Ballesteros und traten in die Calle Añaterve. Vor einem Schild »RESTAURANTE TAMBO« blieben sie stehen. Nach spanischem Standard war es noch recht früh für das Abendessen. Es war nicht einmal acht. Das Restaurant war erst wenige Minuten geöffnet und noch völlig leer.

»Hier führt Marco, ein netter Italiener, das Regiment«, erklärte er. »Seine Spezialität ist frischer Fische und nicht etwa Pasta. Sie mögen doch Fisch?«

Eva nickte vergnügt. »Wie sollte eine Spanierin vom Meer keinen Fisch mögen!«

Sie traten ein. Der kleine Raum sah urig aus, enttäuschte sie aber ein wenig. Er ging achtlos hindurch, hinaus durch eine offene Schiebetür, und dann standen sie draußen auf einer kleinen Terrasse, die direkt ins Meer gebaut war. Das sah schon ganz anders aus! Er wählte einen Tisch neben dem Eisengitter der Brüstung, die als letzte Barriere vor dem Wasser schützte. Man konnte fast die Beine im Meer baumeln lassen.

Ein pummeliger Mann mit weißer Schürze erschien auf der Bildfläche und begrüßte sie mit lautem Hallo. Er schien hier gut bekannt zu sein. Galant wandte sich der kleine Italiener an Eva: »Sie werden hier speisen wie Gott in Frankreich, Donna! Ich schwöre es beim Leben meiner geliebten Mutter! Lassen Sie Marco nur machen! Wir werden auswählen, ganz ohne Karte. Sie werden schon sehen.« Verschwörerisch rollte er seine dunklen Augen. Er spreizte sich noch ein wenig wie ein Pfau, um dann geschäftig im Inneren zu verschwinden.

»Das ist wunderschön hier«, sagte sie zu ihm. Sie hatten inzwischen an ihrem Tisch Platz genommen und waren ganz allein auf der Terrasse. Alle Tische waren hübsch mit blau-weiß karierten Plastikdecken bedeckt. Darauf standen Etageren für Essig, Öl, Salz und Pfeffer. Sie blinkten gut poliert in der Sonne. Auch im Sitzen schauten sie direkt aufs Meer. Eva konnte das Salzwasser deutlich riechen und die Brandung heranrollen hören.

Aus dem leichten Wellenschlag ragten große Felsbrocken hervor. Mit grünem Tang bewachsen, der intensiv nach Fisch und Meer roch, glänzten sie feucht in der Sonne. Erst auf den zweiten Blick entdeckte Eva die unzähligen, großen Krabben, die über die Steine liefen. Die Tiere schillerten in den unterschiedlichsten Farben von schwarz über dunkelbraun bis hin zu beige. Auch grüne waren darunter. Er sah, wie das Ambiente sie verzauberte, und war froh darüber.

Die Idylle wurde durch den Patron fast rüde unterbrochen. Er kam herausgestürmt und trug ein großes Aluminiumtablett vor sich her. Es war voll mit frischem Fisch, wunderbar auf Eisflocken ausgebreitet. Die Leiber glänzten feucht und glitschig, die Augen waren klar. Marco setzte die Platte geschickt auf einer Tischecke ab und erklärte sein Angebot. Er bestimmte, was sie essen sollten. Schließlich sollte es nur das Beste sein! Als Vorspeise überredete er sie zu einem einem Thunfisch-Carpaccio mit einer Vinaigrette aus Trockenfrüchten, für den Hauptgang empfahl er das Beste vom Cherne mit feinen Kräutern neben Merluza nach Art des Hauses und jungem Spinat mit Pinienkernen. Auch zur Auswahl des Weines, ein vollmundigen Rotwein aus Tacoronte, gab es keinen Widerspruch. Das Essen war köstlich, und sie verzehrten es schweigend. »So etwas ohne volle Aufmerksamkeit zu verspeisen, wäre ein Sakrileg«, meinte er.

Ihre wohlgeformten Beine schimmerten matt und seidig und lugten lang unter dem Tisch hervor. Er konnte es nicht lassen, sie immer wieder anzustarren. Eva bemerkte es, heftete einen kurzen, fragenden Blick auf ihn, dann quittierte sie sein Tun mit einem leisen Lächeln. Für Nachtisch reichte ihr beider Appetit nicht mehr. Er orderte lediglich zwei Expresso und Brandy. Damit setzte ein beschauliches »Leberstündchen« ein.

Die Natur mit ihrer Stimmung tat das Ihrige hinzu. Das Rauschen der Brandung, Möwengeschrei und das goldene Band der untergehenden Sonne, eine bessere Untermalung konnte es nicht geben. So ganz von sentimentalen Gefühlen eingelullt, offenbarte er ihr ein Stück seines Innersten.

»Dieser Platz erinnert mich immer wieder an mein Lieblingsgedicht: Die Luft ist lau, der Himmel blau, voll goldenem Licht, in dem Sonne sich bricht. – Man riecht das Meer, es rauscht leise daher, man hört es beim Träumen rollen und schäumen. – Nichts am Leben ist hart, selbst das Steinbett ist zart, in so traumhaften Stunden sind die Sorgen verschwunden!«

Für einen langen Moment trat Schweigen ein. Dann sagte sie mit weicher Stimme: »Das war das Schönste vom gesamten Abend.« Dabei blickte sie ihn versonnen an.

Er schwieg verwirrt, voll von Glücksgefühlen.

Als sie sich vor ihrer Haustür trennten, drückte er sie kurz an sich und dankte ihr für den schönen Abend. Sie ließ ihn nicht nur gewähren, sondern drückte sich ihm mit ihrem zierlichen Körper entgegen. Dabei berührte sie sanft seine Hände. Da nutze er die Gunst der Stunde und schlug ihr für den kommenden Samstag eine Wanderung vor. Sie stimmte direkt zu. Als er von ihr ging, dachte er selig: ›Jetzt weiß ich schon, wo sie wohnt!‹

Wenn er mit ihr zusammen war, war ihm, als könne er alles Unschöne von sich abschütteln, wie ein Hund Wassertropfen aus seinem Fell. Nichts anderes als Eva beschäftigte ihn die nächsten Tage.

Álvarez hatte die beiden Amulette zur Untersuchung gegeben. Nach dem ersten Augenschein waren sie identisch, aber vielleicht würde sich ja unter dem Mikroskop noch mehr Wissenswertes ergeben. Für seine übrigen Nachforschungen hatte er sich einen Plan zurechtgelegt. Er wollte zunächst einmal durch die Souvenirläden von Puerto streifen. Dort schien es ihm am wahrscheinlichsten, diese Dinger zu finden. Das Wetter war gut, und er freute sich darauf, an der frischen Luft zu sein.

Die ersten fünf Läden brachten Fehlschläge. Man riet ihm, sich besser in Icod de los Vinos umzusehen. Da stand schließlich der berühmte Drachenbaum. Das leuchtete Álvarez ein. Trotzdem entschloss er sich, auf dem Rückweg zur Dienststelle noch einige Läden zu inspizieren. Es war noch genügend Zeit bis zur Mittagspause.

Am Plaza del Charco wurde er fündig. Direkt hinter der Eingangstür hingen mehrere der Amulette, zum Strang zusammengebunden, von einem Haken an der Decke herab. Ein Verkäufer kam aus dem lang gezogen Dunkel auf ihn zu. Er sah ihn erstaunt an, denn es war ungewöhnlich, einen Polizisten im Laden zu sehen. Hier herein kamen fast nur Touristen. Höchstens einheimische Kinder verirrten sich schon mal hierher, um die vielen bunten Sachen zu beschauen.

»Womit kann ich Ihnen dienen?«, wandte sich der Verkäufer an Álvarez.

Der zeigte mit dem Zeigefinger auf die Holzamulette und fragte zurück: »Verkaufen sie die häufig?«

»*Se vende barato y a menudo!*«, billig und oft, erhielt er prompt zur Antwort. »Öfter gehen diese Ketten wohl noch in Icod über den Ladentisch«, schob der Verkäufer nach. Zum zweiten Mal also der Verweis auf Icod de los Vinos!

Álvarez wurde sich zunehmend gewiss, dass er dorthin musste. Aber er hatte noch einige Fragen auf Lager: »Kommt es vor, dass von den Andenken mehrere auf einmal gekauft werden?«

»Warum nicht? Kinder tragen die gern, und wenn eine Familie mehrere hat, kommt das natürlich vor.«

»Können sie sich an einen solchen Verkauf in jüngster Zeit erinnern?« Der Verkäufer antwortete mit einem klaren Nein.

»Woher beziehen Sie diese Stücke?«

»Das ist nicht mein Bereich, aber lassen Sie mich bei der Chefin nachfragen.«

Álvarez sah sich verwirrt um, denn da war niemand sonst im Laden. Der Mann nahm dann auch ein Mobiltelefon zur Hand und drückte eine gespeicherte Nummer. »Sie ist in ihrem zweiten Laden«, sagte er zur Erklärung.

Nach einem kurzen Gespräch konnte er Álvarez die erbetene Antwort geben. Als Großhändler kamen zwei Geschäfte infrage. Eines davon hatte seinen Sitz im Süden. Sie bezogen jedoch zurzeit ihre Ware nur bei einem Grossisten hier in Puerto. »Das Büro ist nur einige Türen weiter und heißt DELICIAS DE LA ISLA, erklärte der Verkäufer.

Álvarez war zufrieden, als er ging. Er hatte das Gefühl, einen gehörigen Schritt weitergekommen zu sein. Mit Hilfe der Grossisten ließen sich die Läden zusammenstellen, die solche Amulette auf der Insel verkauften. Er sah auf seine Armbanduhr. Für einen Besuch bei DELICIAS DE LA ISLA würde es vor der Mittagspause noch reichen.

Er wurde dort sehr zuvorkommend empfangen und direkt zu Fernando Arteaga gebracht. Der sah kein Problem darin, ihm den vorgetragenen Wunsch zu erfüllen. »Es wird allerdings einige Zeit dauern, sagen wir bis morgen Abend. Dann wird Ihnen mein Prokurist eine entsprechende Liste vorlegen. Ich könnte Ihnen auch noch die Bezugsmengen des letzten halben Jahres hinzufügen lassen«, schlug er vor.

Álvarez nahm dankend an und verabschiedete sich. Er war mittlerweile hungrig und meinte, sich sein Mittagessen redlich verdient zu haben.

Als Arteaga den Auftrag an seinen Finanzbuchhalter weitergab, traf den die Aufforderung wie ein Hieb mit der Keule. War man ihm schon so dicht auf den Fersen? Was hatte er nur falsch gemacht? Doch schnell wurde er wieder ruhiger. Was sollten sie ihm schon anhaben? Wie sollten sie auf ihn kommen? Es ging bestimmt nur um Routinefragen. Schließlich verkauften sie die Amulette *en gros*.

Bald erfüllte ihn der empfangene Auftrag sogar mit

diebischer Freude. Er würde soviel Geschäfte als irgend möglich zusammenstellen. Sollte sich die Guardia in ihnen ruhig die Hacken wund laufen. Sie würden nur ihre Zeit vergeuden und in diesen Läden nichts Brauchbares in Erfahrung bringen. Schließlich waren die gesuchten Amulette aus keinem davon.

Als Álvarez wieder in die Polizeistation kam, wartete dort eine große Überraschung auf ihn. Dass die Amulette gleichartig waren, hatte er ja selbst bereits gesehen. Nun lag das Ergebnis der Feinuntersuchung vor. Sie ergab, dass die beiden vorhandenen Stücke sogar aus einem Stück Holz geschnitzt worden waren. Die Holzteile zeigten genau die gleiche Maserung, Faserung und Zusammensetzung. Dies ergab sich aus dem Laborbericht.

Seine Gedanken überschlugen sich. Die Holzteile stammten also aus einer Serie. Dies erhärtete die These, dass alle Morde wirklich von einem Täter ausgeführt worden waren. Der hatte mit Sicherheit von Anfang an eine Mordserie geplant. Warum hätte er sonst mehrere Amulette auf einmal kaufen sollen? Wenn auch das dritte Holzbildchen aus Holland noch nicht wieder zurück war, glaubte Álvarez fest davon ausgehen zu können, dass auch dieses Schmuckstück aus demselben Holzstück gefertigt war. Doch nach aller Euphorie trat schnell wieder Ernüchterung ein. Was brachte das Untersuchungsergebnis denn wirklich Neues? Letztlich war es nur die Bestätigung ihrer bisherigen Vermutung. Einen zusätzlichen Hinweis auf den Täter sah er nicht. Zwei oder drei Amulette, vielleicht waren es ja auch noch ein paar mehr, würden kaum zum Täter führen. Bei einer so geringen Anzahl erregte der Bestellvorgang in den Geschäften sicherlich keine besondere Aufmerksamkeit.

Álvarez hatte im Souvenirladen schließlich gehört, es kam immer wieder mal vor, dass mehrere Stücke von einem Käufer auf einmal erstanden wurden. So viele Stücke, dass es wirklich auffiel, hatte der Täter wahrscheinlich gar nicht gekauft. Das war auch zu hoffen, sonst würden ja noch viele Morde auf sie zukommen!

Immerhin hatte er in der nächsten Kommissionssitzung einiges zu berichten. Der Chef hatte ihn aufgefordert, auch die Alibis aller Verkäufer für die Tatzeiten zu überprüfen. Dazu benötigte er zunächst die Zusammenstellung von DELICIAS DE LA ISLA. Er musste also warten. Fürs erste entschloss er sich, sowieso nur den Handel im Norden anzusprechen. Schließlich waren die bisherigen Morde alle im Norden geschehen. Der Mörder war anscheinend standorttreu.

Auf seinem Schreibtisch hatten sich einige laufende Dinge angesammelt. Also machte er sich an deren Erledigung. Ein Geistesblitz fuhr ihm noch durch den Kopf: ›Ich sollte mich etwas mehr über den Drachenbaum kundig machen‹, dachte er. Zunächst wollte er dafür nochmals hinaus auf den Plaza, um in einer Buchhandlung nach entsprechender Literatur zu suchen. Dann besann er sich, zunächst einmal im Internet zu stöbern. Sein gezieltes Suchen war bald von Erfolg gekrönt, er war immer wieder verblüfft, was man durch solche Recherchen alles in Erfahrung bringen konnte..! Der Drachenbaum war gar kein Baum, sondern ein Agavengewächs. Sein Stamm wurde trotzdem hoch und dick. Die Borke war lederartig beigebraun. Zur Krone hin verkrustete sie schuppig. Seine Blätter sahen wie ausgestreckte Zungen aus und wurden bis zu 60 cm lang und fünf cm breit. Alle paar Jahre blühte der Baum gelb, weiß oder rosa. Danach trug er üppige Trauben orangefarbener Früchte. Wurde die Rinde angeritzt, so trat ein Saft aus, der in der Luft rot wurde. Diese Ausscheidung wirkte betäubend. Man sprach dem Baum eine sakrale Bedeutung zu. Er galt als Hüter des Göttergartens. Speziell der Baum von Icod hatte ein biblisches Alter. Schon die Ureinwohner der Insel, die Guanchen, hatten ihn als heilig verehrt. Der Baum brauchte mittlerweile Hilfe, um zu überleben, denn er war durch Fäulnis innen bereits weitgehend hohl und tot. Er lebte nur noch über die Außensubstanz.

Ergaben sich hieraus Anhaltspunkte, die zum Mörder führten? Verehrte der vielleicht auch den Baum? Wollte der ihn vielleicht sogar beim Überleben unterstützen? Sollten seine Opfer mit ihrem Blut den roten Saft und die Lebenskraft des Baumes wieder mehren? Zumindest offenbarte der Mörder mit der Verwendung der Amulette seine Verbindung zu Teneriffa und seine Verehrung für den Baum!

Es war Samstag geworden. ›Man soll das Eisen schmieden, solange es heiß ist‹, dachte er. Er hatte sich für die Wanderung mit Eva etwas Besonderes überlegt. Er war früh aufgestanden. Voller Vorfreude ging er nochmals seinen Plan durch. Es sollte ein besonderer Samstag werden. Die Wettervorhersage für die Ebene war ungünstig, er hatte deshalb beschlossen, einen Ausflug auf den Teide zu machen. Er war sich sicher, dass dort über den Wolken das Wetter so sein würde, wie es sich für Eva gebührte.

Als er mit seinem Wagen vor dem Apartmenthaus vorfuhr, in dem sie wohnte, stand sie bereits vor der Eingangstür. Sie hatte die passende Kleidung an, besonders feste Schuhe, registrierte er. Sie sah, wie sie so dastand und wartete, sehr sauber und adrett aus. Ihr feines, helles Gesicht schien von innen zu leuchten. Sie strahlte ihn an und erweckte damit ein großes Gefühl in ihm. Behende stieg er aus dem Wagen und eilte auf sie zu. Scheu drückte er sie kurz an sich. Sie ließ es ohne Gegenwehr zu. Ihre kleinen, weißen Zähne schenkten ihm ein strahlendes Lächeln. Er öffnete die Beifahrertür seines Wagens und hieß sie, Platz zu nehmen. Aus dem Autoradio tönte ein Lied, und er hörte im Unterbewusstsein die Worte »Liebe«, »Herz« und »für immer«. ›So sollte es sein, eine höhere Kraft schien Regie zu führen!‹

Dann startete er den Motor und bald ging es nur noch bergauf. Die Wettervorhersage erwies sich als richtig. Puerto lag im Dunst, und das änderte sich auch nicht bis weit über La Orotava. Es war noch früh, und die malerische Stadt, die das Tal beherrschte, schlief noch. Während der Arbeitswoche waren die Straßen um diese Zeit schon längst bevölkert, aber heute genossen die Einwohner den Ruhetag.

Dort im Naturpark Teide wollte er auf dem ersten Parkplatz anhalten und mit Eva einen Rundweg erwandern. Er wollte mit ihr die Stille und Einsamkeit genießen. ›Einsamkeit ist das falsche Wort‹, dachte er. Mit ihr an seiner Seite fühlte er sich zum ersten Mal seit langem nicht einsam!

Ganz in Gedanken war er immer weiter auf die Mitte der Straße gefahren. Erst als ihm ein rostiger Transporter in stürmischer Fahrt von oben entgegenkam, schreckte er auf und riss den Wagen auf die rechte Fahrbahnseite zurück. Die Ladefläche des Lasters war zu einem Käfig umgebaut. Hinter Brettern und Draht hatte ein Rudel bellender Hunde hervorgelugt. Eine Jagdgesellschaft auf dem Weg zur Kaninchenjagd in den Wald! Er hatte kein Verständnis für diese Leidenschaft. Er liebte die kleinen, possierlichen Nager zu sehr und hätte sie niemals töten können. Er vermied es sogar, in den Restaurants Kaninchen zu essen. *Conejo al estilo canario*, für dieses typische Festessen gaben die meisten Canarios ihr letztes Hemd.

Die Straße wurde immer schmaler und schotteriger. Sie schnitt sich wie eine Narbe durch den Fels. Der Ausblick in den Abgrund, die fast senkrechte Wand hinunter, zog seine Augen magisch an. Doch er hatte eine wertvolle Fracht an seiner Seite und zwang sich deshalb, seine Aufmerksamkeit auf dem Verlauf der Asphaltdecke zu halten. Eine Unaufmerksamkeit konnte tödlich enden!

Nur noch wenige Haarnadelkurven trennten sie von der Einfahrt zum Parkplatz. Er kündigte Eva das baldige Ende der Fahrt an, und sie fühlte sich erleichtert. Das langwierige Gekurve den Berg hinauf hatte bei ihr zu Unwohlsein geführt. Sie war froh, nun bald wieder auf eigenen Füßen stehen zu dürfen, und freute sich darauf, die frische Höhenluft einatmen zu können.

Er bog auf den Parkplatz und stellte den Motor ab. Er hatte vergeblich nach einem Schattenplatz gesucht. Hier in 2000 m Höhe war der Himmel strahlend blau. Die Sonne stach durch die Kühle und wurde von nichts verdeckt. Die herbe Schönheit des scharfen Lavagesteins umfing sie. Alles war graubraun, öde und karg. Nur vereinzelt standen zwischen den Felsnasen vertrocknete Büsche. In ihrem Silbergrau sahen sie von weitem aus, als würden sie weiß blühen.

Er trat hinter Eva. Er roch sie gern. So beieinander zu stehen, schuf ein sinnliches Gefühl. Er fasste sie um die Taille und flüsterte in ihr Ohr: »Du scheinst hier das einzige zu sein, was wirklich lebt. In dieser Steinwüste, zwischen dem toten Buschholz bist nur du warm und weich. Du hast Farbe und duftest verführerisch.«

Erschrocken über seine Kühnheit hielt er mit dem Wortschwall inne und schämte sich über seines poetischen Ausbruchs. Sie schien zu mögen, was er gesagt hatte. Sie lehnte sich zurück und drückte sich mit ihrem Körper an ihn. Die

Berührung verursachte einen Stromschlag in ihm. Er hielt sie fest und genoss den Augenblick.

›Augenblick‹, dachte er verstört, und etwas wie ein Todeshauch überlagerte sein Gefühl. ›Es würde bestimmt nicht für immer sein. Es würde vergehen und andere Dinge würden wieder in den Vordergrund treten. Sein Meister, der heilige Baum vielleicht! Fühlte er ihn schon wieder? Würde der vielleicht auch einmal nach Eva als Opfer verlangen?‹ Seine Hände lösten sich von ihrer Taille und fuhren nervös über den knorrigen Stamm des Busches, der neben ihnen stand. Er rieb fest, um sich mit dem aufkommenden Schmerz von seinen dunklen Gedanken abzulenken. ›Niemals wird dieser zarte Hals das Holzamulett tragen! Ich werde ihr nichts Böses antun‹, dachte er entschlossen.

Dann überprüfte er seinen Gedankenfluss noch einmal und kam ins Schleudern. Dem Baum zu Willen sein konnte eigentlich nichts Böses sein! Eva zu opfern erschien ihm aber trotzdem undenkbar. Er liebte sie mehr als sein Leben. Alles in seinem Inneren war in Aufruhr. Irgendetwas nahm gerade einen äußerst schlechten Verlauf. Er fühlte, wie sich eine starke Kraft in ihm sträubte, Eva etwas anzutun, während dies eine andere in ihm vehement einforderte. ›Suchte der Baum die Machtprobe? Wollte der Baum seine Ergebenheit prüfen?‹ Als Zeichen kommenden Unglücks fuhr ein Schmerz durch seinen Kopf. Seine Schläfen begannen zu pochen. Am liebsten wäre er davongelaufen. Wie aber konnte er vor sich selbst fliehen? ›Durch den Tod vielleicht?‹ Dazu war er nicht bereit. ›Noch nicht?‹, fragte er sich ängstlich.

Er sah an seiner Windjacke herunter und rieb fröstelnd die Ärmel aneinander. Was war nur mit ihm passiert? Vor der Zeit mit Eva war sein Leben so klar geordnet gewesen. Er hatte einen Herrn gehabt und ihm gern und beflissentlich gedient. Irgendetwas schien nun durch Eva außer Kontrolle zu geraten!

Eva fühlte, dass mit ihm etwas nicht in Ordnung war. »Ist etwas mit dir?«, fragte sie besorgt.

Ihre Stimme holte ihn aus seinen wirren Gedanken zurück. Ein Alb fiel von ihm ab. »Alles ist bestens«, antwortete er schnell. »Diese karge Gegend hat mich nur ein wenig angerührt. Komm, lass uns aufbrechen. Der Rundweg fordert über zwei Stunden.«

Sie fassten sich an den Händen und schritten fürbass. Die Sonne dörrte gnadenlos ihre Kehlen aus. Bald waren sie froh, eine Wasserflasche bei sich zu haben. Sie begegneten keiner Menschenseele. Ab und zu huschte eine Eidechse unter ihrem warmen Stein hervor. Kaninchenköttel zeigten, dass doch noch andere Kreaturen hier oben lebten. Sie bekamen sie aber nicht zu Gesicht. Das Licht war heiter und verlangte nach Vogelgezwitscher. Aber da war kein Jubilieren in der Luft. Eva vermisste es: War den kleinen Gesellen die Luft direkt unter dem Himmel zu dünn?

Sie schafften den Weg in der Zeit, die auf der Wandertafel vorgegeben war. »Hast du Hunger?«, fragte er sie, als sie den Wagen erreichten. Sie nickte. »Du wirst dich noch ein wenig gedulden müssen. Ich habe etwas Besonders mit dir vor. Dafür müssen wir auf halbe Höhe zurück.«

Das Restaurant EL REFUGIO DE MARÍA lag in Pinolere direkt an einem Barranco. Es wurde von einem Franzosen und einer Deutschen bewirtschaftet. Schon draußen vor der Türe roch man, dass der Hausherr drinnen den Grill bediente. Der Geruch nach brennendem Holz und Kräutern drang verführerisch in ihre Nasen. Der Speiseraum empfing sie dunkel und kühl. Im Kamin brannten zwei dicke Holzscheite. Der Raum strömte Behaglichkeit aus. Unter dem Tisch an der Eingangstür lag ein alter, struppiger Hund. Seine Nase war schon ganz weiß. Zwischen seinen Pfoten hatte es sich eine dicke, weiße Katze gemütlich gemacht. Die beiden Tiere schienen gute Freunde zu sein.

Die Hausherrin kam von der Empore herab und grüßte freundlich auf Spanisch mit leichtem Akzent. Sie bot ihnen einen Tisch am Fenster an. Eva bewunderte die feinen Spitzengardinen vor den Scheiben. Die Gastgeberin entzündete eine Kerze auf dem einladend gedeckten Tisch und brachte zwei Speisekarten. Bedächtig lasen die hungrigen Wanderer die Menüvorschläge. Er empfahl ihr Perlhuhn mit Aprikosen, sie ließ sich gerne beraten. Er wählte für sich Ente auf Orangen und meinte: »Auch davon musst du unbedingt probieren.« Ohne zu zögern bestellte er den *Tinto de la Casa* und *Agua sin Gas* dazu.

Als sie auf das Essen warteten, schaute Eva sich neugierig um. Es gab so viele Kleinigkeiten anzuschauen. So schwiegen sie sich an, und er starrte verträumt und voll Wohlbehagen in die Glut des Kamins. Auf eine Vorspeise verzichteten beide. So groß war ihr Hunger doch nicht. Aber das warme Brot mit der Tomatenbutter und der Olivenpaste, welches ihnen die Hausherrin brachte, mundete vortrefflich. Schnell strömten verlockende Essensdüfte aus der höher gelegenen Küche in den Speiseraum und weckten ihren Appetit so sehr, dass die Patronin die gewärmten Teller genau zur richtigen Zeit auftrug. Den Milchkaffee und die warmen Apfelküchlein hinterher nahmen sie nur noch zum Vergnügen zu sich.

Als sie den Heimweg antraten, waren beide rundum satt und zufrieden. Er wagte sich nicht, sie zu fragen, ob sie mit zum ihm hinauf ginge. Wie ein Kavalier alter Schule fuhr er sie bis vor die Haustür. Er war selbst überrascht, dass er sich wenigstens den Mut nahm, sie zum Abschied auf den Mund zu küssen. Er fühlte zu seiner Freude, dass sie den Kuss leicht erwiderte.

Sie sahen sich das nächste Mal bei der Chorprobe wieder. Er registrierte glücklich, dass sie ihn dort sogar erwartete. Ihre Augen streiften fortwährend suchend durch das Halbdunkel des Kirchenschiffs. Als sie ihn endlich entdeckte, strahlte sie und winkte. Er lächelte zurück. Die Probe schien ewig zu dauern. Wenn er sich auf den Gesang konzentrierte, glaubte er, ihre Stimme deutlich herauszuhören. Er malte sich aus, dass sie nur für ihn sänge.

Als die Probe endlich zu Ende ging, trat er eilig vor die Kirchentür, dachte nicht einmal mehr an ein letztes Gebet. Es dauerte eine Weile, bis sie kam. Sie musste sich noch vom Pfarrer und den anderen Chormitgliedern verabschieden. Und sie betete auch noch. Doch dann eilte sie auf ihn zu. Als sie ihm nahe genug war, drückte er sie, wegen der vielen Leute verlegen, nur kurz an sich. Schon nach wenigen brüchigen Worten sprach sie dazwischen:

»Ich bin übrigens Eva für dich!«

Er errötete und nannte ihr stockend auch seinen Vornamen. Nun fiel es ihm noch leichter, die Einladung auszusprechen, die er sich für sie ausgedacht hatte: »Du weißt sicher, dass wir Ende der Woche das Fronleichnamsfest *Corpus Cristi* feiern. In Orotava feiert man es eine Woche zeitversetzt, dafür aber besonders schön. Bitte lass mich dir das zeigen.«

Sie zögerte keinen Moment: »Warum nicht? Gerne! Ich gebe mich ganz in deine Hände!«

Er nahm das wörtlich, nahm sie bei der Hand, und so schlenderten sie durch die Straßen, bis es dunkel wurde.

Dann brachte er sie, höchst zufrieden mit dem Tag, nach Hause. Sie gab ihm zum Abschied einen Kuss auf die Wange. Der brannte wie Feuer, und ihm war, als dürfe er die Stelle niemals mehr waschen.

Nachdem Eva für Orotava zugesagt hatte, beschloss er, sich über das Fest und seinen Ursprung besser kundig zu machen. Er besaß noch ein Buch aus der Schulzeit über die Bräuche und Sitten der Insel. Damit wollte er seine Rolle als Fremdenführer vorbereiten. Am Abend holte er ein Buch aus dem Regal, »Puerto de la Cruz, Geschichte und Geschichten«, goss sich ein großes Glas Rotwein ein und legte klassische Musik auf. Bald war er gefesselt von den Beschreibungen: ›Der Festtag Corpus Cristi hat auf der Insel eine lange Tradition. In La Orotava wurde schon immer aus der historischen Barockkirche Iglesia de Nuestra Señora de la Concepción das Allerheiligste Sakrament, der Leib Cristi, in einer feierlichen Prozession durch die Straßen getragen. Geistliche Würdenträger und die Honoratioren der Stadt gingen dem langen Zug der Gläubigen voran. Im 18. Jahrhundert verfiel das Fest zu einem vulgären Spektakel. Der Umzug wurde eine Vorführung allerlei Bestien, wie Schlangen und Drachen. Eine Bürgerin der Stadt, die adelige Doña Leonor de Castillo de Monteverde setzte alles daran, dem Fest seinen würdigen Rahmen zurückzugeben. Sie schmückte die Straße vor ihrem Haus in der Calle Colegio mit einem wunderschönen Blumenteppich. Dies wurde bald in der ganzen Stadt zur Tradition. Neben Blumenteppichen mit ausgefallenen Ornamenten, gestalteten die Gläubigen auch große Bilder aus farbigem Lavasand. Besonders die 912 Quadratmeter große Fläche vor dem Rathaus wird auf diese Weise ausgeschmückt. Wahre Künstler verfielen der Leidenschaft des Bilderlegens. Sie wurden Alfombristas genannt.‹

Er hatte genug gelesen. Etwas davon hatte ihn erneut nervös gemacht. Umzüge mit Drachen! In seinem Kopf begann es, leicht zu rumoren. Rief der Drachenbaum schon wieder nach einem Opfer? War das Rumoren Anzeichen dafür? Mit Grausen wurde ihm die Abfolge seiner bisherigen Taten bewusst: Zuerst war es ein ausländischer Mann gewesen, dann eine ausländische Frau, schließlich ein einheimischer Mann. Und nun? Eine inländische Frau vielleicht? Würde der heilige Baum wirklich nach Eva verlangen? Sie war schließlich für ihn das Schönste und Reinste, was er sich vorstellen konnte. Eine solche Forderung des Árbol Santo wäre zwar verständlich, aber äußerst grausam. Sie durfte einfach nicht kommen! Alles in ihm lehnte sich dagegen auf.

Er suchte Hilfe in seinem christlichen Glauben. Er wandte sich an Jesus Christus, dessen Mutter Maria und an den heiligen Geist. Er bat die heilige Dreifaltigkeit um Erbarmen. Alles in ihm opponierte gegen das vermeintliche Drängen des Baumes, ihn als Priester mit einem solchen Auftrag anzufordern. Er sehnte die Zeit zurück, in der noch gar nicht Vergleichbares in ihm geschah. Mit Eva hatte er endlich jemanden kennen gelernt, der ihm Erfüllung versprach, die ihn ohne Zweifel auch ohne Dienst für den Drago völlig ausfüllen konnte. ›So musste es bleiben!‹, bestärkte er sich. Er wollte mit Eva zur Fronleichnamsfeier gehen! Er würde das Fest mit ihr christlich und würdevoll begehen. Er wollte sie keines Falles als Opfer sehen.

Als am Abend die Sonne zum letzten Mal aus den Wolkenbergen glühte, suchte sein leerer Blick eine Lösung der Probleme in der goldenen Kugel am Horizont. Doch die Sonne ging langsam unter, er blieb ohne Antwort auf seine Fragen. Sie ließ ihn für die Nacht mit seinen Ängsten allein. Die Gespenster der Furcht umgaukelten ihn die ganze Nacht. Immer wieder raunten sie von Eva. Er sah die wunderschöne Frau vor sich. Ihre weiße Haut schien ihm noch durchsichtiger und weißer als sonst. ›Weiß wie ein Leichentuch‹, dachte er entsetzt. Schon wieder ein hässliches Omen! Jäh fuhr er auf und fühlte sich wie gerädert. Mit geröteten Augen suchte er noch halb im Traum verfangen im dunklen Zimmer nach Eva. Da war sie natürlich nicht. Als er endlich ganz aufgewacht war, blieb es dunkel vor seinen Augen. Es war noch Nacht. Er wusste für einen Moment nicht, wo er sich befand. Es blieb totenstill um ihn. Diese Stille und die fortwährenden Gedanken an Tod und Tote machten ihn fast verrückt.

Joan Massagué wollte sich den vielen Fragen, die ihm der Inspektor übertragen hatte, mit einer Matrix nähern. Er hatte inzwischen von Manuel Ortega den ersten Protokollentwurf erhalten. Der sollte für seine Aufstellung das wichtigste Hilfsmittel werden. Er entwickelte eine kleine Tabelle, in der er in der oberen Leiste die einzelnen Morde vermerkte. Auf eine linke, seitliche Leiste trug er die Ereignisse ein, die er jeweils für alle Morde untersuchen wollte. Dann begann er, das Protokoll langsam Seite für Seite durchzulesen. Immer, wenn er auf einen vergleichswürdigen Umstand stieß, trug er ihn in die Tabelle ein. Auf diese Weise füllte die sich zusehends und bot, als er mit dem Lesen zu Ende war, einen vielzeiligen Überblick.

    Die Wetterbedingungen waren an den Mordtagen höchst unterschiedlich gewesen. Beim Wohnwagenmord herrschte Nacht. Beim Mord an der Holländerin in Los Silos strahlte die Sonne am hellichten Tag. In der Nacht auf dem Berg der Gehängten bot Vollmond wenigstens spärliches Licht.

Die Typisierungen nach Berufen der Opfer ergab ebenfalls keine Gemeinsamkeit oder gar Hinweise. Der Deutsche war Frührentner gewesen. Die Holländerin arbeitete als Krankenschwester. Der Insulaner war als arbeitsloser Trinker gestorben.

Eine gewisse Reihenfolge zeigten endlich Geschlecht und Nationalität. Beim ersten Opfer handelte es sich um einen ausländischen Mann. Dann kam eine ausländische Frau. Ihr folgte ein inländischer Mann... War beim nächsten Mal mit einer inländischen Frau zu rechnen?

Auf den Kanaren feierte man ständig Feste. Konnte man es da als etwas Besonderes ansehen, dass zwei der Mordtage in der Nähe von Feiertagen lagen, nämlich um das Neujahrsfest beziehungsweise um Ostern? Der dritte Mord lag aber dann wiederum in einer Zeit ohne Festtag. Vielleicht gab das einen gewissen Aufschluss über die Frage, ob der Mörder ein Einheimischer oder ein Fremder war, sinnierte der Beamte. Der Monat Januar um Neujahr und der April um Ostern waren typische Touristenmonate, nicht jedoch der Zeitraum Ende Mai-Anfang Juni. Der lag sogar außerhalb der üblichen Urlaubssaison. Das stützte die Annahme, der Mörder sei ein Einheimischer. Das Amulett und sein Bezug zu dem Drachenbaum, dem Symbol der Insel, hatten Massagué bereits an einen Tinerfeño als Mörder denken lassen.

Der erste Mord erfolgte am Wochenende und auch noch nachts. Den konnte also sowohl ein Berufstätiger als auch ein Nichtberufstätiger ausgeführt haben. Am Donnerstag vor Ostern, an einem Werktag tagsüber, wurde die Krankenschwester getötet. Für diese Tat hätte ein Berufstätiger zumindest Urlaub nehmen oder krankfeiern müssen. Der Mann aus Los Silos starb wiederum an einem Sonntag.

Mit einem Schlag wurde Massagué bei seiner Recherche klar, dass die Zeiträume zwischen den Morden immer kürzer wurden. Sie mussten sich also sputen, wenn sie einer nächsten Tat zuvorkommen wollten.

Manuel Ortega war froh, den Protokollentwurf fertig zu haben. Er wollte bei dem schönen Wetter hinaus, um die Aufgaben zu erledigen, die ihm der Inspektor aufgetragen hatte. Zunächst suchte er die Geschäfte auf, in denen der Deutsche eingekauft hatte. Doch Fehlanzeige, er fand dort keine neuen Anhaltspunkte.

Der Deutsche kam immer allein, hörte er. Er hatte keine Freunde. Er ernährte sich am liebsten flüssig, ansonsten recht bescheiden. Kontakt zu den Ladenbesitzern hatte er nicht. Und, wie Ortega bald aus Deutschland erfuhr, war die Schwester des Sachsen, seine einzige Angehörige, niemals auf der Insel gewesen. ›Es dürfte auch kaum von Bedeutung sein, dass wir zwei Trinker unter den Opfern haben‹, sinnierte der Beamte weiter, ›das ist einfach zu wenig Verbindendes.‹

Die Verwandtschaftsverhältnisse Pepe Seranos brachten keine Grundlagen für weitere Untersuchungen. Es lebte nur noch ein Bruder von ihm. Der wohnte mit seiner Frau und zwei Buben in einem alten Haus in der Höhe über Los Silos. Er betrieb eine kleine Landwirtschaft, hatte einige Rebstöcke, einen Kartoffelacker, fünf Ziegen, Hühner und Kaninchen. Mit seinem Bruder hatte er sich völlig auseinander gelebt. Sie hatten sich letztmalig vor acht Jahren in Los Silos auf der Straße gesehen, hatten sich stumm gegrüßt, sie passen einfach nicht zueinander. Der Bruder pflegte ein bäuerliches Familienidyll. Man arbeitete hart, trank nur an Festtagen und selbst dann in Maßen.

Auch die junge Holländerin hatte in ihrem Urlaub keine nachweisbare Bekanntschaft geschlossen. Ihr einziger Ansprechpartner schien der Kellner morgens beim Frühstück gewesen zu sein. Zwischen den Angehörigen der drei Opfer fand Ortega keinerlei Verbindung.

Enttäuscht gab er seine Bemühungen auf, weitere Zusammenhänge zu suchen. Er war ein bisschen ärgerlich, denn er war ehrgeizig und hätte nur allzu gern mehr zur Lösung des Falles beigetragen.

Heute würde in dem schönen Städtchen La Orotava die berühmte »Fiesta de las Flores« stattfinden. Er machte sich mit Eva schon fast drei Stunden vor Beginn der Prozession auf den Weg. Nur so konnten sie die Blumenbilder noch völlig unberührt von den Schritten des Festzuges bewundern. Die Einheimischen hatten die Technik für die Bilder von Generation zu Generation weitergereicht und eine regelrechte Kunst daraus entwickelt. Die Altstadt summte bereits vor Menschen wie ein Bienenstock. Auf den schmalen Gehwegen, die mit gedrehten Seilen zur Straße hin abgesperrt waren, kroch eine bunte Besucherschlange wie ein Lindwurm dahin und bewunderte die kunstvollen Bilder auf dem Straßenbelag.

Das Paar reihte sich geduldig in die Schlange der Promenierenden ein. Bald freute er sich über Evas kleine, helle Ausrufe des Erstaunens und Entzückens. Obwohl die herrlichen Straßenbilder Evas Blicke kaum losließen, lenkte er ihre Aufmerksamkeit auch auf die prächtigen Villen und Paläste am Wegesrand. Ihr Weg führte nämlich an den vielen Herrenhäusern vorbei, die mit den typischen, geschnitzten Holzbalkonen etwas Besonderes waren. Das schönste, unübertroffene Beispiel spanischen Baustils war die CASA

DE LOS BALCONES: 1632 erbaut, gehörte sie mit zu den größten Touristenattraktionen der Stadt. Die Bauten hatten ansonsten recht einfache Fassaden. Großer Wert war jedoch neben den Balkonen auf die Portale gelegt. Die waren mit den jeweiligen Familienwappen verziert.

Die herrliche Innengestaltung der Häuser konnte er Eva leider nicht zeigen. Er beschrieb sie ihr aber im Detail. In den palastartig ausgeschmückten Räumen befanden sich neben dem herrlichen Mobiliar oft skurrile Kamine und Sitzbänke an den Fenstern für die Damen des Hauses. Besondere Sorgfalt galt der Gestaltung des *Patio*, des Innenhofes.

Das Blumenfest jährte sich dieses Jahr zum 160. Male. Eine besondere Überraschung bot zu diesem Jubiläum der riesige Teppich aus Lavasand auf dem Rathausplatz. Zum ersten Mal zeigte er fast keine christlichen Motive. Nur der Bildmittelpunkt des Kunstwerkes war der Geschichte des guten Samariters gewidmet. Ansonsten warben die Bilder um Solidarität für die unglücklichen Immigranten aus dem nahen Afrika. »Dreißig renommierte Sandmaler haben dieses Mahnbild geschaffen«, erklärte er Eva. Die vielen Blumenteppiche, an denen seit den frühen Morgenstunden gearbeitet worden war, zeigten hingegen neben traditioneller Ornamentik überwiegend biblische Szenen.

Als er zwischen diesen Bildern das Wappen der Insel erkannte, erstarrte er, und sein Atem wurde kalt. Deutlich war der Drachenbaum darin zu sehen. Als er ihn erkannte, setzte in seinem Kopf sofort wieder das Pochen und Grummeln ein, welches die vielen Eindrücke der Straße bisher so erfolgreich verdrängt hatten. Seine Bestürzung verstärkte sich, als er auf dem nächsten Bild den heiligen Georg mit dem Drachen kämpfen sah. War diese Bilderfolge symptomatisch für seine Lage? Er kämpfte doch jetzt schon in seinen Gedanken mit dem Drago um das Leben von Eva!

Ihr entging nicht, dass ihn plötzlich etwas belastete. Er wirkte mit einmal durcheinander und fahrig. Er konnte sich das nicht verzeihen. Er hatte sich für diesen Tag doch so viel vorgenommen. Er hatte in seinen Träumen sogar den ersten innigen Kuss zwischen ihnen gesehen.

Nun ging der Tag stattdessen recht still und ohne Erfüllung dieses Traumbildes zu Ende. Den Prozessionszug schritten sie zwar bis zum Schluss mit, doch schon zeigte er sich stumm und abwesend. Die unzähligen Blütenblätter verströmten noch einmal ihren betörenden Duft, bevor sie unter den Füßen der dahin schreitenden Geistlichen endgültig dem Verwelken preisgegeben wurden. Er warf mit Eva noch einen Blick in das Innere der Kirche. In ihr brannten unzählige rote Muttergotteslichter und Agnus-Dei-Kerzen, die die Holzfiguren der Heiligen umflackerten. Danach suchte er zerknirscht und völlig erschlagen nach einem glaubwürdigen Abschiedsgrund. Er musste allein sein. Eva akzeptierte sein »Adios« erstaunt. Sie zeigte sich nicht vergrätzt, hatte aber etwas Sorge um ihn.

Der Teniente beschloss, den Kellner, den er wegen der armen Holländerin schon einmal befragt hatte, nochmals aufzusuchen. Ramón Martín wollte sich nicht nur mit dem Vorsitz des Ausschusses begnügen, sondern die unschöne Sache selbst aktiv in die Hand nehmen. Das war auch dringend nötig, der Druck von oben wurde immer stärker. Von einigen Reiseveranstaltern waren schon Bedenken angemeldet worden wegen des unentdeckten Serienmörders, der auch Touristen nicht verschonte.

Martín machte sich am Nachmittag auf den Weg zu der Bar. Er freute sich darauf, nach getaner Arbeit im Licht der letzten Sonnenstrahlen noch einen Kaffee zu trinken. Die

Außentische des Straßencafés waren fast leer. So wunderte es den Inspektor nicht, dass der Kellner gern zu einem Schwätzchen bereit war. Miguel hatte den Teniente schon von weitem erkannt.

»Na, dass die schöne Blonde ermordet wurde, haben wir bei unserem ersten Zusammentreffen wohl beide nicht gedacht, Teniente«, empfing er den Inspektor freundlich. So waren sie dann auch direkt beim Thema. Etwas schuldbewusst fügte der Kellner hinzu: »Ich hätte vielleicht schon damals skeptischer sein sollen. Die Holländerin hatte für den nächsten Tag feste Pläne gehabt. Sie wollte zur großen Prozession nach La Laguna. Eine Selbstmordabsicht scheidet also aus. Ihre Vorfreude auf den nächsten Tag war viel zu groß. Auch für einen Unfall durch Unvorsichtigkeit erschien sie mir, heute besehen, viel zu besonnen. Sie war doch sogar Krankenschwester, nicht wahr?«

Martín nickte. »Hatte die Frau nach ihrer Kenntnis mit irgendjemandem außer Ihnen Kontakt? Wie war es mit ihrer Kontaktfreudigkeit überhaupt?«

Der Kellner antwortete klar: »Ich habe sie immer nur allein gesehen. Kontaktscheu war sie allerdings nicht. Wir beide hatten ziemlich schnell ein gutes Verhältnis, die Chemie stimmte. Ich bin sicher, nur die Sprachbarriere und meine verdammte Arbeitszeit verhinderten mehr. Es ist wirklich schade um das arme Ding.«

Martín konnte sich nun viel besser vorstellen, dass die Holländerin ihrem Mörder ohne Argwohn an den Abgrund gefolgt war. Zum Abschied versprach er dem Kellner wie zum Trost: »Wir werden den Mörder bald finden. Haben Sie Dank für Ihre Hilfe.«

Zu Hause beschäftigte er sich noch über eine Stunde mit dem Protokollentwurf seines Untergebenen. Zum Schluss hatte er nur drei Ergänzungswünsche. Er wollte anregen, dass der Namen des englischen Touristenpaares, das den toten Deutschen gefunden hatte, mit in den Bericht aufgenommen wurde. Der Name des Hubschrauberpiloten, der die Holländerin geborgen hatte, fehlte ebenfalls und war zu ergänzen. Vielleicht wurden ja diese Personen noch einmal für aufkommende Fragen wichtig.

Letztlich erinnerte er die Bemerkung des Wirtes von Los Silos, sie wären in der Bodega als Einheimische unter sich gewesen, als Pepe die Gaststätte verließ. War da aber nicht noch kurz zuvor ein Fremder anwesend gewesen? Eine Bemerkung dazu war von Ortega nicht übernommen worden, obwohl sie nach Martíns Erinnerung im örtlichen Protokoll gestanden hatte. Wahrscheinlich war sie ihm zu unwichtig erschienen. Was in der Kneipe geschah, hatte ja auch nicht zwingend etwas damit zu tun, was später draußen vor der Tür passierte.

Am nächsten Vormittag wollte Martín eine weitere Ausschusssitzung einberufen und die Karten neu mischen.

Am Morgen lagen noch zwei wichtige Erkenntnisse vor. Das Amulett aus Holland war eingetroffen, und die sofort eingeleitete Untersuchung hatte bestätigt, dass es den gleichen Ursprung hatte wie die beiden anderen Schmuckstücke. Man hatte es also wohl tatsächlich mit einer Mordserie zu tun. Dies schien nun endgültig bestätigt.

Martín bemerkte sofort, dass Álvarez kaum darauf warten konnte, den anderen seine Feststellungen und Folgerungen mitzuteilen. Er gab ihm deshalb als Erstem das

Wort. Mit besonderem Stolz trug Álvarez zunächst sein angelesenes Wissen über den Drachenbaum vor. Er fasste zusammen, dass das älteste Exemplar in Icod stand, von den Ureinwohnern der Insel bereits Gott gleich verehrt worden war, einen Saft rot wie Blut produzierte und heute fremder Hilfe bedurfte, um zu überleben.»Was spricht also gegen die Annahme, dass der Mörder, wie durch die Amulette angedeutet, den Drachenbaum zutiefst verehrt und den mit dem Blut seiner Opfer symbolhaft ernähren will?«, stellte er seine Hypothese in den Raum.

Für einen Moment trat Schweigen ein.

Als Erste fand die Doktorin die Sprache wieder. Sie erklärte seine These für durchaus plausibel und empfahl, sie ernst zu nehmen.

»Die Liste aller Geschäfte im Norden, an die Amulette ausgeliefert worden waren«, kommentierte Álvarez als Nächstes. Er berichtete von 16 Souvenirläden, die beliefert wurden, sechs in Puerto, zwei in Orotava und acht in Icod. Sein Vorschlag, zunächst nur die Geschäfte im Norden in eine genauere Untersuchung einzubeziehen und die Bezugsquelle im Süden außen vor zu lassen, wurde nach kurzer Aussprache allgemein gebilligt. Schließlich hatten sich alle Morde in der Nordregion ereignet.

Als Álvarez als nächstes in Erfahrung bringen wollte, ob in letzter Zeit irgendwo eine größere Anzahl Amulette auf einmal gekauft worden waren, warf Martín ein: »Es bietet sich an, dabei auch zu untersuchen, ob die Ladenbesitzer und ihre Mitarbeiter für die Mordtage Alibis vorweisen können. Wir sollten sie als mögliche Täter nicht von vorneherein ausschließen.«

Das war ein richtiger und wichtiger Vorschlag. Es ergab sich kein Einwand dagegen. Álvarez veranschlagte für diese Aktion vier Tage. An einem Tag vier Geschäfte nach allen Gesichtspunkten gründlich zu untersuchen, erschien allen Kommissionsmitgliedern möglich.

Martín drängte, angetrieben von seinen Vorgesetzten, auf schnellere Erledigung. Er hatte auch eine Idee, wie dies bewerkstelligt werden konnte: »Ortega hat das Protokoll fertig. Er kann also die Hälfte der Geschäfte übernehmen. Dann wissen wir schon nach zwei Tagen mehr«, bestimmte er. Ergänzungswünsche zum Protokoll kamen nur von ihm, so dass auch dieser Besprechungspunkt schnell *ad acta* gelegt werden konnte.

»Berichtenswerte Erkenntnisse über Verbindung und Bekanntschaften zwischen den drei Opfern haben sich übrigens nicht ergeben«, warf Ortega eifrig ein.

Felipe Ramos berichtete sodann, dass sich im Wohnwagen auf dem Bettzeug des Deutschen wirklich Blutspuren befunden hatten. Die Blutgruppe hatte mit der des Opfers übereingestimmt. Alles deutete also daraufhin, dass der Sachse bereits im Wohnwagen bewusstlos geschlagen, wenn nicht gar getötet worden war. »Die Blutlache auf dem Laken ist jedenfalls ein deutliches Zeichen dafür, dass Gewalt im Spiel gewesen ist und korrigiert unsere bisherige Vermutung, es sei lediglich ein Unfall gewesen.«

Nun richteten sich alle Augen gespannt auf Joan Massagué. Er war schließlich für seine genialen Analysen bekannt. Der Älteste unter ihnen sonnte sich für einen Moment in der Aufmerksamkeit seiner Kollegen, dann begann er, wie immer schnörkellos: »Lasst mich zunächst die große Zahl der Umstände aufzählen, bei denen ich nur bedingt Gemeinsamkeiten gefunden habe: Der Mörder bevorzugt keine einheitliche Tötungsart, aber er geht bei seinen Taten immer auf Nummer Sicher. Beim ersten Mal betäubte er das Opfer mit einem Stein, bevor er es in die Brandung warf. Die Holländerin wurde mit ziemlicher Sicherheit ebenfalls zuerst bewusstlos geschlagen, bevor der Killer sie betäubt in den Barranco stürzte. Bei Pepe, dem Trinker, benutzte der Mörder sogar Rattengift, bevor er ihn erhängte. Die These von Frau Dr. Zafón, wir hätten es mit einem Pedanten zu tun, der Ordnung und Sicherheit über alles schätzt, wird also eindrucksvoll untermauert.«

Die Psychologin nickte geschmeichelt.

»Der Täter bevorzugt keine besondere Tageszeit für seine Morde: Der Deutsche starb in tiefer Nacht. Die Holländerin ließ ihr Leben im hellen Sonnenschein. Pepe aus Los Silos wiederum wurde des Nachts, allerdings dieses Mal bei Vollmond, ermordet. Hier bestätigt sich noch einmal, dass der Täter auf äußerst pedantische Weise immer einen günstigsten und sicheren Zeitpunkt für seine Taten auswählt.«

Bei dieser Bewertung schaute Massagué erneut zu Frau Dr. Zafón hin und heimste ein weiteres zustimmendes Lächeln ein.

»Die Typisierung der Opfer nach Beruf ergibt kein Muster: Rentner, Krankenschwester, arbeitsloser Trinker. Wie Sie alle wissen, ist das die Abfolge! Erfreulicherweise lassen aber auch einige Gesichtspunkte durchaus wichtige Schlussfolgerungen zu, so beispielsweise Geschlecht und Nationalität der Opfer: Ein Ausländer, eine Ausländerin, ein Insulaner waren bisher die Opfer. Ist also die nächste Leiche ein Insulanerin? Das erscheint mir mehr als eine Hypothese!«

»Wenn das so wäre«, merkte die Psychologin an, »würde auch dies den Hang des Mörders zu strikter Ordnung, vielleicht aus dem Berufsleben herrührend, bestätigen.«

Dieses Mal lag es an Massagué, ihr lächelnd zuzunicken.

»Álvarez hat zu Recht das Untersuchungsfeld auf den Norden der Insel gelegt. Hier scheint mir der Mörder zu Hause. Dafür, dass es sich um einen Einheimischen handelt, sprechen mehrere Umstände: A, er kennt unsere Sagenwelt und fühlt sich ihr verbunden. B, der Mord in Los Silos fällt in einen Zeitraum, der sich nicht mit der engen Touristensaison deckt, und C, die Mordplätze liegen allesamt in einem Radius von nur 50 Kilometern und dabei alle im Norden. Wahrscheinlich ist der Mörder entweder in Puerto oder Los Silos zu Hause. In Puerto wurde der Deutsche ermordet. Hier kann der Täter auch die Absicht der Holländerin in Erfahrung gebracht haben, bei Los Silos zu wandern.«

»Wie zum Beispiel der Kellner des Bar«, warf Martín ein. »Dann bliebe der Mord am Berg der Gehängten als abweichende Ausnahme. Aber auch der Berg ist von Puerto aus einfach zu erreichen. Man könnte natürlich genauso gut argumentieren: zwei Morde fanden in Los Silos statt, also muss hier der Wohnort des Mörders liegen.«

»Diese Schlussfolgerungen erscheinen mir als einzig denkbare nicht legitim«, tadelte die Psychologin den Beamten. »Genauso gut ließe sich anführen, der Mörder müsse in Icod wohnen. Schließlich verbindet der Drachenbaum alle Morde miteinander!«

Massagué gab ihr nach kurzer Überlegung Recht. Er zeigte sich etwas verärgert. Normalerweise war die Kette seiner Folgerungen immer vollständig und logisch. Solche Pannen eingestehen zu müssen, hasste er wie die Pest. Als nächsten Punkt in seinem Bericht wählte er einen Umstand, bei dem er sich in seiner Bewertung vollständig sicher war:

»Dass es sich bei den Morden um Sexualdelikte im engeren Sinn handelt, können wir ausschließen. Dafür gibt es keinerlei Anhaltspunkte. Das soll heißen, dass der Mörder bei seinen Taten keine sexuelle Lust sucht. Ich habe allerdings zwei weitere, beachtenswerte Aspekte entdeckt: Der Mord an dem Deutschen erfolgte am Wochenende, genau wie der an dem Trinker. Beide ereigneten sich, wie schon erwähnt, des Nachts. Die Holländerin wurde hingegen an einem Donnerstag, einem Werktag, ermordet und das auch noch tagsüber. Der Mörder muss entweder nicht zur arbeitenden Bevölkerung gehören oder für diesen Donnerstag Urlaub genommen, wenn nicht krankgefeiert haben. Dieser Gesichtspunkt erscheint mir für die Überprüfung der Alibis wichtig. Angst bereitet mir eine weitere Feststellung: Die Zeitspanne zwischen dem ersten und zweiten Mord beziehungsweise die zwischen dem zweiten und dritten hat sich jeweils fast halbiert! Ich folgere daraus, dass der Mörder immer schneller, einem inneren Drang folgend, töten muss. Die nächste Tat steht also aller Voraussicht nach kurz bevor!«

Diese Angst teilten alle am Tisch mit ihm.

Teniente Martín fand das passende Schlusswort: »Wir haben genügend Ansatzpunkte, um weiter zu arbeiten. Dabei ist, wie wir hörten, Eile geboten. Ich erwarte von jedem von Ihnen äußerste Anstrengung und Konzentration.« Ohne weitere Umschweifungen erklärte er die Sitzung für beendet.

Erst gestern hatte er erkennen müssen, wie nah ihm seine Häscher bereits gekommen waren. Sie hatten nur noch nicht den richtigen, letzten Schritt zu ihm gefunden. Der junge Polizist, Álvarez hieß er, war noch einmal in sein Büro gekommen, um die Liste abzuholen. Er hatte sie in den letzten Tagen fertig gestellt. Es hatte ihn dabei ein wenig geärgert, dass er nur 16 Geschäfte im Norden aufbieten konnte. Aber mehr Geschäfte belieferte seine Firma dort nun mal nicht. Allzu gern hätte er eine viel längere falsche Spur gelegt.

Vor einem echten Problem stand er, als der Polizist auf seinem Schreibtisch eines der Amulette entdeckte. »Nanu«, hatte Álvarez ihn gefragt, »was hat denn das Mordzeichen auf Ihrem Schreibtisch zu suchen?« Zwar erschrocken hatte er aber doch die gebotene Kaltblütigkeit bewahrt und geistesgegenwärtig geantwortet: »Nun, wenn man schon so eine Strafarbeit für die Polizei erstellen muss«, und dabei auf die fertig gestellte Liste gedeutet, »will man auch vor Augen haben, um was es geht.« Er hatte die Kette von der Tischplatte genommen und in die leicht geöffnete Schreibtischschublade geschoben. Der Beamte hatte ihm die Antwort ohne Misstrauen abgenommen und sich mit einem »Ach, Sie sind Linkshänder, genau wie ich« und einem freundlichen »Dank für die Hilfe« bald verabschiedet.

In den Gedanken des Mörders wirkte die gefährliche Situation noch länger nach. ›Wäre es nicht besser gewesen, die Maske fallen zu lassen und mit einem Geständnis alles aufzudecken?‹, grübelte er vor sich hin. ›Dann käme die Ruhe endlich wieder, die er sich so sehr zurück wünschte! Zumindest wäre dann Eva vor ihm sicher.‹

Nach längerem Überlegen kam er doch zu einem anderen Schluss: ›Ich darf mich nicht einsperren lassen wie ein Tier! Hinter Gittern wird der Baum in mir genauso weiter rumoren und unsägliche Qualen bereiten. Seine Wurzeln werden sich auch dort in meinem Hirn ausdehnen. Sie werden mich gegen die Gitter der Zelle drücken, ohne sie sprengen zu können. Das will ich nicht ertragen, niemals!‹

Die nächste Chorprobe am Samstagnachmittag erwartete er mit gemischten Gefühlen. Wie würde Eva sich nach dem plötzlichen Abschied in La Orotava ihm gegenüber verhalten? Würde sie ihm sein seltsames Benehmen nachtragen? Diese Möglichkeit quälte ihn. Er war kurz davor, die Probe nicht zu besuchen. Doch der Drang, Eva wieder zu sehen, gewann Oberhand. Seine Befürchtungen bewahrheiteten sich nicht.

Eva empfing ihn warmherzig mit einem Lächeln: »Na, mein Lieber, geht es dir wieder besser? Ich habe mir richtig Sorgen um dich gemacht.«

Ihre Anteilnahme rührte ihn. Er wusste vor Verlegenheit nicht, was er antworten sollte. »Ich weiß gar nicht, was du hast. Ich bin doch völlig in Ordnung«, stotterte er schließlich wenig überzeugend.

»Umso besser, dann können wir heute Abend ja etwas zusammen unternehmen.«

Er war erleichtert über ihre Reaktion und nickte befreit. Er zeigte seine Freude und überlegte schon fieberhaft, was er ihr für den Abend bieten konnte. Spontan kam ihm eine Idee. »Kennst du das ABACO?«

»Keine Ahnung, was ist das?«, fragte sie zurück.

»Ein schönes altes Herrenhaus oben in Las Dehesas. Das Haus allein ist schon sehenswert, heute Abend geben sie auch noch ein Konzert. Das wird in diesem schönen Rahmen bestimmt etwas Besonderes.«

Eva war begeistert von seinem Vorschlag. Der gemeinsame Abend war gesichert! Viel entspannter als zu Beginn des Zusammentreffens lauschte er nun den Chorälen, die der Chor an diesem Tag einübte. Seinen Blick konnte beim Zuhören nicht von Eva lassen. Er glaubte ihre liebe Stimme überall herauszuhören. Die von einheimischen und kubanischen Künstlern erschaffenen Silberschmiedearbeiten des Hauptaltars warfen im Licht der Kerzen Blitze zwischen die Sänger. Die umgaben auch Evas glänzendes Haupthaar wie ein Heiligenschein. ›Wie sehr ich diese Frau liebe und begehre‹, dachte er.

Für den Konzertabend war festliche Kleidung angesagt. Er warf sich in den besseren seiner Anzüge. ›Auch Eva hat sich fein gemacht‹, sah er zufrieden, als er sie von ihrer Wohnung abholte. Das Wetter war gut, die Temperatur trotz beginnender Nacht noch lau. Sie beschlossen, den Weg zum ABACO hinauf zu Fuß zu gehen. Mit leichtem Schnaufen nahmen sie den steilen Weg bergan.

Als sie am Orchideengarten vorbei kamen, sah er hin und erklärte ihr wie ein Reiseführer: »An diesem schönen Ort mit dem Blick auf die pulsierende Unterstadt fand Agatha Christie Inspirationen für ihre Kriminalromane.« Er hätte seinen Blick besser nicht zum Garten gerichtet, denn seine Augen streiften dabei den jungen Drachenbaum, der ihm schon einmal Hilfe gewesen war. Die Wirkung des Baumes war sofort fühlbar. Das hässliche Pochen begann wieder in seinem Kopf.

Sein aufkommendes Unwohlsein konnte er vor Eva wieder nur schwer verbergen. Fast roh hakte er sie unter und führte sie eilig fort. Die Berührung ihres Körpers beruhigte seine aufgewühlte Seele etwas. Ganz langsam verebbte der Schmerz auf ein erträgliches Maß. Er atmete mehrmals tief durch und erklärte das Eva mit der guten Luft, die hier oben herrschte.

Eva akzeptierte seine Erklärung ohne Argwohn. Sie empfand selbst seinen harten Griff als den eines männlichen Beschützers und war glücklich darüber.

Sie gingen gemeinsam ein Stück an der befahrenen Hauptstraße entlang. Zuerst sahen sie zur Linken den deutschen Supermarkt. Sie passierten den voll besetzten Parkplatz. »Hier tauschen die Deutschen ihre gelesenen Bücher ein«, erklärte er ihr und zeigte auf die »Bücherecke«, die am

Ende des Platzes einen Verkaufstand hatte. Die Verkäuferin bediente zurzeit keinen Kunden und sprach stattdessen sichtlich genervt in ihr Handy.

Nun stiegen sie an mehreren Läden und Lokalen vorbei weiter Berg an. »Tiroler Alm«, las er ihr den Namen einer Gaststätte vor. Auf der Terrasse saßen mehrere dicke Ausländer, wahrscheinlich Deutsche oder Österreicher mit Sommersprossen und Sonnenbrand an allen bloßen Körperstellen. Eine Schiefertafel pries die Menüs des Tages an: Leberkäse mit Bratkartoffeln und Spiegelei 5,50 Euro, Nürnberger Bratwürstchen mit Sauerkraut und Kartoffelpüree 7,50.

»Ist das nicht schrecklich, dass wir auf der Insel immer öfter fremde Sprachen lesen, in denen Essen angepriesen wird, das gar nicht zu unserem Klima und unserer Kultur passt?«, wandte er sich Zustimmung heischend an sie.

»Das ist doch für die Touristen und Zugereisten bestimmt. Die bringen uns schließlich Geld auf die Insel, was früher nie da war. Uns bleiben noch genügend andere Möglichkeiten«, antwortete sie konträr zu seiner Meinung.

Auf der nächsten Etappe ihres Weges gingen sie an der hohen Mauer des *Jardín Botánico* vorbei. Der war Ende des 18. Jahrhunderts erbaut worden und enthielt viele tropische Gewächse. »Hier kann man über 200 fremde Pflanzen und Baumarten bewundern«, erklärte er ihr. »Sie stammen aus der gesamten Welt.«

»Oh, da müssen wir auch einmal hingehen«, dankte sie ihm begeistert für seine Erklärungen. Er war glücklich über diesen Wunsch. Er war schließlich gut für ein weiteres Treffen mit Eva. Nun mussten sie die befahrene Hauptstraße überqueren. Zwischen vereinzelnd stehenden, bunten Häusern ging es bergauf. Endlich erreichten sie das Abaco.

Der Eingang des großen Gebäudes war unscheinbar, doch drinnen empfing sie eine Zauberwelt. Direkt rechts neben dem Eingang gab es eine kleine Kapelle. Hunderte Kerzen leuchteten und flackerten wie kleine Tänzer im Luftzug. Volle Körbe mit Früchten, Kürbis, Äpfel, Birnen, Pfirsiche, Bananen und vielem mehr waren vor ihnen ausgebreitet. Eine Vielzahl von Blüten umkränzte die Früchte. Die Blüten dufteten schwer im Übergang, sie zeigten schon schwach braune Ränder und leicht hängende Köpfe. Der morbide Duft und ihr Zustand verdeutlichte ihre Vergänglichkeit.

Eva konnte ihre Blicke nicht von dieser sterbenden Schönheit lassen. »Das ist wunderschön«, hauchte sie. »Der Ort hier wirkt auf mich fast wie eine Opferstätte.«

Als sie das sagte, zitterte sie leicht vor Ergriffenheit. Ihr fröstelte bei der Vorstellung. Was sie mit ihren Worten in ihm anrichtete, konnte sie nicht ahnen. Sie trafen ihn wie ein Keulenschlag: Eva... Opferstätte... Sprach der heilige Baum schon durch ihren Mund zu ihm? Ein Stich fuhr durch sein Rückenmark. Er wurde starr vor Entsetzen. Das darf nicht sein! Das darf nicht sein!, hämmerte es in seinem Kopf als Abwehr gegen die böse Gedankenflut. Sie wuchs trotzdem in ihm zu einer tosenden Welle. Wieder griff er fest nach der Frau, die er so liebte und lenkte seine ganze Anstrengung darauf, ihre und auch seine Ängste zu zerstreuen. Ohne lange nachzudenken, küsste er sie auf ihre vor Erregung heißen Wangen. Kaum war das geschehen, kam das Entsetzen zurück: War das vielleicht ein symbolischer Todeskuss gewesen? Auf Befehl des Baumes? Ihm wurde heiß und kalt bei dieser Befürchtung.

Eva rettete unbewusst die Situation. »Es ist schön, dass dich alles hier genauso stark berührt wie mich«, sagte sie zart und küsste ihn auf den Mund. Das vertrieb für den

Moment seine bösen Gedanken. Er fühlte sich wieder in der Lage, ihr das Innere der Villa zu zeigen. Eva besah sich jede Kleinigkeit und war immer wieder überwältigt von der Pracht. »Ist es nicht traurig, dass so viel Schönes meist leer und unbenutzt vor sich hin steht? Ich könnte hier liebend gerne wohnen«, meinte sie. Er liebte sie für diese naiven Worte.

»Nun geht unsere *Sightseeingtour* zu Ende«, erklärte er, als sie am Eingang des Konzertsaales angelangten. Dort glänzte ihnen im gedämpften Licht das Lackschwarz des großen Konzertflügels entgegen. Die dunkle Decke des Raumes war durch mehrere Leuchter erhellt. Vor niedrigen Holztischen saßen schon einige Gäste in Polstersesseln oder auf Sofas und warteten auf den Kunstgenuss. Er wählte für sie beide zwei gemütliche tiefrote Sessel aus. Sie standen in der ersten Reihe rechts seitlich zum Flügel.

Schon eilte eine junge Kellnerin herbei und reichte ihnen strahlend die Getränkekarten. Die Preise waren hoch, das wusste er. ›Für Eva können sie gar nicht hoch genug sein‹, dachte er.

Sie begutachteten das reichliche Angebot und diskutierten eifrig, was sie bestellen sollten. Er erklärte ihr einige der Mixgetränke. Er hatte die meisten davon schon einmal getrunken, ihr waren sie fremd und neu. Schließlich einigten sie sich wenig spektakulär doch nur auf eine Flasche Roten.

Der Tenor und die Sopranistin traten selbstsicher in den Raum. Der Pianist folgte ihnen demütig in leichtem Abstand. Der Sänger, dem Programm nach hieß er José Amado, kündigte mit markanter Stimme das erste Duett an: »Un di felice« aus Verdis »La Traviata«. Die Künstler meisterten das Stück mit Bravour und ernteten reichlich Applaus. Eva tat sich dabei dankbar hervor. Für sie war ein solcher Abend eine Premiere. Antonia del Mar sang danach »Una foce poco fa« aus Rossinis »Il barbiere di siviglia«. Bis zur Pause folgten noch zwei weitere Arien.

Dann promenierten sie beschwingt durch den beleuchteten Park. Springbrunnen trommelten leise ihre Wassermusik. Blüten leuchteten im Lichte der Scheinwerfer und betörten mit ihrem üppigen Duft. Sie fühlten sich wunderbar. Eine helle Klingel rief sie in den Konzertsaal zurück. Er verteilte den Rest des Rotweins pedantisch gerecht auf ihre Gläser. Dann waren sie wieder bereit, der Musik zu lauschen.

Mit »La donna è mobile« von Verdi begann es. »Dove sono« von Mozart schloss sich an. Der zweite Teil schien kürzer als der erste zu sein. Gar nicht Kavalier übernahm der Tenor schon recht bald mit dem Torerolied von Bizet »Vivat, vivat le torero« zur Begeisterung aller das Abschiedslied.

Noch ganz eingefangen von dem Erlebten, traten sie in die nächtliche Kühle hinaus. Der Weg hinab in die Altstadt zog sich hin. Er bot ihr an, ein Taxi zu nehmen. Sie lehnte dankend ab. Er sah darin glücklich die Bestätigung, dass sie wohl noch länger mit ihm zusammen sein wollte. Er hatte Recht damit. Er drückte sie an sich, und sie dankte es ihm fühlbar mit Gegendruck.

Vor ihrer Haustür griff seine Linke suchend in die Jackentasche. Er erfühlte das kühle Metall, holte es hervor und schob Eva vorsichtig einen Ring auf den Ringfinger ihrer rechten Hand. ›Er passt‹, dachte er erleichtert und flüsterte ihr dabei leise ins Ohr: »Das ist ein goldener Ring mit einer Austral-Zuchtperle. Sie ist mehr als zwanzig Millimeter groß und hat eine wunderschöne silberweiße Farbe mit intensivem Glanz. Eine wahre Königin der Perlen, auch wenn du es jetzt in der Dunkelheit nicht erkennen kannst!

Der Ring ist das einzige Erinnerungsstück an meine Mutter. Es wird Zeit, dass er wieder einen würdigen Frauenfinger schmückt! ›Pinctada maxima‹ nennt man diese Perlenart«, ergänzte er schulmeisterlich, aber auch, um seine Verlegenheit zu überspielen.

»Was geschah mit ihr?«

Sie konnte seine großzügige Geste nicht fassen. Dieser Mann schlug immer wieder die richtigen Saitentöne in ihr an. Sie fühlte sich wie im Traum. Nach der ersten Regung ihres aufgewühlten Herzen drängte es sie, ihr heutiges Treffen nicht an der Haustüre enden zu lassen. ›Ich werde ihn mit zu mir hinauf nehmen‹, dachte sie spontan. Dann siegte doch noch die Vernunft über ihre aufgewühlten Gefühle. Sie war erst kürzlich von einem Mann tief verletzt worden. Das war der Hauptgrund für ihren Umzug gewesen. Es war viel zu früh, mit einem Mann ein neues Wagnis einzugehen. Für einen weiteren Tiefschlag war sie noch nicht stark genug. Sie besann sich deshalb auf ein anderes Zeichen ihrer Zuneigung. Als sie fünf Jahre alt gewesen war, hatte die Großmutter ihr ein kunstvolles Heiligenbild aus Emaille geschenkt. Es zeigte die heilige Mutter Maria, die Licht bringende, heilige Jungfrau, die Schutzheilige aller Menschen. Sie hatte es hinfort immer bei sich getragen. Nun gab sie es ihm mit den Worten: »Halte es rein, und trage es immer am Herzen. Es soll dich behüten wie bisher mich.«

Nun war er sprachlos. Aus dieser Geste, ihren Bewegungen und ihrem zärtlichen Streicheln erahnte er ihre Gefühle. Dass es nicht dazu kam, was er so sehr ersehnte, schrieb er ihrer Reinheit und strahlenden Jungfräulichkeit zu.

Hierin irrte er sich. Eine innere Stimme hinter seinen hämmernden Schläfen erkannte Eva erneut als würdiges Opfer für den heiligen Baum. Ohne selbst den Versuch zu machen, bei ihr zu bleiben, gab er sich stattdessen mit einem langen Kuss zufrieden. Als er sie verließ, wusste er nicht, welche schreckliche Nacht ihn erwartete. Eva sah ihm sehnsuchtsvoll nach und verharrte an der Tür, bis ihn die Dunkelheit verschluckt hatte.

Zunächst schlief er ermattet ein. Sofort erschienen in seinen Träumen die schönsten Bilder von ihr. Dann plötzlich schlug ein Hammer auf die Bilder ein, und die schöne Illusion zerbrach in tausend Stücke. Es wurde noch schlimmer. Hinter dem Scherbenhaufen erschien der Baum und sprach zu ihm im Befehlston: ›Sie will ich, nur sie!‹ Dann trat lähmende Stille ein, die Stille des Todes, mutmaßte er verzweifelt.

Er schrie ängstlich auf und erwachte. Er hatte sich auf die Unterlippe gebissen, und aus seiner Nase blutete es. Ein Blutkloß verstopfte sie und ließ ihm kaum Atem. ›Rot wie der Saft des heiligen Baumes‹, kam ihm dazu in den Sinn.

Er knipste das Licht an, um den Albtraum zu vertreiben. Er war noch im Halbtraum und das Licht der Nachttischlampe half ihm erst jetzt ganz wach zu werden. Er beschloss etwas zu lesen. Er suchte mit seiner Rechten nach dem Taschenbuch auf seinem Nachttisch, griff danach und schlug es auf. Erst nach etwa zehn Minuten bemerkte er, dass er den Sinn der gelesenen Seiten gar nicht wahrgenommen hatte. Deprimiert schlug er das Buch zu und legte es wieder weg. Er zwang sich, das Licht zu löschen. Er brauchte Kraft bringenden Schlaf für den nächsten Arbeitstag. Doch in der Dunkelheit kamen die Schrecknisse sofort wieder zurück. Er erinnerte sich an das Heiligenbild, welches ihm Eva beim Abschied geschenkt hatte. Er holte es hervor und presste es vor seine Stirn. Auch das brachte keine Linderung.

Als er morgens zur Arbeit ging, fühlte er sich total zerschlagen. Der Arbeitstag schien dann auch nicht enden zu wollen. Jede Handlung wurde zur quälenden Anstrengung. Er beendete seinen Dienst genauso erschöpft und todmüde, wie er ihn begonnen hatte. Wird sich in der nächsten Nacht dieses grausame Spiel wiederholen? Er brauchte dringend Schlaf.

In einem sprach er sich immer wieder Mut zu: Er wollte Eva nicht töten, auch wenn der Árbol Santo ihn noch so sehr drängen würde. Seine Bekräftigungen brachten ihm jedoch keine Sicherheit. Er schloss seine Augen, und ihm wurde schwindelig von den vielen wirren Regungen, die sich in ihm stritten. Er wünschte sich fort auf eine einsame Insel. Dann forderte eine Stimme in ihm wieder etwas ganz anderes: Er wünschte sich zu Eva hin! Je mehr er grübelte, umso mehr spitzte sich alles auf Eva zu. Seine bisherigen Opferungen schienen in letzter Konsequenz in ihr zu münden, in ihr, der Schönsten und Reinsten! Sofort kam heftiger Widerstand in ihm auf gegen diese Betrachtung. ›Das durfte nicht sein! Es musste einen Ausweg geben!‹ Der Wunsch des Baumes stieß ihn ab und erregte seine Gegenwehr aufs Neue. Er verspürte den Drang, seinem Gebieter die Stirn zu bieten und fürchtete zugleich seinen Zorn.

Als er seine Augen öffnete, begann das Bohren in seinem Kopf erneut. Er verzagte und verfiel in Schwäche und Selbstzweifel. Was sollte er nur tun? Eva umbringen durfte er nicht! Er erschrak, nun sprach er schon selbst von »umbringen«, nicht mehr von »opfern«. Der Tumult der Gegensätze ging heftig in ihm weiter.

Er faltete seine Hände und begann zu beten. Der heilige Baum hatte seine christliche Gläubigkeit bisher ohne Murren geduldet. Für ihn selbst war das nicht ganz problemlos. Manch christliches Gebot bereitete ihm beim Dienst für den Baum erhebliche Bedenken. Besonders belastete ihn das Gebot »Du darfst nicht töten«. Es bedurfte tief schürfender Überlegungen bis er eine ausreichende Rechtfertigung für seine begangenen Taten fand: Nach der christlichen Lehre war das Böse durch den Sündenfall Adams und Evas auf die Welt gekommen. Gott gab das Blut seines eigenen Sohnes, um die Herrschaft des Bösen wieder zu brechen. Böses musste also mit Blut weggewaschen werden! Nichts anderes hatte er getan. War es nicht sogar besser, für den Kampf gegen das Böse irgendein Blut zu vergießen, als das des Gottessohnes? Seine Taten waren also richtig gewesen! Er wollte die Befehle des Drago weiterhin mit Dienstfertigkeit erwarten! ›Nur bitte Eva nicht‹, beschwor er Gott und den Baum zugleich.

Ortega und Álvarez gingen sehr systematisch ans Werk. Zunächst überprüften sie an Hand der Liste des Großhandels, ob die aufgelisteten Geschäfte von ihren Umsatzzahlen her für eine örtliche Untersuchung überhaupt infrage kamen. Das war bei allen wirklich der Fall. Nun teilten sie die Adressen unter sich auf. Álvarez übernahm die Läden in Puerto und Orotava. Für Ortega verblieb Icod. Damit hatten beide die gleiche Zahl an Adressen zu überprüfen. Alle Geschäfte hatten normale Öffnungszeiten. Die waren dankenswerterweise auf der Liste vermerkt worden. Man hatte wirklich ganze Arbeit geleistet.

Die morgendliche Öffnungszeit war, wie allgemein üblich, um 10 Uhr. Ortega konnte sich also noch etwas Zeit lassen, bevor er nach Icod aufbrach, schließlich fuhr er Straße, die knapp oberhalb des Atlantiks verlief, es war seine Lieblingsstrecke. Sie war nicht als Autobahn ausgebaut, dagegen hatten sich die Anrainer seit vielen Jahren erfolgreich zur Wehr gesetzt. Sie bot spektakuläre Blicke aufs blaugrüne Meer und seine tosend weiße Brandung. Auf der anderen Seite der Fahrbahn zum Landesinneren hin gingen steile Klippen in die Höhe. Sie waren bis hoch oben hin grün bewachsen und mit vielen bunten Blütenlichtern besprenkelt. Kleine Dörfer nisteten in den Berghängen. Sie belebten das Grün der Natur als weißbunte Flecken. Ortega fuhr hinter einem langsamen fahrenden Lkw her, der mit Bananenstauden beladen war. Die Straße war eng, und auch in der Gegenrichtung pulsierte der Verkehr. Überholen war schier unmöglich. Das machte dem Polizisten nichts aus. Ortega hatte ja keine Eile.

In Icod de los Vinos war das Leben inzwischen schon erwacht. Der Beamte bog über einen Kreisel in die Stadt ein und folgte der Beschilderung zum Drachenbaum-Park. Schon bald stand er vor dem großen Parkplatz unterhalb der Pfarrkirche San Marcos. Auf dem Platz pusteten mehrere Reisebusse ihre Abgase in die Luft. Ortega beschloss, mit seinem Polizeiwagen dort ebenfalls zu parken und nicht in die für Pkws vorgesehene Tiefgarage zu fahren. ›Oben im Ort werden Menschenmassen sein‹, befürchtete er zu Recht.

Gemächlich stieg er die Treppe hinauf zu dem kleinen Park, der die Kirche umgab. Er überquerte den Platz mit den mächtigen alten Gummibäumen. Ihre zehn Meter dicken Stämme gingen zur Erde hin zeltförmig in viele Luftwurzeln auseinander. Nach dem weißen Musikpavillon trat er auf der anderen Seite des Platzes wieder auf die Straße. Links und rechts der gepflasterten Fahrbahn reihten sich Läden und Gaststätten abwechselnd aneinander. Diese bunte Kette zog sich hinunter in den Ort bis zum Rathaus hin.

Nach seiner Besuchsliste lagen die meisten Souvenirläden an dieser Straße hier. Die Geschäfte waren geöffnet, und so konnte er seine Überprüfung beginnen. Schon im ersten Laden merkte Ortega, wie wenig willkommen er war. Viele Urlauber stöberten zwischen den Waren herum, es gab für die Verkäufer reichlich zu tun. Nun kam er noch und hielt Inhaber und Angestellte von ihrer Arbeit ab!

Ortega war selbstsicher genug, sich trotzdem den nötigen Respekt und die gebotene Aufmerksamkeit zu verschaffen. Aber so zielstrebig er auch vorging, er erlebte von Laden zu Laden nur Pleiten.

Bei keinem der Händler war in letzter Zeit eine größere Anzahl der Amulette auf einmal verkauft worden. Buchmäßig konnten ihm die Besitzer über ihre Umsätze allesamt keinen eindeutigen Nachweis erbringen. Ein Stückpreis von drei Euro traf auf mehrere Artikel des Sortiments zu, und nur der wurde auf dem Kassenband registriert. Oftmals wurde auch noch die Summe mehrerer auf einmal getätigten Käufe zusammen eingetippt!

Zäh gestaltete sich auch die Überprüfung der Alibis für die Mordtage. Ortega fragte zunächst nur nach dem Gründonnerstag vor Ostern, im Tourismusgeschäft ein Arbeitstag, so dass sich Anwesenheit im Geschäft und auf dem Wanderweg über Los Silos ja ausschloss. In allen Läden, allerdings mit unterschiedlichem Arbeits- und Zeitaufwand, gelang es ihm festzustellen, dass niemand vom Verkaufspersonal für die Tat an der Holländerin infrage kam. Er ersparte sich deshalb die Überprüfung der anderen beiden Termine. Trotzdem brauchte er zweieinhalb Stunden, um alle Befragungen durchzuführen.

Auf der Liste verblieb nur noch ein Geschäft, das oben nahe der Kirche lag und neben dem Plaza de la Constitución auf ihn wartete. Gegen den Strom der Besucher machte er sich auf den Weg dorthin. Der Platz war von prächtigen Villen mit den typischen, reich verzierten kanarischen Balkonen umrahmt. Durch die offenen Türen mehrerer Bodegas fiel sein Blick auf eine große Auswahl örtlicher Weine. Aufdringliche Verkäufer lockten die Vorbeikommenden zur Weinverkostung ins Innere.

Ortega hingegen wurde in seiner Dienstuniform meist geflissentlich übersehen. Eine kesse, glutäugige Schöne sprach ihn dann doch spöttisch an: »Auf ein Glas Tinto im Dienst, Teniente, wie wär's? Es können auch mehrere sein!« Er zwang sich ein gequältes Lächeln ab, schüttelte den Kopf und stapfte an ihr vorbei.

Den gesuchten Laden erkannte er schon von weitem. Vor der Eingangstür standen zwei dieser typischen Figuren für Fotomotive. Auf eine Holzplatte hatte man ein Pärchen in Landestracht aufgemalt und die Köpfe über dem Halsausschnitt ausgespart. So konnten sich die Touristen mit ihren eigenen Köpfen dahinter stellen und als echte Tinerfeños fotografieren lassen. Eine Gruppe Jugendlicher machte sich gerade mit viel Gejohle an den Figuren zu schaffen. Das Fotografieren wurde dabei zu einem lautstarken Event.

Rechts neben dem Ladeneingang stand auf einem großen sandfarbenen Stein: SOUVENIRS PLAZA. Hier war Ortega richtig, wie sich bald herausstellte. Die 25 Amulette, die in letzter Zeit geordert worden waren, waren gänzlich abverkauft beziehungsweise nicht mehr vorhanden.

Der Inhaber Juan Padrón reagierte auf Ortegas Fragen äußerst nervös und verbockt, wie der Beamte feststellen musste. Wann und in welcher Stückelung die Anhänger ihre Käufer gefunden hatten, war weder ihm noch seiner Mitarbeiterin erinnerlich.

Die Mitarbeiterin bestätigte seine abschlägigen Angaben. Einen größeren Verkauf an einen Käufer schloss die

Frau nicht aus: »Es kommt öfter vor, dass gleiche Andenken für mehrere Freunde oder Familienangehörige als passendes Mitbringsel erworben werden«, meinte sie.

Interessant wurde es bei der Überprüfung der Alibis für die Mordtage. Hier wurde Juan Padrón auffällig. »Am Donnerstag vor Ostern hatte ich mir frei genommen«, gestand er nach kurzem Zögern ein.

»Was haben Sie an diesem Tage unternommen?«, hakte Ortega nach.

»Nichts Besonderes, ich wollte nach dem Trubel der Osterwoche nur mal einen Tag für mich haben.«

»Kann das jemand bezeugen, Ihre Frau vielleicht?«, fragte ihn Ortega, nachdem er den Ehering an Padróns Ringfinger entdeckt hatte.

»Ich kann Ihnen bestätigen, dass ich an jenem Tag den Laden allein geschmissen habe«, meldete sich die Verkäuferin eifrig und heimste dafür einen ungnädigen Blick ihres Chefs ein.

Er konnte dem Polizisten jedenfalls kein Alibi nachweisen. »Nein, meine Frau kann gar nichts bestätigen. Die war mit unserer Tochter Maria über Ostern bei ihren Eltern im Süden. Ich war allein, habe den lieben Gott einen guten Mann sein lassen und ein bisschen gegammelt«, antwortete der Ladenbesitzer verstimmt über Ortegas hartnäckiges Nachbohren.

Dem war der Händler inzwischen suspekt, er kam ihm so vor, als würde er bewusst mauern. ›Der hält mit der Wahrheit hinter dem Berg zurück‹, befand er. Zur Nagelprobe fragte der Beamte nach den Alibis für die beiden anderen Mordtage. Juan Padrón hatte wiederum nicht sofort eine Antwort parat. Das erschien Ortega noch vertretbar. Man musste ja wirklich nicht alles im Kopf haben.

Der Kaufmann ging nach hinten in den Laden und holte

seinen Taschenkalender. »Nun, im Januar habe ich gearbeitet«, sagte er erleichtert und fügte etwas aufmüpfiger hinzu: »Sagen Sie mir doch endlich, was Ihre Fragerei eigentlich soll.«

»Vielleicht später«, schnitt ihm Ortega das Wort ab. »Beantworten Sie erst einmal meine Fragen. Die sind Teil einer Ermittlung«, fügte er wichtig hinzu. »Nachts waren Sie dann vermutlich zuhause bei Frau und Kind?«, wollte er wissen.

Padrón schaute nochmals in den Kalender und einen Hauch von Unsicherheit huschte über sein Gesicht. Fast trotzig antwortete er: »Damit kann ich nicht dienen. Da hatten wir noch Schulferien, und Luisa war mit unserer Kleinen wieder bei den Eltern.«

»Sie gehen wohl öfters getrennte Wege«, provozierte Ortega ihn, und das mit Erfolg.

»Das dürfte Sie kaum etwas angehen«, kam es giftig zurück.

Der Beamte registrierte, dass die Verkäuferin etwas sagen wollte. Im letzten Moment besann sie sich anders und schwieg. Sie wollte bestimmt nicht noch einmal bei ihrem Dienstherrn in Ungnade fallen. ›Ich werde sie mir später allein vorknöpfen‹, dachte der Polizist für sich.

Der Sonntag von Los Silos wurde endlich zum Volltreffer. An diesem Tag war der Laden nur bis zum Mittag geöffnet gewesen. »Danach habe ich einen Junggesellentag gefeiert, das heißt Frau und Tochter waren dieses Mal zwar zu Hause, aber ich bin allein über die Dörfer gezogen.«

»Wohin genau?«, wollte Ortega wissen.

»Mal hierhin, mal dorthin, auf jeden Fall Richtung Puerto, da ist mehr los als hier und man kennt mich nicht«, grinste Padrón anzüglich.

Seine Angestellte guckte betreten zu Boden. Seine

Schwäche für andere Frauen hatte der Chef ihr schon selbst des Öfteren vorgeführt. Schließlich hatte er auch sie schon mehrfach angemacht. Über sein zerrüttetes Eheleben konnte sie ein Lied singen.

In Ortegas Hirn war schnell eins und eins zusammengezählt. Der Verdächtige hatte als Bewohner von Icod bestimmt eine Beziehung zum Drago. In seinem Geschäft hatte es genügend Amulette gegeben, um mehr als die drei Opfer damit zu »schmücken«. Nun waren sie allesamt nicht mehr vorhanden. Der Mann hatte für keinen der drei Mordzeitpunkte ein Alibi. ›Bingo‹, dachte der Beamte zufrieden. Er würde mit seiner Feststellung bei den Kollegen groß herauskommen.

»Señor Padrón«, sagte er mit fester Stimme, »ich muss Sie bitten, mich nach Puerto aufs Revier zu begleiten.«

»Aber ich muss doch den Laden führen«, stotterte der erschrocken.

»Den müssen Sie noch einmal alleine schmeißen, Teuerste«, wandte sich der Polizist mit einem schiefen Lächeln zu der Verkäuferin hin und hakte den Ladenbesitzer unsanft unter. Der war viel zu verwirrt, um Widerstand zu leisten.

Den Weg zum Wagen gingen sie schweigend nebeneinander. Sie kamen am Drachenbaum vorbei. Ortega erhoffte sich dort eine Reaktion des Verdächtigen. Die blieb aber aus. Er selbst war allerdings ein weiteres Mal beeindruckt von diesem uralten Gewächs. Mit fast 20 Meter Höhe und einem Stammumfang von über zwölf Metern stand der Baum wie ein König mitten in dem kleinen Garten umgeben von vielen endemischen Pflanzen. ›Wie viele Menschen dieser Baum täglich anzieht! Warum soll er nicht auch einen Mörder in seinen Bann schlagen?‹, dachte Ortega.

Als sie an seinem Dienstwagen ankamen, bemerkte er, dass der Wagen mittlerweile ganz allein dastand. Die Touristenbusse waren weg. ›*The Show is over*‹, dachte Ortega belustigt. Sofort wurde er wieder ernst. Er musste schnell eine Entscheidung treffen, wie er mit Padrón auf der Fahrt umgehen sollte.

»Es geht um Mord«, begann er. »Ich muss Sie wohl außer Gefecht setzen. Sie könnten gefährlich sein«, fügte er an und klopfte auf die Handschellen an seinem Gürtel.

Padrón warf seinen Kopf auf und starrte ihn mit großen, ängstlichen Augen sprachlos an.

»Doch, wie heißt es so schön?«, beschwichtigte ihn Ortega bei seinem Anblick: »Im Zweifel für den Angeklagten! Sie haben das Recht auf Unschuldsvermutung, bis meine Beweise wasserdicht sind. Ich mache Ihnen einen fairen Vorschlag. Sie setzen sich brav auf den Sitz neben mir, die Hände auf die Oberschenkel und keine Bewegung. Dann verzichte ich auf Fesselkünste.«

Padrón nickte erleichtert. Er rührte sich während der Fahrt wirklich nicht, dachte aber fieberhaft über alles nach. Er durfte um nichts in der Welt in die Mühle der Polizei geraten. Sollte er versuchen, zu fliehen? Nein, die Drohungen des Beamten waren deutlich genug gewesen. Dessen Pistole glänzte im Lederhalfter an seiner Seite. Padrón war nicht lebensmüde. Das Wichtigste in seinen Augen war, dass er sich nichts vorzuwerfen hatte, zumindest keine Morde. Er beschloss, dem Befehl Ortegas Folge zu leisten.

In Puerto verhörten drei Beamte den Souvenirhändler abwechselnd. Dr. Teresa Zafón war über längere Strecken anwesend. Sie warnte vor voreiligen Schlüssen. Der Mann passte nicht in ihr Täterprofil. Padrón trug selbst nichts zu seiner Entlastung bei. Insbesondere wollte er keine Einzelheiten zu seinem »Nachtprogramm« am Samstag in Puerto verlautbaren. »*Yo no tengo nada que ver con eso*«, ich habe nichts damit zu tun, schwor er immer wieder beim Leben seiner Mutter. Die Kausalkette der Verdächtigungen gegen ihn hielt stand und blieb unerschüttert bis spät in die Nacht. Alle Beamten waren todmüde, als der Beschuldigte endlich in seine Zelle gebracht wurde.

Am nächsten Tag machte Padrón von seinem Recht Gebrauch, einen Anwalt zu rufen. Doch der Karren war schon zu tief im Dreck: Dringender Tatverdacht, Fluchtgefahr! Er wurde in Untersuchungshaft überführt. Die Polizei beschloss, den Deckel so lange wie möglich auf der Geschichte zu halten. Irgendwie fühlte man sich doch unwohl. Man wollte keinesfalls für die Festnahme eines Mörders gefeiert werden, bevor seine Schuld bombensicher nachgewiesen war und ein Geständnis vorlag.

Allzu langen Aufschub gewährte man der Kommission jedoch nicht. Der Tourismus-Minister machte Druck. Den Urlaubern musste endlich die Angst vor dem frei herumlaufenden Serienmörder genommen werden.

So wurde der arme Souvenirhändler aus Icod in den Zeitungen bald vorverurteilt.

Er erwachte gegen halb sechs Uhr. Es war ein verregneter Sonntag. Als ihm nicht gelang, wieder einzuschlafen, fügte er sich der Stimmung seines Körpers und stand auf.

Er zog Hemd und Hose über den Pyjama und ging ans Fenster. Der Zeitungskiosk auf dem Platz hatte noch nicht geöffnet. Bei diesem hässlichen Wetter wollte er in der Wohnung bleiben und über seinen Gedanken nachgehen... Doch zunächst musste er die Zeitung lesen. Als die Zeitungsfrau recht früh erschien, eilte er hinab und kaufte die neue EL DÍA. Die Titelseite ließ ihn erstarren. »Amulettmörder gefasst!«, las er in großen Lettern. Darunter war ein Bild von einem seiner Amulette zu sehen.

Er bezahlte die Zeitung mit zitternden Händen und eilte in seine Wohnung zurück. Dort verschlang er den Artikel, und sein Ärger wuchs.

›Wie konnten sie seine Opferungen als schändliche Morde eines kleinen Souvenirhändlers darstellen? Allzu lange wird diese Meinung keinen Bestand haben. Schließlich bin ich auf freiem Fuß und werde wieder opfern‹, dachte er. Dabei pochte es wieder in seinem Kopf. Nur gegen die Auswahl des Opfers wehrte er sich ja noch!

Schnell sank er wieder in dumpfe Grübelei. Seine Hände umklammerten Evas kleines Emaillebild. Weder Maria noch die gesamte biblische Lehre brachten ihm Hilfe. Aus dem christlichen Glauben erwuchs sogar Rechtfertigung für weitere Taten: ›Gott war allmächtig, also kam die Macht, die er ausübte, aus dem Göttlichen. Gott war die Macht hinter seinen Taten. Gott selbst ließ die Taten zu. Gott war aber auch gut, die Güte selbst. Also waren seine Taten ebenfalls gut, aus Gottes Güte erwachsen! Konnte er sich da der Auswahl des heiligen Baumes überhaupt verschließen? Selbst wenn die Wahl auf Eva fiel? Die Macht hinter dem Wunsch des Drago kam schließlich auch von Gott!‹

Er quälte sich bis zum Abend mit der Suche nach einem Ausweg. Er presste immer wieder seine beiden knochigen Hände um den pochenden Schädel. Er wollte vermeiden, dass der platzte.

Früh ging er zu Bett und hoffte, dass ihm die Lösung im Schlaf käme. Er schlief unregelmäßig, da er Angst hatte, die Lösung flöge ihm im Schlaf zwar zu, aber er würde sie bis zum Erwachen wieder vergessen. Also wälzte er sich hin und her, um sie ja nicht zu verpassen. Manchmal fühlte er ein Jucken auf der Haut. Dann quälte ihn ein Stechen im

Bein, das kurz danach durch den ganzen Leib fuhr und ihn fast verzweifeln ließ. Er drehte sich zur Wand und presste seine Augen fest zu. Das kleinste Geräusch hielt ihn vom Einschlafen ab. Er lauschte sogar auf das monotone Getöse der Klimaanlage, das ihn sonst einschläferte. Er war todmüde, blieb aber trotzdem wach. Als sein Wecker klingelte, lag er noch immer in verdrehter Haltung da und hatte keine Sekunde geschlafen.

Lustlos schluckte er den Kaffee herunter und ein paar Bissen unzerkautes Brot. ›Es kommt schon noch alles ins Lot. Alles ist nur eine Frage der Zeit‹, tröstete er sich und machte sich schlapp und entnervt auf den Weg zur Arbeit.

Hinter seinem Schreibtisch stürzte er sich widerwillig in die Arbeit. Immer wieder suchte sein geschundenes Hirn nach einer Lösung für sein Problem. Die kam ihm endlich, als gerade schmachtende Gedanken an Eva seine Sinne erfüllten. Er sah sie in ihrer Sauberkeit, Reinheit und Unschuld vor seinem inneren Auge, ganz so, wie er sie von Beginn an für sich idealisiert hatte. Diese Qualitäten waren es wohl, die auch der Árbol Santo für sich einforderte. Die musste er für den Drago finden und zwar, ohne Eva zu verletzen. Das musste möglich sein!

Plötzlich fiel es ihm wie Schuppen von den Augen: Ein Kind musste sein nächstes Opfer sein! Seine Kenntnis der heiligen Schrift bestätigte diesen Gedanken: ›Wenn ihr nicht umkehrt und werdet wie die Kinder, so werdet ihr nicht ins Reich des Himmels kommen.‹ (Mat. 18,3) Nur ein Kind war unschuldig und rein genug! Stand ihm die heilige Mutter Gottes doch zur Seite?

Dankbar griff er an das kleine Emaillebildchen, welches er Tag und Nacht bei sich trug, seit es ihm Eva geschenkt hatte. Er nahm es zwischen die Fingerspitzen, führte es an die Lippen und küsste es. Er fühlte einen wohligen Schauer auf seinem Rücken und für den Moment Erleichterung. Doch schnell trat wieder Ernüchterung ein. Der Drago drängte ihn gewaltig. Es war Eile geboten! Das passte mit seinem Naturell gar nicht zusammen. Er brauchte für seine Opferungen immer genügend Vorlauf. Er musste alles genau planen können.

Letztendlich gab er sich jedoch zerknirscht selbst die Schuld an dieser Situation. Er hatte schließlich unnötig Zeit vergeudet. Er hatte sich solange gegen Evas Wahl als Opfer zur Wehr gesetzt, ohne eine Alternative zu bieten. Er hatte bis jetzt gebraucht, um einen Ausweg zu finden. Dafür wurde er zu Recht vom Drago bestraft.

›Auch wenn ich nicht lange planen kann, meine Tat muss perfekt ausgeführt werden‹, schwor er sich. Nur dann würde er weiter mit Eva zusammen sein können. Wenn man ihn jetzt aufspürte, wäre das fatal. ›Ein Opfer findet man am einfachsten in einer großen Herde. Darin kann man auch selber am besten untertauchen‹, sinnierte er weiter. Es kamen einige Festtage näher, die ihm dazu den geeigneten Rahmen bieten konnten.

Es war Ende Juni, und die Sonnenwendfeier stand bevor. Drei Tage lang würde sich eine Feierlichkeit an die andere reihen. Viele uralte Bräuche pflegte man da. Übermorgen, am 22. Juni, wurde bereits mit der »Enrame de chorros públicos« begonnen. Alle sieben alten Brunnen der Stadt würden mit Blumen, Früchten und Gemüse herrlich geschmückt. Die »Noche de San Juan»«, die Johannisnacht am Tag darauf, würde ganz Puerto in ein buntes Menschenmeer verwandeln. Da konnte seine Stunde schlagen. Hilfsweise bot sich noch der Morgen des 24. Juni an. Nach altem Brauch wurden dann in der Frühe Ziegenherden von den Bergen zum alten Hafen herabgetrieben und im Meer gebadet. Auch bei diesem ungewöhnlichen Spektakel waren viele Schaulustige zugegen und ließen alten Aberglauben aufleben. Das Ziegenbad war ein Fruchtbarkeitsritual aus den Zeiten der Ureinwohner, mit dem Bad sollte sich die Zeugungsfähigkeit der Tiere erhöhen. Nach diesem Ritus ließ man die Böcke zu den Ziegen. So sollte garantiert sein, dass der Nachwuchs fünf Monate später genau in die Zeit geboren wurde, in der es am meisten Futter auf der Insel gab!

Auf Teneriffa herrschte das ganze Jahr über mehr oder weniger Sommer. Doch das Wetter an diesen Junitagen erfüllte auch die Vorstellungen klassischer Sommertage, wie man sie sich auf dem Festland erträumte. Der Himmel war strahlend blau, die Sonne brannte, es war windstill und versprach, bis in die frühen Morgenstunden mild und lau zu bleiben, also genau richtig für die bevorstehenden, überwiegend nächtlichen Feierlichkeiten.

Die Stadt pulsierte bereits vor Menschen. Die Canarios gingen wieder einmal ihrer Lieblingsbeschäftigung nach: Feste feiern! Die vielen Touristen machten eifrig mit und schwelgten in purer Urlaubslust. Die mit Eschen- und Pinienzweigen dekorierten Fenster und Türen zogen viel Aufmerksamkeit auf sich. Überall am Straßenrand lockte Abwechslung. Die Menschen flanierten zwischen Buden mit Süßigkeiten und Leckereien. Umwelt-Workshops für Kinder boten etwas für die Erziehung der Kleinen. Menschen saßen in den Straßencafés, tranken, aßen, schwatzten und scherzten. Die Strände Playa Jardín und Punta Brava hatten sich schon seit den Morgenstunden in ein buntes und fröhliches Menschenmeer verwandelt.

Nur wenige Schritte vor den Wellen des Meeres war ein riesiges Konzert- und Theaterhaus unter freiem Himmel aufgebaut worden und versprach für den Abend dröhnende Musik und allerlei Gaukelei. Viele der Schaulustigen warteten schon ungeduldig darauf, dass ihre Kultband, das spanisch-argentinische Ensemble »Puja Teatro« mit seinem spektakulären Stück »k@osmos« endlich die Abendshow eröffnete. Genauso viele Fans fieberten aber auch den anderen Musikgruppen, wie Balango, Vrandán und Ghandara entgegen, die etwas für jeden musikalischen Geschmack in ihrem Repertoire hatten. Jazz, Folklore, lateinamerikanische Rhythmen und mehr...

Die Älteren unter den Schaulustigen, denen die überlaute Live-Musik nicht so am Herzen lag, freuten sich auf die zahlreichen Künstler und Artisten, die Akrobatik und Theater zeigten und ihre Fangemeinde mit atemberaubenden Übungen in eine Zauberwelt entführten.

Familie Mota hatte das Fest der Sonnenwendfeier zum Familienfest erklärt und war geschlossen dabei. Nur die Großmutter Olga hatte andere Pläne. Sie war zu Hause geblieben, um noch etwas zu ruhen. Die Alte gehörte zu den traditionellen Kräuterweibern der Insel. Sie wollte über Nacht in den Forst gehen und Heilkräuter schneiden. Bis zum Morgen musste sie damit fertig sein, dann endete die Heilkraft der Kräuter. Sie wollte bis dahin den Jahresvorrat für ihre geliebte Familie zusammenbringen.

Auch alle anderen Familienmitglieder hatten besondere Pläne für diesen Festtag: Großvater Eduardo wollte auf jeden Fall »Los Sabandeños« hören. Diese Musikgruppe kam aus La Laguna und setzte sich aus allen Bevölkerungsschichten zusammen. Vom Landwirt bis zum Professor war alles unter den Musikern vertreten. Eduardo Mota liebte dieses Gesangs- und Instrumental-Ensemble über alle Maßen. In den alten, überlieferten Melodien und Gesängen fühlte er sich zu Hause. »Los Sabandeños« waren fester Bestandteil aller Feierlichkeiten auf der Insel, ob sie nun weltlichen oder kirchlichen Charakter hatten, und für Eduardo immer ein Muss.

Eduardos Sohn Alonso hatte einige Rechnungen mit Intimfeinden offen, die es heute zu begleichen galt. Er würde zur Nacht kleine Strohpuppen in die Flammen des Johannisfeuers werfen und damit stellvertretend seine ärgsten Feinde verbrennen. Er war ein bisschen streitsüchtig und hatte genug Gegner im Sinn.

Lola, sein Weib, fürchtete sich schon ein wenig vor dem alljährlichen Springen über die Flammen. Sie hatte es sich trotzdem auch für dieses Jahr wieder fest vorgenommen. Dieser Brauch hatte einen christlichen Ursprung. Bei der Geburt von San Juan Bautista, Johannes dem Täufer, sprang dessen Vater Zacharias wegen der guten Nachricht vor Freude über ein selbst angezündetes Feuer. Nun stand dieser Sprung für Reinigung von Körper und Seele, Gesundheit und Glück für mindestens ein Jahr.

Auch die siebzehnjährige Mercedes hatte genaue Vorstellungen für diesen Tag. Sie wollte sich mit aufkommender Dunkelheit in der Nähe der Flammen einige Haarlocken abschneiden und in Bananenblätter wickeln. Wurden diese Päckchen unter einen Bananenbaum gelegt, so brachte das Glück. Daran glaubte Mercedes fest.

Elfidio, dem sechsjährigen Benjamin der Familie, hatten seine Eltern ein fulminantes Feuerwerk versprochen. Auch das für den Abend angekündigte, reinigende Bad im Meer reizte ihn sehr. Der Tag zog sich aber seiner Meinung nach recht zäh dahin. Man konnte schließlich nicht immerzu Süßigkeiten essen und Cola trinken, so gerne er beides auch mochte. Bald knötterte der Knabe, weil ihm langweilig war. Am längsten Tag des Jahres brauchte die Natur ihre Zeit, bis die Dämmerung eintrat...

Es war schon nach 20 Uhr, als endlich die ersten Kerzen und kleinen Lagerfeuer am Strand erglühten. Im Barranco, der vom Berg zum Meer herunterkam, sah man nur noch schemenhaft die hoch aufgetürmten Scheiterhaufen für die großen Johannisfeuer. Es war eine Frage von Minuten, bis auch sie angezündet wurden. Es herrschte eine erwartungsvolle Nervosität, die von der lauten Musik immer weiter aufgepeitscht wurde.

Er stand an der Garderobe und zog sich eine Windjakke an, olivfarben, unscheinbar, genau richtig, um nicht aufzufallen. Ein Blick durch den Spiegel in die Küche versetzte ihm einen Stich. Er hatte sein Geschirr nicht gespült! Das widersprach seinem Ordnungssinn. Er musste sich zwingen, es trotzdem für heute dabei bewenden zu lassen. Er hatte Wichtigeres zu tun! Er warf einen Blick auf seine Armbanduhr: Es war zehn vor acht Uhr. Zeit, sich auf den Weg zu machen.

Unten auf der Straße war der Bär los. Er tauchte in die brodelnde, anonyme Menschenmasse ein. Auf den Bürgersteigen stauten sich die Müßiggänger. Eine nicht enden wollende Blechschlange aus geparkten Pkws machten die Gehwege noch schmaler und enger als sonst. Wahre Massen bewegten sich Richtung Strand. Der war auch sein Ziel. Er ließ sich im Strom der anderen treiben. Seine Augen suchten dabei nach einer geeigneten Stelle, wo er sich für seine Zwecke am besten platzieren konnte. ›Wie eine Spinne im Netz in Erwartung ihres Opfers werde ich mich in Geduld üben‹, dachte er.

Nahe dem Barranco passierte der Zug der Menschen

eine Bauruine. Er löste sich aus dem Getümmel und trat auf das verwilderte Grundstück, das herunter in den Barranco bis kurz vor die Scheiterhaufen reichte. In einem Türdurchbruch blieb er stehen und schaute sich um. Die Stelle schien ihm geeignet. Jetzt musste nur noch das passende Opfer kommen!

Elfidio langweilte sich. Er suchte Abwechslung auf dem dunklen Trampelpfad im Barranco und entfernte sich dabei immer weiter von seiner Familie. Ein leichter Wind kam auf und blies ihm ein helles Zeitungsblatt an den Beinen vorbei. Der Knabe versuchte es zu fangen und folgte dem schwebenden Blatt immer weiter an einem eisernen Geländer entlang, wo es sich schließlich verfing. Der Junge verlor sofort das Interesse an dem Stück Papier, als es nur noch so leblos da hing. Die Stelle lag nicht weit vom Eingang zu einer Bauruine. Der wurde nun für den Knaben viel interessanter.

Dort stand auch er. Er war so in seine Gedanken vertieft, dass er den Jungen hörte, bevor er ihn sah. Elfidio hatte eine Kaugummiblase herausgepresst und wieder zurück in den Mund gesogen. Der damit verbundene Knall erweckte seine Aufmerksamkeit. Im Dunkeln sah das kleine Gesicht des Jungen wächsern aus. Als aus der Ferne goldene Flammen aus den Feuern aufstoben, blitzten für einen Moment große bernsteinfarbene Kinderaugen auf. Sie sahen ihn neugierig an, ganz ohne Angst. Er wusste sofort, das war der Richtige. Die höheren Mächte waren ihm wohlgesonnen!

»Suchst du auch nach einem geheimen Zauber, mein Kleiner?«, fragte er den Jungen und bemühte sich um eine weiche Stimme, als habe er Kreide gegessen.

»Nein, mir ist nur langweilig. Aber welchen Zauber meinst du denn?« Furchtlos stellte sich der Knabe bei dieser Frage vor ihn und stemmte seine kleinen pummeligen Arme wichtig in seine Seiten.

»Ich habe eine Zauberkette. Sie erfüllt in dieser Feuernacht fast jeden Wunsch. Komm her, ich zeige sie dir.« Seine linke Hand war bei diesen Worten in die Tasche seiner Windjacke geschlüpft, und nun hing die glänzende Holzkette mit dem Amulett an seinem Zeigefinger.

»Kannst du mir die Kette nicht schenken?«, fragte der Junge und kam noch näher heran.

Er ließ eine gewichtige Pause eintreten und antwortete dann: »Komm zu mir, wir werden sie erst einmal gemeinsam ausprobieren.«

Elfidio tat nichts lieber als das. Als er direkt neben dem Mann stand, packte der ihn an seiner kleinen Schulter und schob ihn langsam in das dunkle Hausinnere. Die Kette hielt er ihm dabei wie einen Lockvogel vor die Nase.

Elfidio ging ohne Argwohn mit. Erst als es in dem Haus immer dunkler wurde, kam ein wenig Angst in ihm auf. Er merkte, wie sich der kleine Körper unter seiner Hand versteifte. Dem musste er entgegenwirken! Er nahm die Kette und hängte sie um den Hals des Jungen. Und wirklich der Knabe entkrampfte sich, wenn auch nur für einen Moment. Er hatte nämlich den Jungen fast wie unter Zwang härter angefasst, und das tat dem weh.

Der Kleine klagte weinerlich: »Du tust mir weh. Lass mich los. Ich will zu meinem Papa.«

Als er gerade richtig zudrücken wollte, um die Sache zu Ende zu bringen, hörte er draußen vor der Türe näher kommende Schritte. Die herankommenden Leute sprachen und lachten laut. Sofort lockerte sich sein Griff. Der Kleine durfte unter keinen Umständen schreien.

Elfidio nutzte den Augenblick und wieselte ihm unter den Händen davon.

Angst beschlich ihn, er wollte nicht entdeckt werden. Hektisch sah er sich nach einem Fluchtweg um. Auf der anderen Seite des Raumes führte eine weitere Tür nach draußen. Dort wandte er sich hin und flüchtete hinaus. In seiner Aufregung stieß er an einen Schutthaufen am Boden. Der fiel geräuschvoll in sich zusammen. Das Getöse erregte die Aufmerksamkeit der vorbeilaufenden Menschen nur kurz. Sie blickten sich um und sahen den Umriss eines Mannes in die Dunkelheit verschwinden. Als nichts weiter geschah, wendeten sie sich wieder ab.

Der kleine Junge, der auf der anderen Seite des Hauses aus der Türe gesprungen kam, wirkte so gelöst, dass er ebenfalls bei ihnen kein Misstrauen erweckte.

Elfidio fand seine Familie bald wieder. Er war noch gar nicht richtig vermisst worden. Er verschwieg sein Erlebnis. Er war sich im Klaren, dass er etwas Verbotenes getan hatte. Ihm war untersagt, mit fremden Menschen mitzugehen.

Als die gesamte Familie tief in der Nacht zusammen zum Reinigungsbad in das Meer stieg und von dort aus das großartige Feuerwerk betrachtete, hielt er stolz seine neu erworbene Zauberkette fest. ›Ob sie wohl für die vielen bunten Lichtblitze am Himmel verantwortlich ist?‹

Erst am Morgen, als er sie beim Aufstehen immer noch trug, wurde seine Mutter darauf aufmerksam. So eine Kette war ihr aus Fernsehen und Zeitung bekannt! Elfidio wurde von ihr aufs strengste befragt und antwortete verstockt und trotzig: »Das ist eine Zauberkette. Die hat mir gestern Nacht ein Mann geschenkt. Erst war er sehr nett, aber dann hat er mir wehgetan, und ich bin fort gelaufen.«

Der Familienrat wurde zusammen gerufen. Schnell war man sich einig, dieser Vorfall musste der Polizei gemeldet werden. Vielleicht war ihr kleiner Elfidio nur knapp dem Amulettmörder aus den Fingern geschlüpft! Der Polizist ihres Viertels nahm die Meldung ernst und gab sie eilig zur Hauptstelle weiter.

Er war am Boden zerstört, als er in seiner Wohnung ankam. Der Drago hatte sein Opfer zurückgewiesen. Das war zum ersten Mal geschehen. In seinem Innersten ahnte er, warum das passiert war. Was er dort fühlte, machte ihm Angst. Er ging zum Esszimmertisch und ließ sich auf einen Stuhl fallen. Er hielt die Tischkante, aufgewühlt wie er war, fest umklammert, so dass die Knöchel seiner Hände weiß hervor traten. Das Pochen der Baumwurzeln hinter seinen Schläfen wurde unerträglich. Es fiel ihm schwer, sich zu konzentrieren und nachzudenken.

Er empfand es als Belastung, dass seine Ordnung gestört war. Ein Amulett stand nur einem toten Opfer zu. Es war also am Hals des Jungen fehl am Platz! Der hatte die Auszeichnung noch gar nicht verdient, der lebte ja noch! Den heiligen Baum schien sein Versagen nicht zu scheren. Der sah darüber hinweg. Für den gab es den Knaben scheinbar gar nicht. Der forderte nach wie vor eine ganz andere Opfergabe, mutmaßte er unglücklich. Er wollte aber wieder Ordnung haben!

»Zunächst muss ich das Amulett zurückholen, damit wieder alles ins Lot kommt«, beschloss er.

Er ging seine Überlegungen nochmals kritisch durch und erkannte, dass das Amulett leider unerreichbar für ihn war. Es lag bestimmt irgendwo fest verschlossen in der Asservatenkammer der Polizei. Außerdem ließ ihm der Baum auch nicht genügend Zeit, um sich lange mit seinem Fehler zu beschäftigen. Dessen Forderung stand unerfüllt im Raum und wurde immer drängender, das fühlte er. Fest drückte er seine Hände an den hämmernden Schädel.

Die Nacht wurde für ihn zum Fegefeuer. Er bekam kein Auge zu, und sein Kopf drohte unentwegt zu explodieren. Im ersten Morgengrauen beschloss er, vor die Tür zu gehen. Er musste unter die Leute. Er brauchte Ablenkung. Alleine konnte er die Qualen nicht mehr ertragen. Er machte sich auf den Weg zum Charco de los Camarones. Der Ort hieß im Volksmund Garnelenpfützchen. Es war der flache Landeplatz am alten Hafen Puertos. Dort wurden heute die Ziegen gebadet.

Schon von weitem hörte er das aufgeschreckte Blöken der Tiere. Es mussten Hunderte von ihnen sein. Als er an die Straßenecke kam, sah er die ersten Böcke herabkommen. Die Tiere waren festlich mit kleinen Messingglocken und breiten Lederhalsbändern geschmückt. Sie näherten sich dem Meer nur widerwillig, denn das Wasser war nicht ihr Element. Ihre Besitzer kümmerte das nicht. Neben dem Glauben, im Wasser die Fruchtbarkeit der Tiere zu steigern, schien ihnen das alljährliche Bad auch geboten, um das Fell der Tiere von Ungeziefer zu befreien. Für Tierfreunde war das Schauspiel ein Ärgernis. Die Ziegen mussten nämlich mit Gewalt zum Baden gezwungen werden. Entsprechend groß war der Aufruhr in der Herde.

Der Lärm und die Hektik lenkten ihn mehr als zwei Stunden ab. Doch dann war alles vorbei, und ihm blieb wieder nur die bohrende Einsamkeit. Für einen Augenblick dachte er daran, Eva zu besuchen. Diesen Gedanken verwarf er jedoch schnell, zu sehr waren seine Qualen mit ihrer Person verbunden.

Die Meldungen über den Jungen ließen auf der Polizeistation alle Alarmglocken läuten. Die Kommission, die sich nach der Verhaftung des Souvenirhändlers aufgelöst hatte, wurde schnellstens wieder einberufen. Die neue Entwicklung wurde diskutiert, und bald bildeten sich zwei gleichgroße Lager.

Die Psychologin führte die eine Gruppe an. Sie hatte ja schon früher bezweifelt, dass der Mann aus Icod dem Täterprofil entsprach. Für sie war er viel zu unscheinbar. Auch hatte sie seinen Unschuldsbeteuerungen geglaubt. Die von den anderen angenommene Verknüpfung der einzelnen Fakten war ihr bis zuletzt höchst unglaubwürdig geblieben. Sie hatte den wahren Täter noch auf freiem Fuß vermutet und fand sich nun durch das frische Ereignis bestätigt.

»Ich hatte schon einmal herausgearbeitet, dass bei unserem wirklichen Täter zurzeit etwas aus dem Ruder läuft. Er befindet sich irgendwie in Bedrängnis. Irgendetwas Unvorhergesehenes ist mit ihm geschehen. Dass er nun versucht hat, einen Knaben zu töten, bestätigt mir seine Notlage. Er bricht damit seine eigenen Regeln. Ich bin mir ganz sicher, dass in seinem kranken Hirn eigentlich eine einheimische Frau als Opfer an der Reihe war. Der Mörder geht also nicht mehr so geordnet vor wie bisher. Zum ersten Mal misslang ihm zudem seine Tat. Gott sei Dank für den kleinen Jungen! Vielleicht war es nicht nur Zufall, der den Knaben vor seinem Mörder rettete. Vielleicht stritten während der Tatabsicht widersprüchliche Kräfte in dem Täter gegeneinander, und es bildete sich dadurch ein inneres Hemmnis gegen einen Tatversuch heraus. Der Mörder musste auf jeden Fall gegen seine eigenen Regeln und Pläne verstoßen.

»Eins erscheint mir in der Gesamtwürdigung besonders wichtig: Der Täter hatte den Jungen bereits mit dem Amulett als Opfer gekennzeichnet. Elfidio hatte die Auszeichnung aber noch gar nicht verdient! Dieses Zeichen ist nun für den Mörder unerreichbar in unsere Hände gelangt. Dieser Umstand wird seinen Ordnungssinn erneut stören und ihn in eine noch tiefere Krise stürzen.

»Glauben Sie mir, der Mörder ist noch frei, und er leidet zurzeit schrecklich. Wir haben es bei dem Tötungsversuch an dem Jungen keinesfalls mit einem Nachahmungstäter zu tun. Der bisherige Mörder ist dafür verantwortlich und steigert sich mit seinem Verhalten weiter in eine Krise hinein. Ein bedrohlicher Ausbruch steht meines Erachtens kurz bevor. Stellen sie sich seinen Zustand wie den eines grollenden Vulkans vor. Wir werden, befürchte ich, nur an den Mörder herankommen, wenn es uns gelingt, ausfindig zu machen, was ihn so aus der Bahn geworfen hat, was ihn so unkalkulierbar werden ließ.«

Dr. Teresa Zafón hatte beschwörend und schnell auf die anderen eingeredet. Als sie nun mit ihren Erläuterungen zum Ende kam, atmete sie tief durch und fiel erschöpft auf ihren Stuhl zurück. Sie streckte ihre langen, schönen Beine, wie zur Ablenkung von vorhandenen Zweifeln, von sich und hatte Erfolg damit. Verstohlen streichelten alle Männeraugen im Raum ihre weibliche Anmut.

In Joan Massagué fand die Psychologin sofort einen engagierten Verbündeten. Ihre strukturierte Analyse entsprach so ganz seiner eigenen Denkungsweise. Ortega schlug sich als dritter auf diese Seite. Die Thesen überzeugten ihn, auch wenn es ihn wurmte, dass dadurch sein eigener Fahndungserfolg zunichte gemacht wurde. Es entsprach jedoch seinem flexiblen Charakter, schnell auf ein neues Siegerpferd zu setzen. Er wollte auf jeden Fall auf der richtigen Seite stehen, wenn der vermeintlich abgeschlossene Fall wirklich wieder aufgerollt werden musste.

Teniente Martín wurde zum Sprecher der Gegenseite. Der Fall war für ihn endgültig *ad acta* gelegt. So sollte es bleiben. Es gab genug Wichtiges zu tun. Genügend objektive Gründe forderten nach seiner Ansicht zum Widerspruch auf: »Bei dem Knaben ist es nicht einmal zum Versuch einer Mordtat gekommen. Er ist schließlich nur für kurze Zeit im Trubel verschwunden und kurz darauf völlig unversehrt wieder aufgetaucht. Das kann im Dunkel der Nacht bei den vielen Menschen drumherum doch leicht passieren! Kann es nicht auch sein, dass der Mann, von dem der Kleine gebrabbelt hat, ihn nur trösten wollte?«

»Dann wäre der Kerl mit Sicherheit bei dem Jungen geblieben, bis der seine Familie wieder gefunden hatte«, hielt die Psychologin vehement dagegen.

»Nun gut«, wiegelte Martín ab, »dann war es eben ein übler Scherzbold, der mit dem Amulett eine falsche Spur legen und sich wichtig machen wollte. Es gibt genug Perverse, die sich an so etwas aufgeilen können! Für mich ist der Souvenirhändler immer noch der Richtige. Denken Sie doch mal, wie lange wir inzwischen schon Ruhe haben. Die Geschichte des Jungen ist für mich kein Gegenbeweis, sie lässt sich doch wirklich auch anders erklären.«

Die beiden übrigen Beamten wünschten sich ebenfalls, dass über die Sache endlich Gras wuchs und schlossen sich der Meinung ihres Vorgesetzten an.

»Da hatten es die Ermittler früher besser«, versuchte Martín zum guten Schluss einen versöhnlichen Scherz.

»Wieso?«, fragte die Psychologin sofort wieder in Abwehrstellung.

»Nun ja, die nahmen sich bei einem solchen Zweifelsfall eine Ziege als Assistenten, färbten ihr den Rücken schwarz und ließen ihre Verdächtigen den Ziegenrücken streicheln. Dabei mahnten sie im Voraus, die Ziege würde die Hand des Schuldigen erkennen. Wenn dann der Täter nur so tat, als würde er das Tier streicheln, um nicht erkannt zu werden, war er schon überführt. Seine Hand war später die einzig saubere«, grinste er die Doktorin an.

Die Psychologin war für solche Scherze gar nicht aufgelegt und schüttelte missbilligend den Kopf. Schnell wurde auch Martíns Gesicht wieder ernst.

»Wenn wir Ihrer Hypothese doch folgen wollten, Frau Doktor, was gibt es dann aus Ihrer Sicht zu tun?«, fragte er.

Mit allen Anzeichen eigener Hilflosigkeit schleuderte Teresa Zafón ihm entgegen: »Das nächste Opfer wird eine Frau sein, ganz bestimmt. Finden Sie die, und versuchen Sie, sie vor ihm zu schützen. Glauben Sie mir, der Übergriff auf das Kind passt nicht in die logische Reihe. Vor diesem Versuch muss etwas Schlimmes passiert sein. Der Mörder befand sich irgendwie in einer Klemme. Er hat sich gegen seine eigene Ordnung verhalten.«

Der Teniente wiegte unschlüssig seinen Kopf und brummte leise: »...alles Wiederholungen«, dann fügte er laut und bestimmt hinzu: »Ich würde Ihnen nur allzu gerne glauben. Doch selbst dann sehe ich keinen Ansatzpunkt für konkrete Polizeiarbeit.«

»Das ist aber Ihre Aufgabe, Señor Martín, und machen Sie schnell! Ich bin mir sicher, es bleibt bis zum nächsten Mord nicht mehr viel Zeit. Der Mörder steht unter Druck. Der Übergriff auf das Kind hat ihm kein Ventil geboten. Doch dieser Vorgang beschreibt seinen dramatischen Zustand. Der Unhold ist bestimmt schon auf der Suche nach einem nächsten Opfer. Und noch etwas anderes steht für mich fest: Das Zeichen des Drachenbaums ist von elementarer Bedeutung in unserem Fall! Schon die Menceys, die Könige der Guanchen, hielten am Fuße des Drachenbaumes

Gericht, wie es der Mörder auch simuliert. Die Guanchenfürsten verwendeten das Blut zur Mumifizierung ihrer Toten. Vielleicht will der Mörder seine Opfer mit der Beigabe des Amulette in ähnlicher Weise schützen. Für uns sollte jedenfalls ein altes Sprichwort als Warnung dienen: ›*Cuando la sangre del drago salta, llegar la desdicha nunca falta*‹, tritt das Drachenblut aus, steht Unheil ins Haus, und das müssen wir verhindern!«

Der Inspektor blieb von dem Schwall ihrer Argumente nicht unberührt. Er suchte krampfhaft nach einer Erklärung, die sich mit seiner Einschätzung vertrug: »Ist der Mörder vielleicht nicht nur eine Person? Wir sind uns über eine gewisse, religiöse Komponente, über eine rituelle Ausführung der Morde einig. Die Taten könnten aber auch von einer Art Glaubensgemeinschaft, einer Sekte begangen worden sein.«

»Das wäre zwar theoretisch möglich, erscheint mir aber höchst unwahrscheinlich«, widersprach die Doktorin schnell. »Ich gehe fest vom Kreuzzug eines Einzeltäters aus. Sonst hätte es längst zeitliche Überschneidungen der Morde gegeben. Die gibt es aber nicht. Stattdessen finden wir die für Serienmörder typische Verkürzung der Zeitspannen zwischen den Taten. Auch die von mir dargelegte systematische Anordnung bei der Auswahl der Opfer...«

»...bis zum Eintritt der Krise«, kam ihr Massagué zur Hilfe.

»...spricht für den Einzeltäter«, nickte sie dankbar. »Beachten Sie auch die große Übereinstimmung einzelner Details. Der Mörder legte bei allen Morden sein Augenmerk auf absolute Sicherheit. Alle Opfer waren vor dem Exitus außer Gefecht gesetzt. Nach den Feststellungen der Spurensicherung arbeitete er geradezu steril. Man fand keine verwertbaren Epithele, Hautgewebeteile«, erklärte sie auf

Martíns fragenden Blick hin. »Bis zur Krise, in der er sich nun befindet, verlief alles wohlgeordnet, bis in die letzten Einzelheiten geplant.«

Teniente Martín blieb uneinsichtig und lenkte erneut ab: »Ich bleibe dabei, ich erkenne keine Richtung, in die wir mit Ihren Thesen weiterarbeiten könnten. Wäre der Mörder wirklich noch auf freiem Fuß, liefe alles darauf hinaus, dass uns höchstens ein weiterer Mord neue Ansatzpunkte brächte. Ich hoffe schon deshalb, dass ich Recht behalte.«

Mit einem trotzigen Blick zur Psychologin hin beendete er die Diskussion. Eine gehörige Portion Verzweiflung in seiner Stimme zeigte aber, wie unsicher er sich war. Diese Unsicherheit hatte sich auch auf seine Gestik, seine Mimik und seine gesamte Körperhaltung übertragen.

Ohne weitere Worte löste sich die Runde ziemlich rat- und mutlos auf. Die Sorgen verstärkten sich in Inspektor Martíns Kopf zu einer schmerzhaften Migräne. Die Angst vor dem, was nach Ansicht von Doktorin Zafón allzu bald wieder geschehen konnte, ließ ihm keine Ruhe. Er ging zurück in sein Büro. Dort zürnte er noch einen Moment über die störrische Frau. Sie fiel ihm mit ihren Theorien wirklich auf die Nerven. Aber es half letztlich keine Vogel-Strauß-Politik. Er gestand sich zerknirscht ein, dass es ihr gelungen war, eine ordentliche Prise Zweifel in seine Sicherheit zu streuen. Für den Moment jedoch setzte er seine Meinung durch. Der Gefangene blieb in Untersuchungshaft.

Die Ermittlungen um den Jungen schliefen bald ein. Das wurde auch dadurch begünstigt, dass sich kein aufmüpfiger Reporter zum öffentlichen Bedenkenträger aufschwang. Die Eltern des Jungen forderten in der Öffentlichkeit ebenfalls keine Ausweitung der Untersuchung. Sie waren viel zu glücklich, ihr Kind wieder unversehrt in den Armen zu halten. Die vermeintliche Bedrohung verdrängten sie so rasch wie möglich. Es entstand so etwas wie die Ruhe vor dem Sturm. Das Alltagsgeschehen ging einfach weiter.

Über die nächsten Tage quälte er sich fast ohne Schlaf. Seine Arbeit verrichtete er lustlos wie eine lästige Routine. Alle klaren Gedanken, zu denen er fähig war, verwandte er auf Eva. Sie durfte nicht sterben! Er vermied es, Eva zu sehen, und hoffte, dadurch das Drängen des Baumes zu mindern. Leider vergeblich! Da gab ihm das Schicksal einen gnädigen Aufschub vor dem, was scheinbar unvermeidlich war.

Heiß und gefährlich blies es aus Afrika nach Teneriffa herüber. Die warmen Böen des Afrikawindes drückten unten in der Ebene den feinen Saharasand in die kleinsten Löcher und Ritzen. Selbst angeblich dichte Fenster und Türen wurden durchdrungen. Die Sonne brannte vom Himmel herab und nahm den Fallwinden die letzte Feuchtigkeit. Ihre unentwegte Hitze trocknete den Boden zusehends aus.

In einem lichten Kiefernwald oberhalb der Masca-Schlucht trafen die stechenden Strahlen in eine Glasscherbe und entzündeten die ausgedörrten Nadeln auf dem Waldboden. Auf den Berghängen fuhren die Windböen in die ersten, schmächtigen Zungen der Flammen und trieben sie über die Hänge bis hin zu den Häusern der kleinen Dörfer. Schnell waren die in ihrer Existenz bedroht. Die Brandkatastrophe kam an die des Jahres 1883 heran und machte über 20 Jahre Forstarbeit zunichte. Bösgläubige Mitbürger stellten sofort Vermutungen an, dass wieder einmal gierige Baulöwen die günstige Wetterlage zu unerlaubter Brandrodung benutzt hätten! Täter entlarvte man jedoch auch dieses Mal nicht. Über den gesamten Norden der Insel gellte Feueralarm.

Bald wurde auch die Rot-Kreuz-Gruppe von Puerto zusammengerufen. Ihr Löschwagen machte sich, auf das Schlimmste vorbereitet, eilig auf den Weg zum Brandherd. Er war unter den Männern. Die Fahrt zog sich hin, und die Kurven bergaufwärts wollten kein Ende nehmen. Endlich hatten sie ihr Ziel erreicht und konnten sich unter die mutigen Dörfler mischen, die unverzagt ihre Heimat verteidigten.

Riquelme, der Chef der freiwilligen Feuerwehr von Santiago del Teide, war zu Tode erschöpft. Er rieb sich die Asche aus dem müden Gesicht und biss nervös auf die Zipfel seines Schnauzbartes. Der sah unter der Ascheschicht noch viel schwärzer aus als sonst. Seit Stunden schon kämpfte der Mann mit seinen Leuten gegen die Flammenwand, die ihr Tausendseelendorf bedrohte. Das Feuer hatte sie bereits bis an den Ortsrand gedrängt. Viel weiter oben hatten sie die erste Verteidigungslinie gezogen und wieder aufgeben müssen. An der Dorfgrenze verteidigten sie nun mit Mann und Maus ihre Häuser und das Leben der Menschen, die ihnen lieb waren.

Schon manchen Augenblick waren die Männer nahe dran, zu resignieren. Kaum hatten sie das Feuer an einer Stelle gelöscht, flammte es woanders wieder auf. Der starke Wind spielte dabei ein unseliges Spiel. Mit über sechzig Stundenkilometern trieb er die Flammen immer wieder an. Hinter der gierigen Feuerwand blieben nur die schwarzen niedergebrannten Ruinen der ärmlichen Berghäuser und eine bizarre Friedhofslandschaft aus verkohlten Pinien, Palmen und Kakteen übrig.

Er ließ es sich nicht nehmen, mit an vorderster Front zu stehen und zu kämpfen. So etwas wie Todessehnsucht trieb ihn in die höchste Gefahr. Im Unterbewusstsein erhoffte er sich davon die Lösung all seiner Probleme. Er hatte sich, nur hundert Meter von der Tankstelle entfernt, mit seiner Spritze postiert. Sollte die Benzinstation explodieren, gäbe es kein Entrinnen mehr. Das Dorf wäre nicht mehr zu retten, das wusste er.

Gegen Nachmittag ließ der Wind endlich etwas nach. Die Männer bemerkten Fortschritte in ihrem zähen Kampf gegen die Feuersbrunst. Schritt für Schritt drängten sie die Flammen hinter die Ortsgrenze zurück. Trotz aller Müdigkeit kam das Gefühl eines bevorstehenden Sieges auf. Trotz aller Trostlosigkeit ringsumher breitete sich zaghafter Optimismus aus. Sie würden es schaffen, wenn auch nur knapp!

Er wurde zum Held der Schlacht, denn durch sein zähes Ringen blieb die Tankstelle unversehrt. Ein Rückschlag durch eine Explosion und ein dadurch verursachtes Wiederaufleben der Flammen war allein von ihm verhindert worden! Er hatte, wenn auch nur durch glückliche Fügung, wie ein Fels in der Brandung die gefährlichste Stelle des Verteidigungsrings gehalten.

Als es dunkel wurde, brannten die Flammen nur noch ferne Konturen der großen Kiefern in den Nachthimmel. Die Ränder des Flammenmeeres zeigten die Bergspitzen als schaurigschöne Schattenrisse.

Noch vor der Nacht flossen Informationen zusammen, wie es andernorts ergangen war. Masca hatte die Feuerhölle nicht verschont. Die wildromantische Bergoase, die Jahr für Jahr von nahezu einer Million Touristen besucht wurde, war von der Flammenwalze schier überrollt worden. Das Brandungeheuer hatte sich wählerisch gezeigt in dem, was es fraß. Viele der gemütlichen Gasthäuser verschlang es. Doch immer wieder waren einzelne Häuser verschont geblieben.

Als Riquelmes Frau Maria vernahm, dass die dem Schutzheiligen Inmaculada gewidmete kleine Kapelle unversehrt geblieben war, bekreuzigte sie sich dankbar. Oft schon war sie dorthin gepilgert, um vor dem hölzernen Abbild der heiligen Jungfrau Blumen abzustellen und zu beten.

Riquelme selbst wurde zum Wortführer für die unzähligen Reporter, die herbeigekommen waren und gierig nach Einzelheiten fragten. Deprimiert schaute er zu den verkohlten Kiefern auf den Berghöhen hin und wandte sich an die ungeduldigen Medienvertreter: »Wer soll jetzt die Passatwolken melken, da die Kiefern verbrannt sind? Wir brauchen das Wasser so dringend für die Bananenplantagen unten in der Ebene.« Trauer lag in seiner Stimme, als er sprach, aber er genoss auch die eigene Wichtigkeit und schilderte weitschweifig mit blumigen Worten den zähen Kampf gegen die Flammen und wie er letztlich Früchte getragen hatte.

Er wurde vom Chef der freiwilligen Feuerwehr für seinen Mut und seine Umsicht besonders gelobt und stand bald als zweiter Held im Mittelpunkt des Interesses. Sein Kampf um die Benzinstationen gab schließlich eine prima Geschichte ab! Nun glänzte auch er im Lichte des Ruhmes. Doch was war schon Ruhm. ›Der ist unstet wie eine Windbö, die schnell auftost und genauso schnell wieder erschlafft‹, dachte er. Er wünschte sich stattdessen Stetigkeit und innere Ruhe, doch die, fürchtete er, würde es für ihn nicht geben.

Bei dieser Brandkatastrophe zeigte sich die Ferieninsel, wie so oft mit dem Wetter, janusköpfig. Während oben in den Bergen die schlimmsten Waldbrände tobten, sonnten sich unten an den Stränden des Atlantiks sorglos die Feriengäste. Sie sahen lediglich, wenn sie ihre trägen Blicke von den Sonnenliegen einmal ins Landesinnere richteten, dunkle Rauchwolken über den weit entfernten Bergkämmen aufsteigen. Keiner von ihnen ahnte, welche Tragödien sich dort in der Bergwelt abspielten und dass Menschen in Lebensgefahr schwebten. Dass Mütter mit ihren Kindern vor den Flammen fliehen mussten, Männer sich der Feuersbrunst mit dem Mut der Verzweiflung entgegenstemmten und zusehen mussten, wie ihre Habe Opfer der gefräßigen Flammen wurde.

Doch bald waren die Zeitungen voll von diesen tragischen Geschehnissen und berührten auch die Herzen der Urlauber. Er wurde dabei durch die Medien zur Berühmtheit. Das schlimme Drängen des Baumes in seinem Kopf wurde im wahrsten Sinne des Wortes durch die damit verbundene Aufregung verdrängt. Er ahnte, es war nur ein Aufschub! Von Eva konnte er sich nicht länger fern halten. Sie kam schon am zweiten Tag nach Erscheinen der Meldungen einfach zu ihm nach Hause.

»Ich fühle mich vernachlässigt«, sagte sie und lachte leise und kehlig. Dann zog sie einen Schmollmund. »Ich meine, es wird Zeit, dass mein Held endlich versucht, mich zu erobern!« Die letzten Worte sprach sie in einem verheißungsvollen, schnurrenden Ton. Dann legte sie lächelnd ihre Hände sanft auf seine Brust, ihren Kopf etwas in den Nacken, schloss die Augen und spitzte ihren Mund in Erwartung eines Kusses.

Ein kleines Räuspern überspielte seine Verwirrung. Dann nahm er all seinen Mut zusammen, fasste sie um die Taille und küsste sie auf den leicht geöffneten Mund. Seine ungeübte Zunge suchte etwas zu forsch den Weg hinein. Er kannte diese Art des Kusses nur aus Büchern. Eva ermunterte ihn durch ihr Verhalten. Sie saugte leicht an seiner Zunge, und seine Erregung stieg. Bald registrierte er mit Erstaunen, wie sein Glied in der Hose pulsierte und wuchs.

Das blieb auch Eva nicht verborgen. Beherzt nahm sie seine Hand und führte ihn ins Schlafzimmer. Er folgte ihr willig wie ein gezähmter Tanzbär mit Ring in der Nase. Sie schaute sich im Zimmer um und sah mit einem Lächeln das aufgedeckte Bett. Sie ließ sich langsam auf die Matratze gleiten und zog ihn an seiner linken Hand sanft neben sich. Sie kuschelte sich an ihn und bot ihm erneut ihre Lippen zum Kuss. Seine Erregung wuchs, als sie auch noch vorsichtig damit begann, sein Oberhemd aufzuknöpfen und sein Brusthaar zu streicheln. Er wollte vor Lust sterben. Eva führte bei allem die Regie. Sie leitete ermunternd seine Hand unter ihren Rock auf das pelzige Dreieck zwischen ihren Beinen. Dort war es warm und weich, und alles drängte sich ihm willig entgegen. Er bedankte ihre Aufforderung durch kreisendes Streicheln, und Eva belohnte ihn mit sanftem, fast animalischem Schnurren.

Nun war auch seine Neugierde nach dem geliebten anderen Körper geweckt. Seine Finger glitten unter ihren Schlüpfer und fanden zwischen den borstigen Schamhaaren warme, verlockende Feuchtigkeit. Überrascht merkte er, wie sein Finger nur allzu leicht in sie glitt. Eva nahm ihn dankbar auf und nestelte nun ihrerseits an seinem Hosenstall. Bald fühlte er leichte Kühle an seinem Glied, die nur dadurch gemildert wurde, dass ihre Hand es drängend berührte. Das war wie der Himmel auf Erden und völlig neu für ihn. Sein Penis wuchs zu einer prallen Stange. Eva richtete sich leicht auf und schob sich über ihn. Er ließ alles willig mit sich geschehen. Sie schob den Keil ihrer weißen Unterhose beiseite und führte ihn dort hinein, wo gerade noch sein Finger gewesen war. Es war ein sanftes Gleiten, er traf auf keinen Widerstand. Mit stetigem Heben und Senken ihres Unterleibes bescherte sie ihm ungeahnte Wonnen. Er lernte schnell und bewegte sich in ihrem Rhythmus. Dabei hoben sich seine Hände fast automatisch zu ihrem Oberkörper und berührten ihre Brüste, die wie kleine umgedrehte Glocken lose unter ihrer Bluse schwangen. Sie endete in einem kleinen spitzen Schrei, und er röchelte stammelnd immer wieder ihren Namen. Sie zogen sich noch gegenseitig aus und verschmolzen ihre Körper unter der warmen Decke miteinander. Sie blieb bei ihm für die ganze Nacht.

Im Morgengrauen, im leisen Zwielicht schaute er sie wie ein kleiner Junge an, hob die Augenbrauen wie zur Frage: »Willst du nochmal?« Sie hatte die richtige Antwort, und so begann das Liebesspiel aufs Neue. Sie vereinigten sich ein zweites Mal in einem noch viel hitzigeren Akt. Dieses Mal zog ihn Eva über sich und bestimmte den Rhythmus ihrer Bewegungen mit dem Zug ihrer Beine, die ihn umschlungen hielten. Es wurde noch schöner als beim ersten Mal. Ihm war, als würde er mit ihr direkt in den Himmel reiten.

»So schön wie mit dir war es noch nie«, flüsterte sie.

Danach sanken sie beide erschöpft in einen kurzen Schlaf, aus dem sie seine unruhigen Bewegungen schon gegen sieben Uhr weckten.

Er hatte alles nochmals im Traum wie im Schnelldurchlauf erlebt. Gott sei Dank war Samstag. Sie nahmen sich Zeit. Als sie ihn nach einem reichlichen Frühstück verließ, konnte er kaum ertragen, wieder alleine zu sein. Seine Liebesschwüre begleiteten sie bis zur Tür.

Schon tagsüber meldete sich der Baum mit leichtem Pochen zurück. Die kommende Nacht wurde noch schwieriger. Er fand fast keinen Schlaf.

Trotzdem wollte er nicht darauf verzichten, Eva in der Messe zu sehen. Er ging durch das Kirchenschiff und alle Insignien körperlicher Qual, die er sah, potenzierten das Pochen in seinem Schädel: die Dornenkrone auf der Stirn des Erlösers, die Pfeile in der Brust des heiligen Sebastian genauso wie die Flammen unter dem heiligen Laurentius. Als Flüstern bildeten sich die letzten Worte Jesu am Kreuz in seinem Mund: »Mein Gott, mein Gott, warum hast du mich verlassen?« So stand es bei Markus und Matthäus.

Das Zusammentreffen mit Eva wurde nur kurz und freudlos. Seine Qualen wuchsen, als er sie ansah. Er musste wieder alleine sein. Seine Entschuldigungen klangen dünn, als er ging. Er litt wie Jesu mit den fünf Wunden, aus denen der für uns Blut geschwitzt hatte.

Draußen umfing ihn die Helligkeit der Sonne. Er blickte flehend zum Himmel empor. Ein blaues Stück davon leuchtete zwischen den Girlanden der Dachziegel links und rechts der Straße. Unten am Boden überzog die einfallende Sonne alles mit einem leuchtenden Flor. Die Blüten der Hibisken strahlten in leuchtenden Farben.

Erst in seiner Wohnung umfing ihn wieder Dunkelheit und Einsamkeit. Sofort kam er ins Grübeln. Eva war gar nicht rein und jungfräulich gewesen! Er hatte ihr jedenfalls nicht die Unschuld genommen. ›So schön wie mit dir war es noch nie‹, ging ihm ihr dahingesagter Satz immer wieder durch den Kopf. Suchte der Baum gar nicht das Reine in Eva? Wollte er vielmehr das Unreine vernichten? Er führte sich den Liebesakt mit Eva nochmals vor Augen. Ihre unverhohlene Sinneslust war das erste, an das er denken musste. Diese Lust war bestimmt eher sündhaft als rein gewesen. Auch die zum ersten Mal mit Eva erfahrene Körperlichkeit sah er nun in ganz anderem Licht. Ihre Vagina mitten zwischen den Ausgängen für Urin und Kot, war genauso unrein! ›Ich werde dem Drago zu Diensten sein‹, gelobte er feierlich. Nun glaubte er ihn endlich zu verstehen. Er beschloss, seine Forderung sogar mehr als zu erfüllen. ›Mein nächstes Opfer wird eine echte, unreine Hure sein!‹

Er hatte schon eine vage Vorstellung für den Ort der Tat. Auf der Straße hinunter zum Bollullo Strand existierte am Abend ein Straßenstrich für Homo- wie für Heterosexuelle. Den wollte er noch zur Nacht in Augenschein nehmen. Dass er nun einen Plan hatte, ließ ihn etwas zu Ruhe kommen.

Gegen 18 Uhr verließ er das Haus und machte sich im Wagen auf den Weg. Auf halber Höhe der Bergstraße parkte er neben dem Restaurant und nahm ein kleines Abendessen zu sich. Ganz gegen seine Art erledigte er das Essen wie eine lästige Pflicht. Er hatte schließlich noch etwas zu tun.

Draußen war es inzwischen merklich kühler geworden. Er ging zu Fuß weiter den Berg hinab. Schon hinter der nächsten Kehre sah er die ersten zwei Nutten. Sie standen beieinander, quatschten und warteten lustlos auf Freier. Es waren zwei junge schwarze Frauen, drall in leuchtenden Neonkleidern mit großen afrikanischen Druckmustern. Ein altersschwacher Mercedes-Diesel überholte ihn und passierte die beiden Frauen langsam. ›Ein Freier bei der Fleischbeschau‹, dachte er verächtlich.

Die Straße war hier unten sehr eng. Gegenverkehr ließ sie nur über Ausweichbuchten zu. Die waren alle hundert Meter dafür angelegt. Schon dieser Umstand stimmte ihn nachdenklich. Würde eine schnelle Flucht notwendig, so konnte die schwierig werden. Auch konnte er eine Leiche kaum hier unten liegen lassen. Würde man sie entdecken, während er noch auf der kurvigen Auffahrt war, saß er schnell in der Falle. Wenn er die Tat schon hier ausführen wollte, musste er zumindest das Opfer im Kofferraum wegtransportieren und an anderer Stelle entsorgen. Das Ganze erschien ihm recht umständlich. Es war bestimmt nicht die günstigste Möglichkeit.

Noch ganz in Gedanken ging er zum Wagen zurück und fuhr die Serpentinen vorsichtig wieder bergauf. Wie froh war er, als er die Auffahrt zur Autobahn erreicht hatte. Er gab befreit Gas.

Da näherte sich von hinten ein Polizeiauto, und eine Kelle winkte ihn an den Rand. Ein Schreck durchfuhr ihn und schnürte ihm seinen Brustkasten zusammen. Seine Kopfhaut kribbelte, und Schweiß trat auf seinen Handflächen aus. War es nur eine Verkehrskontrolle? Nicht auszudenken, wenn heute der Ernstfall gewesen wäre! Selbst eine routinemäßige Verkehrskontrolle hätte dann für ihn in der Katastrophe enden können. ›Haben Sie Ihr Warndreieck dabei?‹, und schon hätte er die Kofferkammer öffnen müssen...

Fast mechanisch hatte er den Motor ausgestellt. Langsam nahm er seine Hände vom Lenkrad und wandte sich den beiden Beamten zu. Er bemühte sich ruhig zu bleiben und versuchte es mit einem Lächeln, als er das Seitenfenster herunter kurbelte.

Der vordere Polizist tippte mit der Hand an den Schirm seiner Mütze. Mit freundlicher aber bestimmter Stimme sagte er: »Ihre Papiere bitte.«

Er holte seinen Führerschein aus dem Handschuhfach und hielt ihn dem Polizisten hin. »Habe ich irgendetwas falsch gemacht?«, fragte er dabei und blickte den Beamten so unschuldig wie möglich an.

Der Polizist ließ eine kleine Pause eintreten und studierte gründlich seinen Führerschein. Er schien zufrieden und sah seinem Gegenüber ins Gesicht. »Ja, das haben Sie, Señor.« Der Beamte schien Pausen zu lieben, um seinem Auftritt Gewicht zu verleihen. Erst nach einem kurzen Moment fuhr er fort: »Sie haben wohl das Schild mit dem Tempolimit übersehen?«

Die Frage schreckte ihn nicht, brachte ihm sogar ein Gefühl der Erleichterung. Er war nur zu schnell gefahren! Gott sei Dank ohne gefährliche Fracht, er würde mit einem Bußgeld davon kommen! »Ja, das stimmt, ich war wohl ganz in Gedanken«, antwortete er.

»Getrunken haben Sie nicht?«, hörte er sein Gegenüber erneut.

Er verneinte sofort. »Ich komme von meiner kranken Mutter und bin auf dem Weg nach Hause.«

»Nun, sie fuhren 25 Stundenkilometer mehr als erlaubt. Sind Sie mit siebzig Euro einverstanden?«

Er verzog sein Gesicht, als träfe ihn ein schlimmer Schmerz. »Handeln kann ich mit Ihnen wohl nicht?«, antwortete er forsch.

»Da haben Sie Recht, Señor. Wir können die Angelegenheit höchstens zur Anzeige bringen. Dann wird es für Sie allerdings erheblich teurer.«

Er griff in die Brusttasche seines Sakkos und zog seine Brieftasche heraus. Die Geldscheine darin waren nach ihrem Wert geordnet. Aus der Mitte, hinter Fünfern und Zehnern zog er einen Zwanziger und einen 50-Euro-Schein hervor und reichte beide durchs Fenster. Er bekam eine Quittung, und die Sache war ausgestanden.

Der Beamte verabschiedete sich mit einem erneuten Tippen an seinen Mützenschirm und sagte zum Abschied: »Achten Sie nun bitte auf die Beschilderung und träumen

Sie erst wieder, wenn Sie zu Hause sind.« Dann drehte er sich um, ging zum Streifenwagen zurück und fuhr davon.

Er atmete tief durch. Nun hatte er wirklich Grund genug, seinen ersten Plan zu verwerfen. Er warf den Motor an und setzte die Fahrt fort. Er würde am nächsten Tag eine bessere Lösung finden.

Die Nacht verlief so qualvoll für ihn, dass er beschloss, den nächsten Versuch, wenn irgend möglich, ohne Probelauf zu wagen. Er musste den Baum endlich beruhigen.

Der Tag verging für ihn im Schneckentempo. Er blieb länger als sonst an seinem Arbeitsplatz. So spät wie dieses Mal war es jedoch schon lange nicht gewesen, es war nach 19 Uhr und dämmerte bereits. Er war als arbeitswütig bekannt, deshalb nahm keiner seiner Kollegen Anstoß an seinem Bleiben. Er schaltete den Computer ab, ordnete seine Sachen und prüfte, ob in allen Räumen das Licht ausgedreht war. Erst dann ging er zur Eingangstür. Er drehte dreimal den Sicherheitsschlüssel von außen im Schloss und lenkte seine Schritte auf den Plaza del Charco.

Puerto träumte schon zwischen Abend und Nacht. Irgendwo in der Stadt erwartete eine Frau nun seinen Todeskuss, dachte er, und ein stolzes Gefühl von Stärke wuchs in ihm. Er ging zum Punto del Viento und genoss dort für einen Moment die frische Brise. Auf der kleinen Treppe hinunter zur Uferpromenade nahm eine Idee in ihm Form an. Er wusste nun genau, wie er die Tat bewerkstelligen wollte.

Auf eine der schwarzen Liebesdienerinnen dort unten hatte er es abgesehen. Die boten dort ganztägig ihre prallen Körper an. Über Tag füllten diese Frauen ihre Haushaltskasse meist, indem sie Rastazöpfe in die Haare der

Touristinnen flochten. Manche verkauften Nachahmungen von Markenuhren, Ledergürtel und Taschen. Nur heimlich wechselten auch Drogen mit ihrer Hilfe den Besitzer. Die waren meist an sicherer Stelle vor dem Zugriff der Razzien versteckt und kamen nur nach erprobtem Sicherungsritual gegen Bargeld in die Hände der Süchtigen. Zu den vorbeiflanierenden Männern suchten die Frauen aufreizend Blickkontakt. Das kleinste Anheben der Augenbraue oder der geringste Wink wurden registriert und beachtet. Hurendienst war weniger gefährlich als Drogenhandel und brachte ebenfalls viel ein!

Er stellte sich an die Ufermauer und tat, als schaue er aufs Meer hinaus. In Wirklichkeit beobachtete er aber aus den Augenwinkeln sein Umfeld. Die Promenade hatte sich schon merklich geleert. Die wenigen Touristen, die es im August überhaupt gab, saßen längst irgendwo beim Abendbrot. Die meisten Läden waren schon geschlossen, und nur noch wenige schwarze Huren trödelten hin und her.

›Es sind sicher nur die auf dem Strich geblieben, die heute noch nicht ins Geschäft kamen‹, mutmaßte er. Die waren noch dringend darauf aus, einen Freier zu bekommen. Sie wollten schließlich nicht von ihren Beschützern verprügelt zu werden, wenn sie mit leeren Taschen nach Hause kamen. Sie reagierten auf alle vorbeikommenden Männer viel aufreizender als noch am frühen Abend und sahen in jedem, der vorbeikam, ein potentielles Opfer. Eine der Liebesdamen trieb es besonders arg und prostituierte sich mit wackelndem Hintern und nur halbbedecktem prallen Busen. Sie hielt sich von den anderen ein Stück weit entfernt, als wollte sie deren Konkurrenz vermeiden.

›Die könnte die Richtige sein‹, dachte er. Zur Vorsicht

wollte er den Ort erst einmal inspizieren, bevor er hier womöglich seine nächste Tat beging. Nun ging sein Blick ganz offen die Häuserflucht entlang. Die Eingangstür eines Altbaus weiter hinten war nur angelehnt. ›Da lohnt es sich, einmal nachzusehen‹, befand er.

Das Haus trug die Nummer 50. Das Klingelfeld zeigte acht Klingeln in zwei Reihen. Neben der zweiten Klingel unten rechts stand mit Kugelschreiber geschrieben der Name »Gómez«. Diesen Namen merkte er sich. Er huschte durch die angelehnte Tür, ohne sie ganz zu öffnen. Drinnen empfing ihn muffige, dunkle Wärme. Das Treppenhauslicht funktionierte erst ab dem ersten Stock. Es blieb unten im Flur schummrig, als er die Lichttaste drückte. Alles war nur schwer einzusehen. Das passte perfekt zu seinem Plan. Er ging durch den düsteren Flur bis zur Treppe. Einen Lift gab es nicht. Neben der Treppe ging er weiter nach hinten zu einer Tür, die nur schemenhaft zu sehen war. Er versuchte sie mit seinem Ellenbogen zu öffnen, er wollte keine Fingerabdrücke hinterlassen. Die Tür gab nach und öffnete sich in einen kleinen Innenhof. Ein schmaler Kiesweg führte hindurch und war links und rechts von dichten Büschen gesäumt. Er hatte genug gesehen, und wusste nun genau, was er tun wollte. Er gelangte, ohne dass ihn jemand beobachtet hatte, auf die Straße zurück. Er war darauf bedacht, die Eingangstür nicht zuzuschlagen. Bis zu den Frauen waren es fast fünfzig Meter. Dahin begab er sich und steuerte zielstrebig die besonders Mutige an.

Der fiel sein Verhalten sehr schnell auf. Sie wurde aufmerksam. Er setzte ein Lächeln auf, das gar nicht lächeln wollte. Zu mächtig raste der Schmerz in ihm. Aber seine Gegenüber bemerkte die Täuschung nicht.

Er sagte das Wort, das alle auf der Insel kannten: »Holá«. Als er nur noch wenige Schritte von ihr entfernt war, flüsterte sie mit kehliger Stimme: »Na, wie wäre es mit uns, Süßer?«

Er verlangsamte sein Tempo nur wenig und fragte, noch bevor er sie erreicht hatte, zurück: »Wieviel?«

»Fünfzig Euro nackt, ohne Gummi, hundert die ganze Nacht, auch von hinten«, kam es prompt zurück.

»Okay, folge mir in zwei Minuten ins Haus Nummer 50. Klopf im ersten Stock bei Gómez an die Tür, ich erwarte dich dort.«

Dann ging er wieder an die Ufermauer und schaute aufs Meer. Nach wenigen Sekunden drehte er ab und schlenderte zu Haus 50 zurück. Alles, was er tat, sah ganz normal und natürlich aus. Zu den anderen Huren hatte er genügend Abstand gehalten. Von denen konnte ihn später mit Sicherheit keine identifizieren. Er war mit sich zufrieden.

Auch die Schwarze war zufrieden. Nun würde es an diesem Abend doch noch klappen. Endlich einmal kein Autofick! Der Bursche hatte sie wirklich in seine Wohnung bestellt! Dabei sah er auch noch recht gediegen aus. Vielleicht konnte sie aus der Wohnung etwas mitgehen lassen oder aber einen Stammkunden gewinnen. Ein richtiger Goldesel käme ihr schon sehr gelegen. Ihr Beschützer hing an der Nadel, und sie hatte auch noch zwei kleine Kinder zu versorgen. Wie lange zwei Minuten dauerten, hatte sie ihm Gefühl. Ohne auf die große, bunte Armbanduhr zu schauen, machte sie sich im trägen Watschelgang auf den Weg. Nun hieß es warten. Hoffentlich nur für kurze Zeit.

Er stand im dunklen Treppenhaus direkt unter der Treppe. Er verhielt sich mucksmäuschenstill und rührte keinen Muskel. Er wartete geduldig, dass sie eintrat.

Die Eingangstür öffnete sich mit einem leisen Quietschen. Er erkannte sie sofort an ihrem watschelnden Schritt. Sie wandte sich zur Mauer hin und suchte den Lichtschalter.

Als sie bemerkte, dass er nicht richtig funktionierte, ging sie mit einem kleinen Fluch auf den Lippen im Halbdunkel auf die Treppe zu. Er ließ sie unbemerkt passieren.

Dann warf er ihr einen Lederriemen von hinten über den Hals und zog ihn mit aller Kraft über quer zusammen. Sie war überrascht und machte nur für wenige Sekunden schwache Anzeichen der Gegenwehr. Dann wurden ihre Bewegungen schon kraftlos. Sie ging ohne Geräusch zu Boden. Kurz darauf war sie tot. Kein Blut, kein Hilfeschrei, eine absolut saubere Sache!

Er nahm die Amulettkette aus der Tasche und hängte sie ihr um den Hals, noch bevor er den Lederriemen entfernte. Dann zog er ihre Leiche durch die Türe zum Innenhof in das Beet mit Oleanderbüschen und entfernte sich sofort von dem Ort.

Er nahm seine Brille von der Nase, putzte sie sorgfältig und musterte möglichst unauffällig seine Umgebung. Dann schritt er weiter in die Dunkelheit, mit der er bald verschmolz. Er war zufrieden, dass ihm niemand begegnete, erst Recht keiner, der ihn kannte. Das war so spät am Abend und bei seiner zurückgezogenen Lebensführung allerdings auch nicht verwunderlich.

Es hatte inzwischen leicht zu regnen begonnen, als wollte der Himmel alle Spuren wegwischen, die trotz seiner Vorsicht doch noch entstanden waren. Das spärliche Licht der Laternen schimmerte auf dem Pflaster, das inzwischen von den kurzen Regengüssen feucht glänzte. Nun hatte er seine Pflicht getan. Er knisterte förmlich vor neuer Energie.

Früh am Morgen fand ein älterer Bewohner des Hauses die Leiche im Beet, als er seinen Hausmüll zur Tonne bringen wollte. Er hatte ein Mobiltelefon in der Hosentasche und rief noch von der Fundstelle aus die Polizei an.

Teniente Martín traf später ein als die anderen. Er fragte sich, wie es Álvarez gelang, zu dieser unchristlichen Zeit so munter zu sein. Er warf ostentativ einen Blick auf seine Armbanduhr und gähnte, ohne ein Wort von sich zu geben. Er ging in die Knie und drehte den Kopf der Toten etwas zur Seite. Eine tiefe, dunkle Kerbe rund um den Hals wurde sichtbar. Ein bläulicher Streifen zog sich über die schwarze Haut, fast wie eine Kette. Diese Frau war keines natürlichen Todes gestorben!

»Erdrosselt!« sagte er.

Von ihrem Mundwinkel bis zum Kinn zog sich ein angetrockneter Speichelfaden. Er glänzte silbrig im Blitzlicht des Polizeifotografen. Der Teniente sah wütend auf und schüttelte missbilligend den Kopf: »Fotografen sind eine der sechs schlimmsten Verunreiniger eines Tatortes«, fluchte er.

Als Martín mit seiner Diagnose fortfahren wollte, »der Mörder hat sie mit einer Schlinge...«, brach er mitten im Satz ab. Er hatte das Amulett entdeckt!

Er fuhr zurück, als hätte ihn eine Schlange gebissen. Nun sollten seine geheimen Befürchtungen wahr werden. Der Amulettmörder war doch noch frei. Der Unhold hielt sie weiter zum Narren! Wieder keine Abwehrverletzungen, der Mörder musste wirklich ein Vertrauen erweckendes Äußeres haben, oder er tötete sein Opfer gänzlich unerwartet.

Der Mord an der schwarzen Prostituierten wirbelte weit über Puerto hinaus mächtig Staub auf. Der Amulettmörder war noch auf freiem Fuß! Der Artikel in der Morgenzeitung brachte neuen Schwung in die Sache. Die dort gewählte Bezeichnung »Ritualmörder« legte nahe, dass sich eine solche Tat bald wieder ereignen würde.

Die Kommissionsmitglieder trafen sich noch am Vormittag. Wütend versetzte Ramón Martín der Tischplatte seines Schreibtisches einen geräuschvollen Schlag. »Ich habe es die ganze Zeit befürchtet.«

Dr. Teresa Zafón, die bis dahin träge in ihrem Stuhl gelehnt hatte, wachte auf und antwortete ihm mit honigsüßer Stimme: »Dann haben Sie mit Ihrer Meinung aber sehr schön hinter dem Berg gehalten, Teniente! Wenn ich mich recht erinnere, war ich die einzige, die vor vorschnellen Schlüssen gewarnt und das Täterbild Padróns infrage gestellt hat.«

Martín zuckte mit den Achseln. »Hinter dem Berg hält sich wohl eher das Riesenarschloch, das uns die ganze Scheiße eingebrockt hat!« Der Teniente verlor selten auf diese Weise seine Fassung. Seine Nerven lagen wirklich blank. Keiner seiner Mitarbeiter legte es darauf an, ihn durch einen weiteren Wortbeitrag zusätzlich zu reizen.

So übernahm Frau Dr. Zafón wieder die Rolle der Provokateurin. »Ganz ehrlich, Kommissar, die neuesten Erkenntnisse bestätigen allesamt meine Thesen. Das neue Opfer ist weiblich und von der Insel! Der Mörder ist mit Sicherheit ein Mann. Sonst hätte er schwerlich eine Hure zum Tatort locken können. Den Mörder verbindet etwas mit dem Drachenbaum, irgendetwas Magisches«, fügte sie hinzu, »und nicht nur die plumpe Nähe eines Einwohners von Icod de los Vinos, wie Padrón, zu diesem uralten Gewächs«, ergänzte sie mit einem spöttischen Seitenblick zum Inspektor hin.

Teniente Martín sah sie nachdenklich an und antwortete schon viel ruhiger: »Ich akzeptiere Ihre Hypothesen, Frau

Doktor. Wir haben kein anderes Bindeglied zwischen den Morden gefunden als die Amulette. Dieses Mal haben wir es allerdings bei dem Opfer mit einer Hure zu tun. Ist bei den Morden doch Sex im Spiel?«

»Es besteht die höchst unwahrscheinliche Möglichkeit, dass der Mörder den sakral anmutenden Anstrich seiner Taten nur als eine Art Schleier benutzt, um von seinen wahren Beweggründen, zum Beispiel sexuelle Lust, Vergnügen an der Qual und am Leid anderer, abzulenken«, kommentierte die Psychologin seine Gedanken.

»Wir sind so klug wie zuvor«, stöhnte der Inspektor. Und endlich waren sie alle einmal seiner Meinung.

»Vielleicht bringt die Obduktion noch verwertbare Erkenntnisse«, schürte Álvarez ein wenig Hoffnung.

Er war zufrieden mit sich. Er hatte erfolgreich seine Pflicht getan. Der Himmel erschien ihm heller und die Wolken irgendwie leichter. Sein Albtraum war von ihm genommen. Kein Druck, kein Schmerz, kein Kribbeln drangsalierten mehr seinen Körper. Mit der weiteren Leiche hatte er keine Probleme. Ihr erloschenes Hirn tat nun Dienst in einer anderen Welt, für einen würdigen Herrn und Gebieter.

Er hatte wunderbar geschlafen. Seine Sorgen, er könne zu glücklich sein, um zu schlafen, waren unnötig gewesen. Die Erschöpfung hatte einfach nach den vielen schlaflosen Nächten ihren Tribut gefordert. An den ›Schlaf der Gerechten‹ musste er denken. Er nahm es sogar mit Gelassenheit, dass in den Morgennachrichten von einer neu angelaufenen Jagd auf den unbekannten Irren gesprochen wurde, den verrückten Amulettmörder.

Er fühlte sich endlich wieder stark genug, Eva zu sehen, Reinheit hin oder her. Er begehrte sie. Seine Sehnsucht nach ihr war grenzenlos. War sie jetzt vor den Forderungen des Drago sicher? Es musste einfach so sein. Er hatte alles dafür getan! Spontan kam ihm eine Idee, wie er alles noch besser machen konnte. Als er mit seinem Chef nach Madrid geflogen war, hatte ihm die Entfernung von der Insel gut getan und Linderung verschafft. Er hatte dort, obwohl der Drago ihn forderte, die Wurzel des Baumes weniger kraftvoll verspürt als zu Hause. Der August war ein langweiliger Monat. Touristen kamen nur spärlich auf die Insel. Auf dem Festland war es nun ebenfalls sommerlich warm, die Urlauber konnten sich die langen Flugstunden bis Teneriffa sparen. Viele Geschäfts- und Restaurantbesitzer hatten ihren verdienten Urlaub angetreten und sammelten Kräfte für die kommende Herbstsaison. Alles drehte sich zurzeit ein wenig langsamer auf der Insel. Auch bei DELICIAS DE LA ISLA herrschte Flaute. Es würde kein Problem geben, sich einige Tage Urlaub zu nehmen. Er wollte immer schon einmal nach Marrakesch, war sogar bereit, seine Flugangst zu überwinden. Warum sollte er nicht mit Eva reisen? Die 1001 Paläste der alten Königsstadt Marokkos waren von Sitten und Gebräuchen her fern und doch so nah. Seitdem die kanarische Fluglinie regelmäßig die Linie Teneriffa Nord–Las Palmas–Marrakesch beflog, war der Orient den Kanaren merklich näher gerückt. Kaum zwei Stunden dauerte der Flug, der die Reisenden in die märchenhafte Welt des *Maghreb* (Westen) der muslimisch-arabischen Welt versetzte. Auf jeden Fall reizte ihn ein Besuch schon lange. Musste man früher weite Umwege über Madrid in Kauf nehmen, so lockte die schnelle Verbindung heute sogar zu kurzen Abstechern. Der Flugpreis war mit unter 250 Euro für Hin- und Rückflug moderat. Die Entscheidung war für ihn bereits gefallen!

Eva war nicht nachtragend. Sie freute sich über sein Kommen und hielt ihm sein letztes, seltsames Verhalten überhaupt nicht vor. Mit strahlendem Lächeln flog sie die Kirchentreppe hinab direkt in seine Arme. Für seinen Reiseplan nach Marokko war sie Feuer und Flamme. Er übernahm es in Hochstimmung, schon für das kommende Wochenende alles vorzubereiten und versprach ihr ein paar zauberhafte Tage in Afrika.

Nun stand die Kommission erheblich unter Druck. EL DÍA hatte auf der Titelseite eine Karikatur des Drachenbaumes gebracht. Der Baum hatte Arme, und die Hände daran waren zu bedrohlichen Würgeklammern ausgestreckt. Der Text versetzte Teniente Martín einen Tiefschlag. Er las ihn halblaut: »Die Polizei kämpft mit dem Amulettmörder wie Don Quichotte mit den Flügeln der Windmühle! Teniente Ramón Martín ist ratlos!«

Der Polizeichef von Puerto war außer sich, dabei hatte Javier Torres eigentlich allen Grund, zufrieden zu sein. Das Hochzeitsfest seiner Tochter Imna war noch immer in aller Munde, es hatte ihm große Anerkennung gebracht. Umso weniger konnte er vertragen, dass nun die Beamten seiner Abteilungen verspottet und der Unfähigkeit bezichtigt wurden. Das fiel letztlich auf ihn zurück! Seine Worte an den Inspektor waren deshalb mehr als deutlich:

»Nur Hohn und Spott! Bringen Sie mir endlich einen Fahndungserfolg. Sie wollen doch nicht, dass ich an Ihrer Eignung zu zweifeln beginne?« Damit entließ er ihn ungnädig aus seinem Zimmer. Das Tourismus-Ministerium schlug mit gleichen Forderungen in dieselbe Kerbe.

Um die Mittagszeit lagen von der Leiche der Schwarzen endlich Untersuchungsergebnisse vor.

Joan Massagué führte das Wort: »Das Resultat ist eindeutig. Die Frau hatte am Tage ihrer Ermordung keinerlei Geschlechtsverkehr. In die Tote ist am Todestag überhaupt nicht eingedrungen worden, das heißt, auch nicht mit Präservativ oder ohne Ejakulation. Frau Dr. Zafóns Diagnose ist damit bestätigt: Wir haben es mit einem Ritualmörder und nicht mit einem Sexualmörder zu tun!«

»Müssen wir uns denn wirklich auf Nebenkriegsschauplätzen aufhalten?«, nörgelte der Teniente missgelaunt und fing sich dafür einen giftigen Blick der Psychologin ein.

»Solange wir nicht wissen, was überhaupt für uns von Bedeutung ist, sollten wir wirklich alle Feststellungen zusammentragen«, kanzelte die ihn lautstark ab.

Massagué versuchte eine Eskalation zu vermeiden, indem er mit seinen Schlussfolgerungen fortfuhr: »Eine neue und sicher wichtige Erkenntnis ist, dass der Mörder Linkshänder ist. Die Kerbe, die von dem Riemen um den Hals der Toten verblieb, ist dort besonders stark ausgeprägt, wo der Täter die Schlinge mit der linken Hand zugezogen hat.«

Der Inspektor erkannte die Wichtigkeit dieser Feststellung sofort, und sie veranlasste ihn zu einer schnellen Instruktion: »Álvarez, sehen Sie die Unterlagen zu den anderen Morden noch einmal gründlich durch. Vielleicht bestätigt sich die Linkshändigkeit an anderer Stelle. Damit gelänge uns der endgültige Nachweis, dass wir es nur mit einem Täter zu tun haben. Massagué, helfen Sie Juan bitte dabei. Vier Augen sehen mehr als zwei.«

Die Aufforderung des Inspektors erwies sich als goldrichtig. Es war Massagué, der auf den Fotos des toten Pepe von Los Silos erkannte, dass ebenfalls ein Linkshänder die Öse der Schlinge geknüpft haben musste, mit der Pepe aufgehängt worden war.

Die Unterlagen der anderen Morde brachten keine weiteren Erkenntnisse. Die Kommissionsmitglieder waren sich einig, dass man von einem Einzeltäter ausgehen konnte, einem Ritualmörder, der Linkshänder war! Um bei den Untersuchungen nichts auszulassen, beschlossen sie, nun auch die Abnehmer des Großhändlers im Süden der Insel unter die Lupe zu nehmen.

Er fuhr mit Eva zusammen im Taxi zum Flughafen in La Laguna. Von dort aus brachte sie der »Inselhüpfer« zunächst nach Gran Canaria. Knapp eine Stunde später ging es von Las Palmas ruhig und bequem über 820 Flugkilometer nach Marrakesch.

Nach der schnellen und freundlichen Zollkontrolle wählten sie vor dem Flughafengebäude eine der vielen gelben Taxen für die Fahrt zu ihrem Hotel. Ihr Fahrer hieß Mohammed. Er war klein und dunkelhäutig, sprach und lachte viel.

Das Hotel, das er ausgesucht hatte, lag weniger als fünfzehn Minuten vom Flughafen entfernt mitten im Herzen der Königsstadt. La Mamounia war in einer Mischung aus maurischem und Art-Deco-Stil gehalten und lag geschützt hinter den Mauern der Altstadt. Der prächtige Eingang versprach mit feinen Stuckarbeiten, bunten Kacheln und weißem Carrara-Marmor den Eintritt in die magische Welt von 1001 Nacht.

Das prächtige Portal entlockte Eva einen bewundernden Ausruf. Die Türwärter trugen rote Feze, Westen aus Goldbrokat, weiße Pumphosen und Hemden. Besser konnte nicht einmal ein Pascha bedient werden! Rund um einen großzügigen Innenhof, der mit weißen Marmorplatten gefliest war, zog sich auf schlanken Säulen ein Arkadengang.

Den Abschluss zur Decke bildete ein breiter Fries mit länglichen Aushöhlungen, die indirekt beleuchtet und reichlich verziert waren. Die Decke selbst strahlte in himmelblau. Man fühlte sich wie im Himmel. In der Mitte des Raumes war in den Boden ein Quadrat aus Mosaiksteinen gearbeitet. Auf diesem Viereck plätscherte ein kleiner Brunnen, in dem unzählige Blütenblätter schwammen. An den Außenseiten des Rechtecks standen jeweils drei mächtige Messingleuchter, fein ziseliert und glänzten im Licht ihrer eigenen Kerzen.

Ihnen blieb viel zu wenig Zeit, die ganze Pracht zu bewundern. Dienstbare Geister führten sie in ihr Zimmer, das zum inneren Garten hin lag. Auch hier war alles in Luxus gestaltet. Das breite Bett schmückten eine herrlich bestickte Überdecke und eine Vielzahl glänzender Seidenkissen. Die Wand hinter dem Bett bestand aus farbigen Glasmosaiksteinen. Die Zederndecke hatte feine Holzintarsien, und auf dem Fußboden lagen schwere, bunte Teppiche. Die voluminösen Vorhänge waren mit dicken Goldkordeln zur Seite gebunden und ließen über einen kleinen Balkon den Blick auf den grünen Park frei. Aus den hohen Bäumen schlug ihnen Krächzen, Pfeifen und Jubilieren hunderter Vögel entgegen.

»Hier hat Hitchcock das Drehbuch zu seinem Film ›Die Vögel‹ geschrieben«, teilte er Eva sein angelesenes Wissen mit. Die nächsten zwei Stunden blieben sie in der Kühle des Raums und genossen ihre Körper.

Inzwischen war die Dunkelheit hereingebrochen. Ein leichter Windzug füllte den Zimmervorhang mit kleinen Pausbacken. Die Seidenvolants am Bett tanzten in zierlichen Wellenbewegungen. Kühle brachte die schwache Brise nicht. Die Bäume und Sträucher im Park zeigten sich gegen das schmeichelnde Licht vieler Laternen nur noch als Schattenrisse. Neben die kreischenden Vögel waren nun zirpende Grillen getreten.

Sie gingen auf den Balkon hinaus und lauschten ergriffen in die Dunkelheit. Etwas weiter entfernt hinter der Mauer sahen sie den eleganten, hell erleuchteten Turm des Koutubia Minaretts, der sogar älter war als der berühmte Giraldaturm von Sevilla. Sie beschlossen, noch vor dem Abendessen einen Rundgang zu machen und in die magische Welt der alten Stadt einzutauchen.

Draußen auf der Avenue empfing sie große Geschäftigkeit. Mopeds und Motorräder knatterten vorbei, die alten Pkw versetzten die schwüle Luft mit ihrem Dieseltreibstoff. Auf den Bürgersteigen flanierten Einheimische in ihren langen orientalischen Gewändern, die Frauen zum größten Teil halb verschleiert.

»Diese bezaubernde Stadt nannte der andalusische Dichter Hafsa Bint el Hadj schon im 12. Jahrhundert ›die über den Atlas geworfene Perle‹«, erklärte er Eva. Je näher sie der Altstadt kamen, umso exotischer wurden die Geräusche und so aufdringlicher die Gerüche. Die Stadt hüllte sie mit ihrem orientalischen Flair ein. Beide waren überzeugt, dass ihnen der nächste Tag unvergessliche Eindrücke bringen würde.

Etwas erschöpft von dem langen Tag machten sie sich auf den Weg ins Hotel zurück. Da es immer noch warm war, wählten sie einen Tisch im Gartenrestaurant LES TROIS PALMIERS direkt neben dem beleuchteten Swimmingpool.

»Du hast wirklich für uns aus den Vollen geschöpft. Womit habe ich das verdient?«, fragte ihn Eva mit zärtlicher Stimme. Auf ihren Unterlidern hatten sich kleine Tränen der Rührung gebildet. Ihre Pupillen waren groß und dunkel geworden. Ihr sanfter Blick traf ihn bis ins Mark. Aus dem marokkanischen Restaurant im Inneren des Hotels drangen leise die wehmütigen Weisen einer andalusischen Musikgruppe nach draußen. Sie trafen genau ihre Stimmung. Es war wie eine perfekte Symphonie, eine unvollendete, denn am nächsten Tag sollte es ja noch weitergehen!

In der Nacht liebten sie sich noch ein weiteres Mal, bevor sie ermattet nebeneinander einschliefen. Er war gelöst wie schon lange nicht mehr. Alles war von ihm abgefallen, was ihn sonst so belastete. Neben ihm lag ein Mensch, den er liebte. Er wachte vor Eva wieder auf. Das Morgenlicht, das durch den Gazevorhang lugte, war so matt und gedämpft, als käme es durch eine Milchglasscheibe. Dabei zauberte es einen wunderbaren Schimmer auf Evas tiefschwarzes Haar. Er war wie ergriffen.

Das Frühstück bestellten sie sich auf den Balkon. Der quadratische Tisch wurde mit einem großen weißen Damasttuch eingedeckt. Bald türmten sich auf ihm die Köstlichkeiten: Croissants, exotische Früchte, duftender Kaffee, frischer Orangensaft, Eierspeisen und einiges mehr. Sie aßen reichlich und mit viel Appetit.

Für den späteren Vormittag hatte er einen Spanisch sprechenden Fremdenführer bestellt. Mit ihm wollten sie die Stadt erobern. Der drahtige, hagere Mann erwartete sie in der Lobby und begrüßte sie in lustigem Spanisch. Schon auf dem Bürgersteig begann er mit seinem Vortrag:

»Marrakesch wurde gegen 1070 von den arabischen Almoraviden gegründet und wurde zu deren erstem Königssitz. Im jahrhundertelangen Kampf der Berberstämme gegen die arabischen Eroberer, aber auch im Kampf der Dynastien untereinander, wurde der Amtssitz der Kalifen und Könige immer wieder verlegt. Machtkämpfe und

Zerstörung, aber auch Wiederaufbau, oft noch prächtiger als zuvor, prägten das Gesicht der Stadt und hinterließen zahlreiche Spuren, auf denen wir heute wandeln wollen. Die Paläste mit ihren Gärten hier aufzuzählen führte zu weit. Wir wollen viel lieber mit einem Rundgang über den Gauklerplatz, seinen Händlern, Wasserverkäufern und Märchenerzählern beginnen.«

Sie waren damit sehr einverstanden. Intensiv waren die Sinneseindrücke, die Gebäude, die Farben der Stoffe, die Musik, die menschlichen Laute und vor allem die Düfte der Gewürze in den Sträßchen der Altstadt. Gut zu Fuß musste man sein, denn in den engen Gassen gab es außer den eigenen Füßen kaum Verkehrsmittel.

Nur Lastesel sorgten seit zwölfhundert Jahren für den Warentransport. Immer wieder tönten hinter ihnen die heiseren Stimmen der Eselführer »*balak, balak*«, aus dem Weg!, übersetzte ihr Führer. Sie taten es, sobald Platz dafür war.

Überall sahen sie prachtvolle Bauwerke, mächtige Stadtmauern mit kunstvoll verzierten Toren. Die verwinkelten Gassen beherbergten unzählige Händler und Handwerker. Mit einfachsten Mitteln erschafften sie kleine Kunstwerke, die, wenn man gut handelte, oft so preiswert waren, dass man sich wunderte, wie ihre Schöpfer davon leben konnten.

Am Abend speisten sie im marokkanischen Restaurant des Hotels. Schon sein Raum entführte sie in eine Zauberwelt. Weiß eingedeckte runde Tische standen zwischen hohen Rund-Arkaden auf zierlichen Säulen. Die Bögen waren wunderbar verziert mit typisch maurischen Stuckarbeiten. Von der hohen Decke hingen große glänzende Lüster. Die landestypische Küche mit ihren herrlichen klassischen Gerichten ließen sie die Mühsal des Tages vergessen.

Auch die kommende Nacht wurde eine Nacht der Zärtlichkeiten und Liebesspiele.

Ihr Fremdenführer von gestern hatte sie dringend ermahnt, sich durch die berühmten Souks auf jeden Fall führen zu lassen. »So mancher, der einen Besuch auf eigene Faust versuchte, hat sich dort verlaufen«, hatte er sie gewarnt. Sie wollten aber gerne alleine sein und beschlossen deshalb, das Wagnis einzugehen.

Ihr Führer hatte ihnen auch geraten, den Geldbeutel ganz unten in die Tasche zu packen, nicht wegen Taschendieben, sondern wegen der vielen schönen Dinge, die auf den Märkten angeboten wurden. Kunsthandwerk aller Art, Tücher, Teppiche, Keramikwaren, Textilien und Lederzeug, all das gab es in Hülle und Fülle und wartete auf Touristen, die im Kaufrausch vergaßen, wie schwer das Fluggepäck sein durfte.

Sie streiften durch den Souk Larzal, den Wollmarkt, wo Eva wunderbare, scharlachrote Schafswolle erstand. Der Souk El Maazi, der Markt der Ziegenfelle, hielt sie nicht lange. Der strenge Geruch der Tierhäute stieß sie ab. In der Souk El Zarbia, dem Teppichmarkt, waren die wundervollen handgeknüpften Stücke zu groß und schwer, um sie mitzunehmen. Die geschäftstüchtigen Händler warben jedoch damit, die kostbaren Stücke bis nach Teneriffa verschiffen zu lassen. Sie widerstanden der Verlockung, dieses Angebot auszunutzen. In der Souk Haddadine, dem Markt der Eisenschmiede, beendeten sie den Rundgang in der Abenteuerwelt. Selbst ein ganzer Tag auf Schusters Rappen vermochte nur einen kleinen Einblick in die unzähligen Sehenswürdigkeiten der Stadt zu geben. Das wurde ihnen schnell klar.

Am späten Nachmittag kehrten sie in das Hotel zurück. Sie wollten sich eine kurze Ruhepause gönnen, denn am Abend wartete weiteres Programm bei CHEZ ALI auf sie. Es war angeblich vor mehr als 25 Jahren gewesen, dass der junge Reiseleiter Ali Benfellah diesen Ort der Freude geschaffen hatte. Damals gab es in ganz Marrakesch noch keinen Platz, der die Vielfalt der marokkanischen Küche und Folklore so umfassend wiedergab. Der rührige Ali schuf ihn. Die sehenswerte Anlage wuchs unter seiner Regie und wurde bis zum heutigen Tage immer weiterentwickelt. Fast perfekt bot sie sich nun ihren Augen dar.

Beduinenzelte umschlossen eine Arena für Vorführungen und entführten sie in das Ambiente ehemaliger Dörfer. Die Köstlichkeiten der Landesküche erregten die Sinne mit ihrem appetitlichen Duft. Tänzer, Musiker und Akrobaten sorgten für bunte Überraschungen. Das Programm dieses Abends war mit internationalen Höhepunkten gespickt. Märchenhafte Kostüme und eigens komponierte Musik verstärkten die große Faszination der Vorführung. Der Pariser Pierre Marchand rief mit seiner Diabolo-Jonglage wahre Begeisterungsstürme hervor. Der Senegalese Youssou N'Dour, der zu Recht den Titel ›Afrikanischer Künstler des Jahrhunderts‹ trug, bewies einmal mehr sein Genie als afrikanischer Musikexport. Alle Zuhörer folgten seinen Rhythmen wie in Trance. Den krönenden Abschluss und das Ende des Galadiners läuteten unter dem romantischen Namen »Les Oiseaux du Paradis« Elsie und Mathieu Roy aus Montreal ein. Als größte lebende Meister in der Kunst der Vertikalstange zeigten sie mit Raffinesse die Poesie echter Showgrößen.

Begeistert fuhren die beiden spät in der Nacht mit dem Hotelbus zurück und schliefen voll der Eindrücke nebeneinander todmüde ein, ohne an Sex überhaupt nur zu denken.

Der nächste Tag war ihr letzter in der Königstadt. Sie wollten ihn mit Faulenzen verbringen, durch den großen Park spazieren, am Swimmingpool liegen und den Wellnessbereich bis zum Abend nutzen.

Ein unverhofftes Angebot des Hotels ließ sie jedoch umdenken. Gegen zehn Uhr morgens war der kleine Hotelbus bereit für eine Fahrt über Land. Sie hatten Glück und bekamen die beiden Plätze direkt hinter der Frontscheibe. Unterwegs sahen sie kaum noch Esel oder Pferde. Marokko hatte sich modernisiert und motorisiert!

Sie machten Zwischenstopp in einem kleinen Dorf und besuchten den Bauernmarkt. Dort ging es zu wie vor Jahrhunderten. Französischkenntnisse hatten sie beide nicht, aber die freundlichen Bauern verstanden auch ihre bemühte Zeichensprache. Einige der Mitfahrenden kauften Safran und andere Gewürze für zu Hause, an die sie sich während der Tage in Marokko gewöhnt hatten. Die Umgebung des Dorfes war sandig, steinig und karg, nur in der Ferne sahen sie als Lichtblick die mächtigen Gipfel des Atlasgebirges, auf dessen Spitzen Schnee lag.

Der Ort für das Mittagessen führte sie wieder näher an die Stadt heran. Der Hotelwagen hatte gewendet und machte sich auf den Weg dorthin. Der Bus war klimatisiert, und sie dösten darin glücklich, der Hitze entronnen zu sein, vor sich hin. Dabei hatten sie genügend Zeit, die neuen Eindrücke zu verarbeiten und sich auf das zu freuen, was sie nun erwartete. Nur vier Kilometer außerhalb des Zentrums tauchten sie nochmals in die Welt von 1001 Nacht und ließen sich vom Charme einer über 500 Jahre alten Zuckerfabrik einfangen.

Die Gebäude von Dar Soukkar waren völlig renoviert worden und beherbergten nun den größten Veranstaltungsort der Stadt. Als Beduinen gekleidete Reiter sprengten ihnen auf edlen Araberpferden entgegen und begrüßten sie mit lautem Hallo. Exotisch anzuschauende Beduinenfrauen führten sie auf einen großen Innenhof. Dort war ein langes Buffet aufgebaut mit exquisiten, landestypischen Gerichten und verführerischen, bunten Desserts.

Bei diesem Augenschmaus hatte er zum ersten Mal wieder den Anflug einer Migräne. Mit Angstgefühl im Bauch registrierte er das leichte Pochen hinter seinen Schläfen. Eva bemerkte die damit einhergehende Verschlechterung seiner Stimmung zunächst nicht. Zu sehr war sie von den Vorführungen der Künstler gefangen. Auch dass er während der gesamten Rückfahrt still blieb, registrierte sie nicht als Besonderheit. Sie war selbst müde und ebenfalls wortfaul.

Als sie am Nachmittag noch einmal an den Pool ging, blieb er im Zimmer zurück. Mit einer Tablette versuchte er den stärker werdenden Schmerz im Kopf zu betäuben.

Nur um dem letzten Abend ein würdiges Ende zu geben, reservierte er einen Tisch im italienischen Restaurant des Mamounia. Hunger hatte er nicht. Er zeigte sich während des Essens auch nur wenig charmant. Zu groß waren inzwischen seine Kopfschmerzen geworden. Mit diesem verdammten Pochen hinter seinen Schläfen rückte Eva wirklich wieder in den Fokus des heiligen Baumes! Das wurde für ihn immer mehr zur Gewissheit.

In ihrem Schlafzimmer beschleunigte die Tragödie ihre hässliche Entwicklung. Er reagierte auf Evas Annäherungen impotent, psychisch impotent. An seiner körperlichen Fähigkeit konnte es nicht liegen. Zwei Abende vorher hatte er es noch bewiesen! Selbst in der letzten Nacht hatte er sich im Traum wegen sinnlicher Gedanken an Eva ergossen, und sein Glied war beim Aufwachen steif gewesen. ›Wieso ist meine Lust nun verschwunden und der körperlichen Neurose gewichen? Eva ist für mich noch so begehrenswert wie zu Beginn. Es ist schlicht die Angst vor dem unausweichlichen Befehl des Baumes!‹

Er schämte sich vor Eva über sein Unvermögen, drehte sich auf die Seite und sprach leise entschuldigend zu ihr von plötzlichem Unwohlsein. Ihre daraufhin einsetzende mütterliche Fürsorge machte ihn noch unglücklicher.

Er haderte mit seinem Geschick. Er hatte doch erst mit Eva zum ersten Mal volle Lustbefriedigung erlebt und echte Zärtlichkeit, Glück und Liebe verspürt! Wie konnte der Baum dem entgegenstehen? Das war zu grausam! Ohne Eva konnte er sich keine körperliche Liebe mehr vorstellen. Sollte für ihn etwa künftig nur reine, asketische Liebe wie die Mönche verbleiben? So weitgehende Folgerungen wollte er heute nicht ziehen! Er liebte Eva. Das war sicher. Wie zur Bekräftigung nahm er sie fest in seine Arme und drückte sie an sich.

»Du scheinst dich ja schnell erholt zu haben«, meinte sie neckisch und völlig nichtsahnend. Sie zeigte ihm damit ungewollt seine eigene Hilflosigkeit.

Seine Gedanken kreisten weiter und führten doch noch zu einem Entschluss. Nachdem er die Wunder der körperlichen Liebe für sich mit Eva entdeckt hatte, wollte er sie nicht mehr missen. Eva verdiente sein Versagen nicht. Sie war so schön und lieb wie am ersten Tag. ›Keine Askese‹, beschloss er. ›Eher würde ich mich kastrieren lassen. Ich werde um sie kämpfen.‹ Dann holten ihn Jammer und Pessimismus wieder ein. Das Übel musste er allein sich selbst zuschreiben und dem Umstand, dass er mit seinem Gebieter nicht im Reinen war! Die Nacht verging ohne sexuelle Berührungen.

Gegen sieben Uhr rief der Reisewecker zum Aufbruch. Der Flieger wartete. Es hieß Abschiednehmen. Er tat dies völlig emotionslos und verwunderte Eva ein weiteres Mal mit seinen plötzlichen Launen. Drei Stunden später waren sie zurück auf Teneriffa. Der Flughafen erschien ihnen nach der bunten afrikanischen Welt nüchtern und langweilig.

Er hatte den ganzen Rückflug über die vertrackte Situation gegrübelt, soweit das unentwegte Pochen in seinem Schädel das zuließ. Doch er fand keinen Ausweg aus dem Dilemma. Nur wenn er sich von Eva fernhielt, konnte er sich vielleicht den Wünschen des Drago widersetzen. Er wusste aber genauso gut, ohne Eva würde er verkümmern, wollte er nicht leben! Die ausstehende Entscheidung gärte in ihm wie eine offene Wunde. Am liebsten wollte er sich nur seiner Schwermut und Melancholie hingeben. Warum sollte er sich gegen stärkere Kräfte wehren? Sich selbst anklagen, sich selbst klein machen, alle Schuld von sich schieben und in dumpfer Trauerarbeit erstarren war doch viel leichter!

Er fühlte, wie widersinnig sein Verhalten Eva nach den schönen Tagen in Marrakesch erscheinen musste. Seine wiederholten Reaktionen, gerade nach schönen Augenblicken, mussten bei ihr auf Unverständnis stoßen. Ihre Reaktionen darauf konnten für ihn wiederum nur in weiteren Schmerzen enden. Wie immer er die Situation hin und her wendete, die Lage blieb hoffnungslos. »Es war schön mit dir. Doch mir geht es nicht gut«, fiel die Verabschiedung so trocken aus wie am Vorabend der Gruß zur Nacht.

Evas Augen wurden zu schwarzen, kummervollen Löchern. ›Habe ich irgendetwas falsch gemacht? Habe ich ihn irgendwie verletzt?‹, überlegte sie verzweifelt. Mit einem leisen »Danke, danke für alles«, wandte sie sich auf dem Absatz um und verschwand mit ihrem Gepäck hinter der zufallenden Haustüre. Er verfolgte sie gebannt mit seinen Blicken, bis ihre zarte Figur hinter dem Milchglas der Türe verschwamm.

In schlechter Stimmung war die Kommission wieder zusammengetreten. Juan Padrón, den Souvenirhändler aus Icod de los Vinos, hatte der Untersuchungsrichter auf freien Fuß gesetzt, und sie hatten noch immer keine neue Spur!

Inspektor Martín hatte schlecht geschlafen. Er war eigentlich ein Siegertyp und kam nun, da alles gegen ihn lief, mit der Situation überhaupt nicht zurecht. Eine Sorgenfalte stand heute Morgen tief über seiner Nasenwurzel. »Haben wir endlich Ergebnisse von dem Großhändler im Süden?«, fragte er in die Runde.

Álvarez zögerte mit einer Antwort, denn er wusste genau, wie der Inspektor sie aufnehmen würde. Dann rang er sich durch: »Man hat uns heute wieder am Telefon vertröstet. Es tut mir leid, wir haben noch keine Angaben für die weiteren Recherchen.«

Der Inspektor stöhnte gequält auf: »Da arbeiten wir hier im Norden doch ganz anders«, maulte er.

Joan Massagué war wieder einmal auf Ausgleich bedacht: »Ich habe etwas in Erfahrung gebracht, was eine unserer Thesen stützt. Ich war noch bei der Familie Mota, um mit dem kleinen Elfidio zu sprechen. Der Junge konnte sich noch gut an die Ereignisse in der Johannisnacht erinnern. Es war schließlich das erste Mal, dass er mit der Polizei zu tun hatte. Auf meine Frage, mit welcher Hand ihm damals der Onkel die Kette gegeben habe, hat er mir spontan seine linke Hand hingehalten. Wir haben also eine weitere Bestätigung aus den alten Fällen, dass der gesuchte Mörder Linkshänder ist.«

Dr. Teresa Zafón fand als einzige einige lobende Worte für den rührigen Beamten: »Massagué, Sie beeindrucken mich immer wieder mit Ihrem systematischen Vorgehen.«

»Vielleicht sollten wir offiziell über die Medien nach einem Täter suchen, der Linkshänder ist. Vielleicht ist dieser Umstand beim Kauf der Amulette oder bei einer anderen Gelegenheit jemand aufgefallen«, dachte Martín laut nach.

»Das kann nicht Ihr Ernst sein! Das wäre doch grundlose Diskriminierung! Ich selbst bin auch Linkshänder!«, fuhr ihm Álvarez ins Wort.

»Gut, gut aber man wird doch mal laut nachdenken dürfen«, lenkte der Inspektor ein. »Es muss einen Weg geben, diesen Kerl aus der Reserve zu locken. Vielleicht sollten wir öffentlich machen, dass wir alle Amulette, derer wir habhaft werden, zu einem bestimmten Zeitpunkt an einem bestimmten Ort zerstören wollen. Vielleicht versucht der Mörder einzuschreiten, wenn wir an sein Heiligstes Hand anlegen!«

»Das ist absoluter Blödsinn«, legte die Psychologin sofort ihr Veto ein. »Die Amulette erhalten für den Mörder erst dann eine besondere sakrale Bedeutung, wenn eines seiner Opfer damit von ihm ausgezeichnet wurde, wenn es das Amulett durch seinen Tod ›verdient‹ hat. Vorher sind die Amulette auch für diesen gewalttätigen Verrückten nur einfache Stücke aus geschnitztem Holz.« Ihre Miene zeigte bei ihren Erklärungen eine Mischung aus verhaltener Belustigung und leichter Arroganz.

So kam ihre Widerrede bei Teniente Martín auch an. »Wann sind wir endlich einmal einer Meinung?«, giftete er sie an.

»Wenn Sie endlich aufhören, nur mit dem Bauch zu denken«, schallte es genauso böse zurück.

In die Sitzung hinein erreichte die Beamten ein weiterer Tiefschlag: Die schwarzen Zuhälter Puertos hatten den Mord an der Hure als Anlass zu einem Rachefeldzug genommen. In den Nachtstunden waren unten an der Promenade zwei Freier ausgeraubt und bis aufs Blut verprügelt worden. Einer davon lag noch mit schweren Verletzungen im Hospital. Drei Tage später, als der Leichnam der Schwarzen von der Gerichtsmedizin freigegeben worden war, wurde ihre Beerdigung erneut zu einer *Black Power*-Demonstration. Die Wut über ihren Tod wurde von vielen Protestierenden herausgeschrieen und gesungen!

Er war direkt nach Hause gefahren. Er war am Boden zerstört und litt wie ein geprügelter Hund. Er setzte sich in den Sessel und versuchte, mit seinem pochenden Hirn die schreckliche Situation zu analysieren. Das gelang nicht ganz so schnell, wie er es von sich erwartete. Zu stark wütete der heilige Baum in seinem Kopf. Er zwang sich, weiter nachzudenken. Eines wurde ihm schnell klar. Der Drago hatte die schwarze Hure nicht als würdiges Opfer anerkannt. Der Baum forderte immer noch Eva.

Das allein war schon schlimm genug. Es fiel ihm immer schwerer, im Drago seinen verehrten Herrn und Meister zu sehen. War der vielleicht doch nur ein böser Dämon? Dämonen waren aus dem Himmel ausgestoßene Engel. Sie vermochten viel mehr als Menschen und waren ihnen wegen ihrer Ursprungsnatur überlegen. Das passte alles auf den Baum. Er spann die Gedankenkette weiter: In der Bibel fand man Belege, dass Dämonen Macht über die Körperwelt und über die Einbildung der Menschen haben. Das hatte der Baum ebenfalls über ihn. Man gestand solche Fähigkeiten Dämonen nur zu, soweit sie auch der allmächtige Gott zuließ.

Er sah als letzten Ausweg, mit all seinem Glauben zu Gott zu flehen und ihn um Gnade für Eva zu bitten. »Bitte bremse den Baum in seinen Fähigkeiten, oh Herr«, betete er laut. Gott allein konnte dem Drago die Kraft nehmen. Aufkommende Hoffnung ließ ihn ein bisschen ruhiger werden. Er zündete vor dem Kruzifix eine kleine Kerze an und legte noch einmal alle Kraft in ein Gebet. Als er fertig war, fühlte er sich so erschöpft, dass er beschloss, sofort zu Bett zu gehen.

Sein Beten hatte jedoch nicht den gewünschten Erfolg. Die Nacht wurde für ihn erneut zur Tortur. Er wälzte sich unter seiner Bettdecke hin und her und stöhnte wie eine verdammte Seele. In wirren Träumen erschienen ihm die schlimmsten Fantasiebilder. Er sah Eva in einem weißen Totenhemd, schicksalsergeben und bereit für alles, was kommen sollte. Er hörte den Baum, wie er wütete. Er sah, wie der Baum in Rage selbst blutete. In brennenden Lettern stand zu seinen Wurzeln der Satz geschrieben: ›*Cuando la sangre del drago salta, llegar la desdicha nunca falta.*‹ Wenn das Blut des Drago fließt, kommt Unheil herauf. Er wachte schweißgebadet auf und wälzte sich für den Rest der Nacht verfolgt von weiteren schrecklichen Gedanken in seinem Bett, ohne wieder einzuschlafen. Er war wie gerädert, als er schließlich aufstand, und meldete sich als erstes bei seiner Firma krank.

Was er dann tat, war Ausfluss seiner wirren Gedanken. Er tat es in Trance. Er stand völlig neben sich. Er packte seinen Koffer. Der sollte alles beinhalten, was von seinem bisherigen Leben übrig bleiben durfte. Mit diesem kleinen Gepäck wollte er von der Insel fliehen. Als er zum Gehen nach dem Griff des Koffers packte, schwand seine Entschlossenheit. Egal wohin er ginge, ohne Eva wäre er überall verloren, wurde ihm klar. Mit einer Flucht aus der

Heimat konnte er sich den Einflüssen des Drago nicht entziehen.

Wütend trat er gegen die Hartschalen. Es gab keine Möglichkeit, seine Vergangenheit und Zukunft so zu komprimieren, dass sie in einen Koffer passte! Selbst ein Schrankkoffer würde dafür nicht ausreichen! Es blieb keine andere Möglichkeit. Er musste sich wohl oder übel dem Drängen des Drago beugen. Auch Gott schien das zu wollen. Von ihm war kein Zeichen der Hilfe gekommen. Er würde wieder einsam sein, ohne Eva!

Heute tagte die Kommission in kleiner Besetzung. Manuel Ortega war mit einer anderen Sache betraut, und die Psychologin Zafón hatte einen wichtigen Termin bei Gericht. Inzwischen war die Liste des Großhandels aus dem Süden nicht nur angekommen, sondern auch bereits von Ortega ausgewertet worden. Es lagen neue Ergebnisse vor, die besprochen werden mussten. »Nun, ich hoffe, Sie haben etwas Positives zu berichten«, eröffnete Teniente Martín ungeduldig die Sitzung.

Obwohl Juan Álvarez genau wusste, wie reizbar sein Chef zur Zeit war, ritt ihn ein kleiner Teufel, als er ihm lächelnd antwortete: »Wenn man nichts in Händen hat, ist alles Neue positiv.« Martíns Gesicht umwölkte sich, doch Ortega kam dem Wutausbruch zuvor und begann seinen Bericht:

»In Santa Cruz haben wir zwei Händler ausfindig gemacht, die Linkshänder sind. Einer von ihnen hatte für zwei Tatzeitpunkte kein Alibi, und wir glaubten uns schon auf der richtigen Spur, doch dann kam die Ernüchterung. Für den Tag, an dem die Schwarze ermordet wurde, hatte er fünf Zeugen, die voneinander unabhängig aussagten, dass er den ganzen Abend mit ihnen beim Kartenspiel gesessen habe. Die Aussagen waren äußerst glaubhaft, denn die Männer kommen an diesem Wochentag immer zusammen und spielen. Dieser Händler schied also aus der Reihe der Verdächtigen aus. Der zweite Mann war ein Verkäufer. Er hatte jedoch für alle Tage Alibis.«

Sie standen also wieder am Anfang. Eine weitere Spur ergab sich im Souvenirladen am Süd-Flughafen. Ortega kam auf weitere Einzelheiten zu sprechen:

»Dort fanden wir einen Mann, der an allen Mordtagen nicht gearbeitet hatte. Er konnte auch nur schwammige Angaben machen, wie er seine Zeit stattdessen verbrachte. Wir glaubten uns nun endlich am Ziel. Doch der Mann war Rechtshänder! Ehrlich gesagt, für mich ist der Kerl immer noch eine heiße Option, aber wir haben uns nach der Panne mit dem Händler aus Icod nicht getraut, ihn aufgrund der dürftigen Beweislage festzusetzen. Mir klang schon das Protestgeschrei der Spezialisten im Ohr, die schließlich den Täter eindeutig als Linkshänder ausgemacht hatten!« Ansonsten hatten sich keine weiteren verwertbaren Befunde ergeben.

»Dann bin ich mit meinem Latein am Ende«, stöhnte Inspektor Martín. »Sie werden uns in der Zeitung zerreißen!«

Massagué war der einzige, der noch nicht aufgehört hatte, nachzudenken. Nach seiner Überzeugung musste es irgendwo eine Schwachstelle geben, die sie nicht bedacht hatten. Er ließ das Gehörte Revue passieren, und dabei kam ihm eine berechtigte Frage in den Sinn: »Wurden eigentlich die beiden Großhandelsfirmen selbst überprüft?«

Für einen Moment herrschte verblüfftes Schweigen im Raum. Álvarez zeigte als erster eine Reaktion. Zunächst wurde er ganz fahl im Gesicht, dann krebsrot. »*Mierda,* das haben wir nicht, aber damit dürften Sie richtig liegen, Massagué. Wo Sie danach fragen, fällt es mir wie Schuppen von den Augen. Der Finanzprokurist von DELICIAS DE LA ISLA, der für uns die Liste erstellte, hatte nicht nur eine der Amulettketten auf seinem Schreibtisch, er war auch Linkshänder, genau wie ich. Ich Trottel habe mir nichts dabei gedacht. Wir haben sogar noch gemeinsam darüber gelacht!«

»Das ist mehr als ein Stockfehler und nicht gut für Ihre Karriere, Álvarez«, vermerkte der Inspektor bitter. »Sie sollten sich schleunigst auf den Weg machen und nachholen, was Sie versäumt haben.«

Dann wandte er sich an Massagué und bat ihn: »Da die gute Idee von Ihnen stammt, sollten Sie sich des Großhandels im Süden annehmen. Es scheint mir wichtig, parallel zu arbeiten. Wir dürfen keine Zeit mehr verlieren.«

Massagué war nicht begeistert von der zugeteilten Aufgabe, aber er nickte ergeben. Die Sitzung war geschlossen.

Álvarez war voll Schuldbewusstsein und Ungeduld. Zu DELICIAS DE LA ISLA war es nur ein Katzensprung. Er hatte etwas Sorge, bei seiner Ankunft dort direkt auf den Prokuristen zu stoßen. Auf dem Weg dorthin überlegte er krampfhaft, wie er sich dann verhalten wollte. Als er in den Empfangsraum trat, war er noch zu keinem Entschluss gekommen.

Er wies sich aus und bat die Empfangsdame freundlich, ihn beim Chef anzumelden. Die hübsche Blondine sah auf den Bildschirm der Telefonanlage und antwortete ihm genauso freundlich: »Der spricht gerade, bitte nehmen Sie einen Moment Platz.«

Álvarez sah sich um und wählte einen kleinen Sessel an der linken Außenwand des Raumes. Nach etwa sechs Minuten schaute die Frau zu ihm hinüber: »So, jetzt hat Señor Arteaga aufgelegt. Ich werde Sie anmelden.«

Nach wenigen Sekunden stand Fernando Arteaga im Raum, sah den Polizisten und ging mit neugierigem Blick auf ihn zu: »Nanu, ich dachte wir hätten unsere Schulaufgaben alle erledigt. Was kann ich noch für Sie tun?«, begrüßte er ihn.

»Bei unseren Recherchen haben sich einige weitere Fragen ergeben. Könnte ich Sie für einen Moment allein sprechen?« Álvarez bat darum, weil er sah, wie die Blondine neugierig die Ohren spitzte.

Arteaga führte ihn ohne weitere Umstände in sein Chefzimmer. Der Raum war angenehm klimatisiert, und die beiden Männer nahmen in einer kühlen, schwarzen Ledergarnitur Platz. Álvarez erklärte ihm, warum sie alle Mitarbeiter der Firma unter die Lupe nehmen wollten.

»Sie eingeschlossen«, ergänzte er mit einem kleinen Lächeln. Den Unternehmer schien das nicht zu beeindrucken. Er antwortete mit Bedauern in der Stimme: »Das wird heute schwierig werden, unser Prokurist hat sich leider krank gemeldet, und der dürfte die beste Auskunftsperson für Ihre Fragen sein.«

Das war das richtige Stichwort für Álvarez. »Nein, ich glaube, das ist sogar günstig. Auf ihn möchte ich nämlich gerade mein besonderes Augenmerk richten. Vom ersten Zusammentreffen mit ihm weiß ich, dass er Linkshänder ist. Er hatte auch noch eine der Ketten auf seinem Schreibtisch, wie sie der Amulettmörder benutzte.«

Bestürzung und Staunen trat in das Gesicht des Unternehmers. »Ich kann das kaum glauben. Er ist einer meiner korrektesten Mitarbeiter... Aber dann fangen wir eben mit ihm an«, kam seine pragmatische Ader sofort wieder durch.

Er ließ sich die Personalakte kommen und wartete auf die Fragen des Beamten. Mit Bestürzung musste er feststellen, dass sein Angestellter an allen Mordtagen büroabwesend war. Er hatte sich sogar kurzfristig Urlaub genommen. Dass er wirklich Linkshänder war, fand auch Bestätigung. Er hatte im Übrigen nicht nur Zugang zu den Amulettketten, nein, er bestellte sie sogar.

Álvarez ließ sich von Arteaga das Magazin zeigen, wo sie deponiert waren. Dort lagen noch genügend Ketten in Strängen zusammengebunden. Schrecklich, der Gedanke, dass jede von ihnen für eine weitere Mordtat gut war!

Etwas anderes machte Álvarez noch viel sicherer, dass er dem wahren Täter auf der Spur war: In der untersten Reihe des Regals stand eine große Dose Rattengift. Der Polizist erkannte sofort, dass es die gleiche Sorte war wie die, mit der Pepe, der Trinker, in Los Silos vergiftet worden war!

»Sie sagten, er hat sich krank gemeldet?«, wandte er sich an Arteaga. Ein unsicheres »Ja« war die Antwort.

»Dann möchte ich keine Zeit mehr verlieren«, meinte er hastig. Vielleicht steht Ihr Mitarbeiter vor seiner nächsten Tat!«

Zu aufgeregt für eine Verabschiedung, rannte er grußlos aus dem Büro und machte sich eilig auf den Weg zur Polizeistation. Er war Gott sei Dank besonnen genug, sich vorher die Adresse des Verdächtigen zu notieren.

Er hatte sich fein gemacht, sorgsam seinen schwarzen Anzug, den er bei den Feierlichkeiten seiner Bruderschaft immer trug, ein weißes Hemd und eine silberne Krawatte hatte er angelegt. Die schwarzen Schuhe waren so blank geputzt, dass sich das Deckenlicht darin spiegelte.

Der Schmerz wütete in ihm mit zerstörerischer Gewalt. Er hatte resigniert. Er war dem heiligen Baum wieder ganz ergeben und wollte dessen Befehl devot erfüllen. Er hatte sich endlich klar gemacht, dass die Befehle des Drago nur mit Gottes Einverständnis ausgesprochen sein konnten.

Eva musste also das nächste Opfer sein! Mit ihr würde er die Spitze seiner Priesterwürde erreichen. Es sollte eine besondere Feier werden. Eva durfte dabei nicht leiden. Er hatte sich ein schnell wirkendes Gift besorgt und wollte es ihr in einen Begrüßungscocktail rühren. Alles war exakt vorbereitet, und nun stand er im Flur, um sie anzurufen.

Seine Stimme drang leise und belegt durch die Leitung. Irgendwie wirkte er beklommen. Trotzdem freute sich Eva, ihn zu hören. Seine Sorge, sie würde mit Ablehnung reagieren, war also wieder unbegründet gewesen. Eva schien für seine Launen unbegrenzt belastbar. Sie hatte an diesem Abend nichts vor und war sofort bereit, zu ihm zu kommen. ›Wenn ich mich dem Baum wehrlos ergebe, fügt sich alles von selbst zusammen‹, dachte er zufrieden. Nun hieß es nur noch warten.

In der Polizeistation lief eine schnelle Rettungsaktion an. Álvarez hatte nicht lange gebraucht, um Teniente Martín von seinen Mutmaßungen zu überzeugen. Die beiden Männer waren sich auch genauso schnell einig, dass keine Zeit zu verlieren war. Ein Trupp von vier Mann wurde zusammengestellt und ausgerüstet. Schon nach einer Viertelstunde fuhren diese Beamten mit Blaulicht in rasendem Tempo zur Wohnung des vermeintlichen Täters.

Als Eva durch die Wohnungstür trat, erstarrte sie. »Wie hast du dich denn zurechtgemacht? Was hast du vor?«, fragte sie erstaunt.

Er war verlegen. »Es soll ein besonderer Abend werden«, antwortete er mit leiser Stimme.

Als er das aussprach, wurde ihm bewusst, was er damit sagte. Als er in ihre schönen arglosen Augen schaute, kamen ihm Zweifel, ob er seine Pläne wirklich durchführen konnte.

›Warum mache ich nicht selbst Schluss mit der Welt, die mir nicht lässt, was ich mir so sehnlichst wünsche?‹ Er dachte an Freitod, und dieser Gedanke ließ ihn nicht mehr los. Er schloss seine Augen und fühlte die beruhigende Schwärze. ›Durch geschlossene Augen kommt der Tod‹, erinnerte er sich an einen Spruch. Ihm wurde langsam klar, was er wirklich zu tun hatte. Je länger er die Idee in sich bewegte, umso fester wurde seine Erkenntnis, damit das Richtige zu tun. ›Der gute Hirte gibt sein Leben für seine Schafe‹, stand auch in der Bibel!

Der Zeitpunkt für die Cocktails war vorbestimmt und damit auch der für eine Entscheidung. Er ging schnurstracks in die Küche.

Eva hatte sich in den rosa Polstersessel gesetzt. Sie sah in dem gedämpften Licht wunderschön aus. Nun wusste er genau, welches Glas er für sich behalten würde.

Sie stießen an. Die Gläser klangen leise. Dann tranken sie. Zunächst merkte er gar nichts. Dann zeitigte das Gift seine Wirkung. Ihn traf ein nicht enden wollendes Schwindelgefühl. Er musste sich setzen. Sein Hirn ließ immer mehr in seiner Fähigkeit nach, etwas zu erinnern oder zu bedenken. Ein Tinnitus schmerzte plötzlich in seinen Ohren. Es war wie das Klingeln der Todesglocken. Schließlich hatte er das Gefühl, besinnungslos zu werden. Jedenfalls fühlte er sich immer schwächer und schwächer. Zuletzt dachte er an die Unsterblichkeit der Seele, die ihm sein christlicher Glaube versprach. Gleichzeitig kam die Angst, dass er auch diese Unsterblichkeit wieder allein verbringen müsste. Es wurde Schwarz vor seinen Augen.

Wladimiro Vrandán war tot!

Alles ging so schnell, dass Eva gar nicht reagieren konnte. Sie registrierte nur mit vor Schreck geweiteten Augen, dass irgendetwas Schreckliches geschehen war. Als sie endlich damit begann, sich um Wladimiro zu kümmern, schellte es an der Haustüre Sturm. Eva war hin und her gerissen, was sollte sie tun? Pflichtbewusst, wie sie war, ging sie und öffnete die Tür.

So trafen die Beamten auf das lebende Opfer und den toten Mörder.

ENDE

Personenverzeichnis:

Alierta, Luis, Wärter des Wasserreservoirs von Los Silos
Álvarez, Juan, einer der Polizisten
Amado, José, Sänger im ABACO
Assano, Sohn des Guanchenfürsten Guantacara
Alfonso, alter Ziegenhirt aus Erjos
Don Alfonso, ehemaliger Stadthalter Teneriffas zur Zeit der Guanchen
Arteaga, Fernando, Chef des Mörders, Kaufmann in Puerto
Bolton, Jack und Mary, ein englisches Touristenpaar
Cabrera, Luis, Ortspolizist Los Silos
Annamaria, seine Ehefrau
Del Mar, Antonia, Sopranistin im ABACO
Demol, Mareike, holländische Touristin
Fernández, Mario, Gruppenführer beim Roten Kreuz
Familie Gleixner, Besitzer des Hotel Monopol
Guantacara, Guanchenfürst des Tenogebietes
Guerra, Eva, die Freundin des Mörders
Hernández, Andrés, Rot-Kreuz-Mann
Luis, Manuel, Schrotthändler
Marco, Restaurantbesitzer des TAMBO
Martín, Ramón, Polizeiinspektor in Puerto
Massagué, Joan, Polizist in Puerto
Matienzo, Juan, Kaufmann in Madrid
Méndez, Don Juan, Gouverneur von Buenavista um 1496
Miguel, Kellner in Puerto
Mota, Eduardo, Großvater einer Familie in Puerto
Mota, Olga, seine Ehefrau
Mota, Alonso, sein Sohn
Mota, Lola, dessen Ehefrau
Mota, Mercedes, deren Tochter
Mota, Elfidio, deren Sohn
Ortega, Manuel, Polizist in Puerto
Padrón, Juan, Souvenirhändler in Icod
Padrón, Luisa, seine Ehefrau
Padrón Maria, seine Tochter
Ramos, José Antonio, kanarischer Musiker
Ramos, Felipe, Polizist in Puerto
Serano, Pepe, Säufer aus Los Silos
Tomanes, Gonzalo, Mann aus Los Silos
Torres, Javier, Polizeipräsident von Puerto
Torres, Maria, seine Ehefrau
Torres, Imna, seine Tochter
Vrandán, Wladimiro, der Amulettmörder
Zafón, Dr. Teresa, Psychologin

Lesen Sie auch:

Literatur über die Kanarischen Inseln
Romane, Krimis, Sachbücher . . . .

Tödliche Gier

Teneriffa-Krimi von Volker Himmelseher

Der 2. Fall von Inspektor Ramón Martín und Kriminalpsychologin Dr. Teresa Zafón:

Der deutsche Rentner Erwin Stein wird in seinem Haus in Santa Úrsula ermordet aufgefunden. Wer sollte ein Motiv haben, den unbescholtenen Bürger umzubringen? Der allein stehende Deutsche hatte seine Immobilie noch zu Lebzeiten dem lokalen Grundstücksbaron gegen Leibrente verkauft... Die Spur führt bald hinter die Kulissen der honorigen Gesellschaft der Bauherren, Bürgermeister und Bankdirektoren.

Zech Verlag, 2011
ISBN 978-84-938151-4-1

Krimi

Mord nach Missbrauch

Teneriffa-Krimi von Volker Himmelseher

Der 3. Fall:

Eine Serie abscheulicher Morde hält die Polizei auf Teneriffa in Atem. Grausam zugerichtete Frauenleichen werden auf offener Straße aufgefunden, und das mitten in der Karnevalszeit! Wer tut so etwas? Gleichzeitig wird in La Laguna ein katholischer Priester vermisst. Inspektor Martín und Kriminalpsychologin Teresa Zafón bilden mit den Kollegen in Santa Cruz eine Sonderkommission...

Zech Verlag, 2012
ISBN 978-84-938151-3-4

Krimi

Tod am Teide

**Kanaren-Krimi
von Irene Börjes**

Lisa Sommer ist frischgebackene Reiseleiterin. Als sie am Flughafen von Teneriffa ihre erste Wandergruppe in Empfang nimmt, fällt ihr der Starfußballer vom Verein Real Madrid tödlich getroffen vor die Füße. Die Reisegruppe entwickelt detektivischen Ehrgeiz. Kein leichter Job für Lisa, die sich wacker bemüht, ihren munteren Trupp durch die Landschaften Teneriffas zu führen, viele Spuren deuten auf einen Zusammenhang mit traditionellen Inselbräuchen...
Zech Verlag, 2006
ISBN 978-84-934857-0-2

Krimi

Tödlicher Abgrund

**Kriminalgeschichten
von Karl Brodhäcker**

»Das Thermometer kletterte in die Höhe. Tobias wischte sich den Schweiß von der Stirn. Wolkenloser blauer Himmel wölbte sich über die Berggipfel und kündete für den Süden Gran Canarias wieder einen heißen Tag an. Da näherten sich zwei Pkw mit hoher Geschwindigkeit auf der kurvenreichen, schmalen und steilen Straße von Fataga her. Tobias schüttelte den Kopf über so viel Leichtsinn. Ob da zwei Fahrer bei einer Wettfahrt ihre Kräfte messen wollten...?«
Zech Verlag, 2009
ISBN 978-84-934857-5-7

Krimi

Sodom und Gomera

**Kriminalroman
von Mani Beckmann**

Als Ute nach vielen Jahren eine Postkarte von ihrer Zwillingsschwester von den Kanaren erhält, spürt sie sofort, dass sich dahinter ein verzweifelter Hilferuf verbirgt. Sie reist nach Gomera, um ihre Schwester zu suchen. Es soll eine Reise in tragische Verstrickungen und in das Reich einer gefährlichen Sekte werden...

»Launig erzählt Mani Beckmann einen Urlaubskrimi der heiteren Art. Trefflich schaut er dieser eigentümlichen Klasse von Urlaubern aufs Maul.« (Diabolo, Oldenburg)

Zech Verlag, 2009
ISBN 978-84-934857-7-1

Krimi

Tod im Barranco

**Gomera-Thriller
von Harald Braem**

Eine Reihe mysteriöser Verbrechen sorgt auf den Kanareninseln La Gomera, Teneriffa und Gran Canaria für Aufregung. Wer steckt dahinter? Die Polizei steht vor einem Rätsel. Ein getöteter Drogenkurier im Barranco. Ein homosexuelles Urlauberpaar. Ein Schriftsteller mit seiner Freundin auf der Suche nach der richtigen Location auf Gomera. Ein kauziger alter Mann mit Fernglas. Und der Wahnsinn geht erst richtig los...

Zech Verlag, 2012
ISBN 978-84-938151-5-8

Krimi

Der Vulkanteufel

**Kanaren-Thriller
von Harald Braem**

Harald Braems fantastische Geschichte spielt auf der kanarischen Insel La Palma. Unvermittelt bricht Unheimliches in das Gleichmaß des Pauschaltourismus ein und führt uns an magische Orte, zu dunklen Ritualen im Schatten mächtiger Vulkane.

Der Vulkanteufel, mitreißend wie ein Thriller, lässt Gegenwart und Vergangenheit zu einer eigenen Wirklichkeit verschmelzen. Gleichzeitig wirft der Roman ein Schlaglicht auf die Probleme unserer Zeit.

Zech Verlag, 2010
ISBN 978-84-934857-2-6

Krimi

Harraga

**Kriminalroman
von Antonio Lozano**

Deutsche Erstausgabe
Premio Novelpol:
Bester Krimi in Spanien 2003

Khalid, ein junger Kellner aus der Medina von Tanger, träumt von einem besseren Leben in Europa. Über einen marokkanischen Landsmann kommt er nach Granada. Gefangen zwischen den Erwartungen seiner armen Familie und seinem neuen Leben im vermeintlichen Paradies, steht er bald in einer tödlichen Sackgasse...

Antonio Lozano schildert in diesem Roman hautnah eine menschliche Tragödie, wie sie sich täglich hundertfach an den Grenzen der »Festung Europa« abspielt.

Zech Verlag, 2011
ISBN 978-84-938151-1-0

Krimi

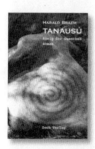

Tanausú, König der Guanchen

Roman von Harald Braem

Während Kolumbus sich aufmacht, Amerika zu entdecken, will der Spanier Alonso de Lugo La Palma erobern, die einzige Kanaren-Insel neben Teneriffa, die noch nicht den Katholischen Königen unterworfen ist. 1492 landet er mit drei Schiffen vor der Westküste La Palmas...

»Kompliment! So kann man den Menschen Geschichte näher bringen!«
(Offenbach Post)

Zech Verlag, 2003
ISBN 978-84-933108-0-6

Historischer Roman

Der König von Taoro

Historischer Roman der Eroberung Teneriffas von Horst Uden

Lassen Sie sich verführen zu einer Zeitreise ins 15. Jahrhundert. Sie werden Teneriffa danach mit anderen Augen sehen.

»Ein Werk, an dem niemand achtlos vorbei geht.«
(Francisco. P. Montes de Oca García (†), Historiker des kanarischen Archipels)

Zech Verlag, 2001
ISBN 978-84-933108-4-4

Historischer Roman

Unter dem Drachenbaum

**Kanarische Legenden
von Horst Uden**

Um die »Glücklichen Inseln« ranken sich zahlreiche Sagen und Legenden. Horst Uden hat den kanarischen Archipel in den 1930-er Jahren besucht und Erzählungen von allen Inseln aufgezeichnet. Er schildert Märchen und Mythen, Piratenabenteuer, Liebesgeschichten, Volksweisheiten, Anekdoten.

Zech Verlag, 2007
ISBN 978-84-933108-2-0

Legenden · Geschichte

Der Kojote im Vulkan

**Märchen und Mythen von den Kanarischen Inseln
von Harald Braem**

Uralte mystische Verzauberung liegt über den Kanarischen Inseln. Ihre paradiesische Schönheit hat schon die Menschen in der Antike bewegt, seither ranken sich viele Märchen, Mythen und Sagen um den Archipel.

Zwanzig der schönsten Erzählungen hat Harald Braem in diesem Band zusammengetragen: mit viel Sach- und Landeskunde und einem Augenzwinkern. Illustriert von Karin Tauer

Zech Verlag, 2013
ISBN 978-84-938151-6-5

Legenden · Geschichte

Neu:
Canarisches Tagebuch 1904-1906

Von Luise Schmidt

Luise Schmidt war zwanzig Jahre alt, als sie im Februar 1904 den Dampfer Lucie Woermann nach den Kanarischen Inseln bestieg, um eine Stelle als Erzieherin auf Teneriffa anzutreten. Drei Jahre lang arbeitete sie als Hauslehrerin bei der Familie Trenkel im Hotel Martiánez in Port Orotava. Ihr Tagebuch nebst zahlreichen Fotos, Postkarten, Briefen und Zeitungsausschnitten hat sie sorgsam in einem Kästchen aufbewahrt. Ihr Enkel Klaus Matzdorff hat diese historischen Dokumente nun aufgearbeitet und hier exklusiv veröffentlicht.

Ein authentischer, historischer Reisebericht über das Leben auf Teneriffa um die Jahrhundertwende.

Zech Verlag, 2013
ISBN 978-84-938151-8-9

Sachbuch · Geschichte

Auf den Spuren der Ureinwohner

Ein archäologischer Reiseführer von Harald Braem

Spannende Entdeckungstouren auf Teneriffa, Gran Canaria, La Palma, La Gomera, El Hierro, Lanzarote, Fuerteventura. Der bekannte Buch- und Filmautor Harald Braem forscht seit 25 Jahren auf den Kanaren. Folgen Sie ihm auf den Spuren der Ureinwohner zu Kultplätzen, Höhlen, Pyramiden und zu rätselhaften Zeichen einer geheimnisvollen, versunkenen Kultur...

Museen, praktische Tipps, Literaturhinweise. Mit zahlreichen Illustrationen.

Zech Verlag, 2008
ISBN 978-84-934857-3-3

Sachbuch · Geschichte

Alexander von Humboldt

Seine Woche auf Teneriffa 1799, von Alfred Gebauer

Alexander von Humboldts erste Station zu Beginn seiner fünfjährigen Forschungsreise nach Südamerika war die Insel Teneriffa. Er bestieg den Vulkan Teide und studierte die Insel in geologischer, botanischer, astronomischer Hinsicht.

Originaltexte und Zeichnungen aus Humboldts historischem Reisebericht. Zahlreiche Illustrationen und Erläuterungen zur Natur und Geschichte Teneriffas. Vorwort von Ottmar Ette

Zech Verlag, 2009
ISBN 978-84-934857-6-4

Sachbuch · Geschichte

Der Inseltraum

**Story einer Aussteigerin
von Marga Lemmer**

1967. Die deutsche Frauenbewegung steckt noch in den Kinderschuhen, als Marianne Vocke sich entschließt, nach Teneriffa auszuwandern und noch einmal von vorn anzufangen. Marianne hat den Inseltraum, der oft zum Alptraum geriet, mit allen Konsequenzen gelebt...

Die Geschichte einer Aussteigerin: ehrlich – ungeschminkt – lebensnah

Zech Verlag, 2008
ISBN 978-84-934857-4-0

Frauen · Auswandern

Gefühle inklusive

**Urlaubslieben und
was aus ihnen wurde,
von Andrea Micus**

Fast jede Frau hat sich schon einmal im Urlaub verliebt, manche legen es sogar Jahr für Jahr darauf an. Was macht Pablo, den einheimischen Fischer aus Teneriffa, so viel attraktiver als Peter, den Angestellten aus Gelsenkirchen? Und was wird nach dem Sommer aus den romantischen Gefühlen? Nicht alle Urlaubsflirts enden als Strohfeuer, einige münden durchaus in dauerhafte Beziehungen oder Ehen...

Andrea Micus erzählt die Geschichten von neun Frauen, die diesen Sprung gewagt haben.

Zech Verlag, 2010
ISBN 978-84-938151-0-3

Frauen · Auswandern

Spanisch im Alltag 1

Ein praktischer Sprachführer von Luis Ramos

Mit diesem praktischen Sprachführer findet sich der Spanisch-Anfänger schnell am Urlaubsort zurecht, sei es im Taxi, an der Rezeption, am Post- oder Bankschalter, bei Freunden zu Hause und in vielen anderen Alltagssituationen. Über 500 Redewendungen, Vokabeln und praktische Tipps. Illustriert von Karin Tauer.

Zech Verlag, 2007
ISBN 978-84-934857-1-9

Neu:

Spanisch im Alltag 2

Der zweite Band mit über 800 Redewendungen:
ISBN 978-84-938151-7-2

Sachbuch · Sprachen

Zech Verlag   Santa Úrsula, Tenerife
Tel./Fax: +34 922302596   E-Mail: info@zech-verlag.com